어느 영국 여인의 일기 두 번째, 런던에 가다

어느 영국 여인의 일기 두 번째, 런던에 가다

초판 1쇄 발행 2023년 2월 20일

지은이   E. M. 델라필드
옮긴이   박아람
일러스트   정호진
북디자인   김정환
교정교열   정진라
펴낸곳   이터널북스

이메일   eternalbooks@naver.com
인스타그램 @eternalbooks.seoul

ISBN   979-11-979168-1-6 04840
ISBN   979-11-979168-0-9 (세트)

The Provincial Lady in London

어느 영국 여인의 일기 두 번째, 런던에 가다

E. M. 델라필드

박아람 옮김

ETERNAL
BOOKS

캐스 캔필드에게 이 책을 바칩니다.

6월 9일

삶이 완전히 새로운 국면을 맞이했다.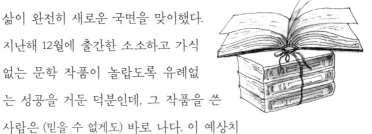
지난해 12월에 출간한 소소하고 가식
없는 문학 작품이 놀랍도록 유례없
는 성공을 거둔 덕분인데, 그 작품을 쓴
사람은 (믿을 수 없게도) 바로 나다. 이 예상치
못한 상황에 가족과 친구들은 다양하고 흥미로운 반응을 보이
고 있다.

　우리 비키와 로빈은 아직 어려서 이 책을 읽을 수 없지만 나
를 더없이 높게 평가하며 셰익스피어나 찰스 디킨스와 비교하기
도 하고 《닥터 두리틀 이야기》의 저자나 비키가 '램 이야기'라고
부르는 책의 작가들*과 견주기도 한다.

　책을 읽은 마드무아젤**은 그저 이렇게 말한다. "아, 주 망 두
테 비앵!"***왜인지 콕 집어 말할 수는 없지만 어쩐지 찜찜하다.

　남편 로버트는 별다른 말을 하지 않고 며칠 동안 저녁마다 책

---

* 《셰익스피어 이야기》를 엮은 찰스 램과 메리 램 남매를 말한다.
** 미혼 여성의 프랑스 경칭으로 영국에서 프랑스인 가정교사를 지칭하는 말로도 사용
　되었다.
*** 아, 그럴 거라 생각했어요!

을 들고 앉아 꽤 자주 책장을 넘긴다. 마침내 책을 덮고 그가 하는 말, "응." 내가 어떠냐고 묻자 긴 침묵 끝에 재미있네, 하고 (전혀 재미있지 않은 얼굴로) 말한다. 그러더니 잠시 후 자금 사정을 언급한다. 그도 그럴 것이 한동안 상황이 좋지 않았다. 우리는 이제 형편이 조금 나아지겠다고 입을 모은다.

　이후 우리의 대화는 실업수당의 장점과 단점으로 넘어간다. (로버트는 강한 의견을 피력하고 나는 지적으로 얘기하려 노력하지만 성공하지 못한다.) 그런 뒤 우리는 늙고 비실거리는 줄기에서 만족스러운 딸기를 수확하기가 얼마나 어려운지 논의한다.

6월 12일

앤젤라가 최근 나의 문학적 성취에 대해 쓸데없이 무척 놀라는 편지를 보냈다. 거트루드 고모에게서도 전갈이 왔는데 내 책을 읽지 않았으며 현대 소설은 상상력을 제한하기 때문에 좋아하지 않는다고 썼다. 솔직히 말하면 나는 거트루드 고모가 내 책을 읽지 않아서 다행이라고 생각하지만 당연히 그렇게 답장할 수는 없다.

시시 크래브는 샌프란시스코 풍경이 담긴 (그러나 평소처럼 노리치의 소인이 찍힌) 엽서를 보냈다. 친구에게 내 책을 빌렸으며 무척 기대하고 있다고 한다. 사랑하는 친구 로즈와 어찌나 비교되는지. 로즈는 책이 출간된 날 내가 한 권을 선물했는데도 망설임 없이 7실링 6페니를 주고 한 권을 구입했으니까.

은행에서는 늘 그렇듯 내가 이미 잘 알고 있는 우리의 재정 상황을 다시 한 번 상기시키는 편지를 보냈지만 나는 평소와 달리 낙관적인 답장을 쓴다. 출판사에서 끊임없이 거액의 수표가 오리라 예상한다고 말이다. 그런 뒤 최근 내 저작권 대리인의 영광을 거머쥔 신사에게 편지를 써서 이보다 훨씬 더 자신 없는 투로 출판사에서 언제쯤 얼마만큼의 돈을 받을 수 있느냐고 물어본다.

요리사가 고기에 문제가 생겼으니 정어리 통조림으로 대신해도 되느냐는 전갈을 보냈다. 별수 없이 그러라고 한다. 정어리 통조림이 아니라면 계란을 쓸 수밖에 없는데, 계란은 내일 아침 식사에 필요할 테니까. ^{메모:} 정확히 어떤 문제인지 아침에 물어볼 것. ^{두 번째. 좀 더 솔직한 메모:} 이걸 물어봐야 한다는 불안감에 뜬눈으로 밤새지 말고 하인들은 자신을 무서워하는 안주인을 무시하기 마련이니 단호하게 대해야 한다는 점을 명심할 것.

6월 14일

동네 사람들 사이에 내가 자기 얘기를 책에 쓰는 게 아닐까 의심하는 듯한 기이하고 불편한 기류가 흐른다. 우리 교구 목사님의 아내는 이에 관해 유난히 장황하게 떠들어 대며 자기는 내 작품에 나온 인물들을 모두 알아보겠더라고 단언한다. 그러곤 덧붙이길, 자기는 책을 쓸 시간이 없지만 책을 쓰고 싶다는 생각을 자주 했다고. 왜, 소소한 얘기들 있잖아요. 이런 얘기 저런 얘기…… 교구를 돌다 보면 여기저기서 매일 옛날 얘기를 듣기도 하니까.《크랜포드》*처럼 말예요. 나는 달리 할 말이 떠오르지 않아서 그저 아, 네, 하고 대꾸한 뒤 그녀와 헤어진다.

나중에 우리 교구 목사님이 말하길, 자기도 시간이 없어서 책을 쓰지 못했지만 시간이 있어서 자신의 경험을 책으로 썼다면 아무도 실화라는 걸 믿지 않았을 거라고 한다. 허구보다 더 허구 같은 실화니까, 하고 목사님은 덧붙인다.

우리 교구 목사님이 말하는 믿기 어려운 경험이 대체 뭘까 몹시 궁금해진다. 오래전에 **치정 범죄**에 연루되기라도 했나? 아니면

● 19세기 초반 크랜포드라는 작은 마을에 사는 여성들의 일상을 정감 있게 그린 엘리자베스 개스켈의 소설.

학창 시절 하이델베르크의 독일인을 데려오라는 지령을 받고 떠났다가 결투를 벌이기라도 했나? 늘 이성보다, 아니, 예절보다도 훨씬 앞서나가는 상상력이 나를 멀리 데려가려 하자 머리를 식히려고 별수 없이 위층에 올라가 세탁물을 챙긴다.

계단에서 마주친 비키가 대뜸 학교에 다니면 안 되느냐고 묻는다. 당장 그렇다 아니다 대답할 수 없어서 그저 말없이 아이를 바라본다. 비키는 로빈 오빠는 자기 나이에 학교에 가지 않았냐고 짤막하게 덧붙이더니 다시 계단을 내려가며 노래를 흥얼거린다. 가사를 알아들을 수 없고 멜로디도 처음 듣지만 아주 부적절한 노래가 틀림없다.

학교 문제로 몹시 마음이 쓰인다. 투철한 여성 운동가로서 비키가 내놓은 주장을 진지하게 고려해 보는 게 내 의무이리라.

6월 15일

출판사가 저작권 대리인을 통해 수표를 보냈다. 대리인은 12월에 한 번 더 송금될 거라고 한다. 희망이 넘쳐흘러 그에게 격한 고마움을 표하는 답장을 썼다가 너무 채신없는 것 같아서 나중에 조금 손을 본다. 남편과 나는 롤스로이스와 전깃불, 스페인 남부 여행을 비교해 가며 각각의 상대적 이점을 즐겁게 논의하다가(스페인 남부 여행에 대해선 남편이 딱히 호응하지 않지만) 결국 각종 청구서와 세금을 지불하고 담보 대출을 해결해 보기로 한다. 로버트가 너그럽게도, 당신에게도 뭔가 해줘야 하지 않나? 진주 목걸이어때? 하고 묻는다. 나는 그의 마음 씀씀이에 감탄했다는 것을 보여 주려고 좋지, 하고 대꾸하지만 진주 목걸이는 썩 끌리지 않는다. 런던에 아주 작은 거처를 마련하면 어떨까 싶은데 설명할 수 없는 격렬한 무언가가 발목을 잡는 통에 말을 꺼내지 못한다. 그저 마음에 담아 둔 채로 잠자리에 들지만 머리를 빗으면서 단단히 결심한다. 하루속히 런던의 미용실에 파마 예약을 하기로.

비키의 학교 문제도 진지하게 생각해 보고 적어도 세 가지의 확실한 결론에 이른다. 하지만 이 세 가지가 서로 모순된다는 게 문제다.

6월 16일

모르는 사람에게서 이상한 편지가 왔다. 앞으로 제대로 된 가정에서는 나를 절대 들이지 않을 거라는 사실을 아느냐고 묻는다. 내 책과 같은 출판물은 예술로서나 도덕적으로나 해롭다면서. 더 자세한 설명을 듣고 싶지만 서명을 알아보기 어렵고 주소도 이상해서 아무것도 할 수 없다. 그냥 쓰레기통에 던져 넣는다. 나중에 생각하니 하인들이나 아이들이 조각 맞추기를 해볼 것 같아서 다시 꺼내 와선 정원 오솔길에서 몰래 그리고 아주 힘겹게 작은 불을 피운다.

(여기서 또 한 번 소설과 현실의 차이가 확연히 드러나는 듯. 책에서는 언제나 많은 양의 문서도 금세 불에 타서 삽시간에 잿더미로 변하지 않나?)

비키를 학교에 보낼 것인가를 놓고 다시 뜨거운 토론이 벌어진다. 마드무아젤은 소파에 앉아 흐느껴 울며 확실하게 설싱실 데까지 식음을 전폐하겠다고 한다. 내가 굳이 그럴 필요가 있겠냐며 홀릭 맥아유를 권하자 마드무아젤이 대꾸하길, "아, 사 자메!"* 우리는 교착 상태에 빠진다. 그러는 내내 비키는 아주 태연하게 요리사와 고양이 헬렌 윌스와 시간을 보낸다. 로버트에게 도움을 청하자 그가 (오랜 침묵 끝에) 하는 말, 당신 좋을 대로 해.

● 아, 싫어요!

13

나는 로즈에게 편지를 보내 이 문제를 맡기기로 한다. 로즈는 비키의 대모일 뿐 아니라 언제나 공평한 사람이니까. 그사이 집안에는 팽팽한 긴장이 감돌고 마드무아젤은 계속 음식을 거부한다. 요리사가 우울하게 말하길, 그렇다니까요. 외국인들은 참을성이 없고 어느 순간 폭발해 버리죠. 하지만 마드무아젤은 폭발하기보다는 보라색 잉크로 셀 수 없이 많은 편지를 쓰는데, 얼마나 울었는지 여기저기 잉크가 번져 있다.

집에 있기가 답답해서 바람을 쐬려고 마을로 걸어가는데 우체국에서 이렇게 묻는다. 비키 아가씨를 멀리 보낸다는 게 사실이에요? 아직 아기인데. 나는 우물쭈물 대답을 얼버무린 뒤 우표를 산다. 가장 먼 길로 돌아서 집으로 오는데 마을 사람 세 명을 마주치고 그중 한 사람이 안타까워하는 얼굴로 묻는다. 그 외국인 아가씨는 좀 어때요? 나머지 두 사람은 비키 아가씨가 떠난다니 너무도 서운하다고 입을 모은다.

죄책감에 휩싸인 채 지친 몸을 이끌고 집 안으로 들어가다가 비키를 보고 화들짝 놀란다. 초췌한 몰골로 틀어박혀 있을 줄 알았는데, 밝은 얼굴로 복도 바닥에 누워 박하사탕을 먹고 있는 게 아닌가. 나를 보더니 태연하게 새 해면이 필요하다고 한다. 우리는 더 얘기하지 않고 헤어진다.

6월 17일

마드무아젤이 회복의 기미를 보이며 11시쯤 차를 마시더니 금세 다시 나빠져서 히스테리를 부린다. 나는 가서 눕는 게 좋겠다고 하며 침대로 데려다준다. 작은 숄과 솜이불을 덮고 누운 모습을 보고 괜찮겠지 싶어서 나오려는데 그녀가 나를 부르더니 힘없는 목소리로 묻는다. 수녀원에 들어가면 건강하게 지낼 수 있을까요? 나는 그런 얘기라면 하지 않겠다고 하며 방을 나선다. 부디 내 말투가 다정했기를 바랄 뿐이다.

두 번째 우편배달로 런던에서 한 번 만난 적이 있는 문학 클럽 총무의 편지가 도착한다. 내가 그 클럽의 회원이 되었다면서 회비를 쉽게 낼 수 있도록 정기 지급 의뢰서를 동봉했다. 곧 브뤼셀에서 열리는 국제회의에 내가 참석하고 싶어 할 거라 확신한다며 그에 관한 정보도 함께 보냈다. 가고 싶긴 하지만 문학의 발전을 위해 내가 꼭 참석해야 한다고 로버트를 설득할 수 있을지 의문이다. 당장 상의하고 싶지만 점심 무렵 양수기가 고장 나서 집에서 물을 쓸 수 없다는 참담한 소식이 그늘을 드리운다. 점심은 거르다시피 하고 로버트는 치즈도 거절한 채 양수기를 고치기 위해 정원사와 함께 사라진다. 양수기는 두 시간 반이 지나서야 복구된다.

6월 18일

언제나 확실한 태도를 보이는 내 친구 로즈가 비키를 학교에 보내라는 답장을 보내왔다. 특히 남녀 공학과 달크로즈 교수법*을 단호하게 지지한다. 남편에게 얘기하자 그는 자식을 원주민들 사이에서 키울 수는 없다고 길길이 뛴다. 그를 말릴 수도 없고 방금 말한 교육법은 그런 게 아니라고 설득할 수도 없다.

로즈는 두 군데 학교의 주소를 보냈다. 자기가 두 곳 모두 잘 알고 있으니 런던에 와서 자기 집에 묵으며 그 학교들을 찾아가 보라고 한다. 나는 로버트에게 이렇게 된 김에 파마도 하고 오겠다고 설명하지만 그는 받아 줄 기분이 아닌 듯 그저 〈타임스〉에 몰두한다.

블렌킨솝 노부인의 친척인 모드 블렌킨솝에게서도 잘난 체하는 편지가 왔다. 아이의 학교를 찾고 있다면 자기가 다닌 로딘 스쿨에 추천서를 넣어 줄 수 있다는 것이다. 이 편지는 못 받은 체 하련다.

● 스위스의 음악교육가 자크 달크로즈가 창안했으며, 음악을 신체의 움직임으로 표현하여 자연스럽게 리듬을 느끼도록 교육하는 방법이다.

6월 20일

대담하게도 문학 클럽 총무에게 다른 회원들과 함께 브뤼셀에 가서 회의를 돕겠다는 편지를 썼다. 그러고 나자 금세 후회할 것 같아서 평소처럼 복도 상자에 넣어 두지 않고 비키에게 당장 부치고 오라고 한다.

_{의문} 이런 행동은 강인한 정신을 보여 주는 걸까, 아니면 그 반대일까? _답 바로 떠오르지만 여기에 적을 필요는 없을 듯.

마드무아젤이 가족 앞에 다시 모습을 드러내는데 현재의 위기를 애도의 상황과 비슷하게 여겼는지 검은 드레스를 입고 있다. 원래 초록색 장식이 달려 있었는데 모조리 떼어 버렸고 머리와 목에는 연보라색 베일을 감았다. 로버트가 계단에서 그녀를 마주치곤 자상하게 말을 건다. "아이고, 마드무아젤?" 마드무아젤은 아주 길고 장황하게 대꾸하지만 로버트는 그저 그렇군, 하고는 자리를 피한다. 나중에 비키가 와서 종알거리길, 마드무아젤이 그러는데 교육이나 지적 수준이 높다고 해서 누구나 신사가 되는 건 아니래요.

오후에 수건장을 훑어보니 어째서인지 수건은 턱없이 부족한 반면 테이블 냅킨은 평소처럼 남아돈다. 늘 그렇듯 이불을 세탁해야 하는데 여유분이 없어서 곤란하니 새 이불이 시급하게 필요하다. 런던에서 사올 물건의 목록이 끊임없이 늘어나지만 어쨌든 이불도 추가한다. 이불 먼지를 뒤집어쓴 채 장뇌 냄새를 풍기며 막 아래층으로 내려오는데 웬 커다란 자동차가 열린 현관 앞으로 아주 조용히 다가오더니 처음 보는 여자가 내린다. 잔 받침만 한 새 모자를 썼고 거기에 달린 깃털이 한쪽 눈 위로 내려와 있다. 나는 우아하고 다정하게 다가가 어서 오세요, 들어오세요, 한다. 그녀는 안으로 들어온다. 우리는 응접실에 앉아 10분 동안 서로를 바라보다가 라디오와 (여자는 잘 모르는 것 같은) 우리 동네, 독일의 상황, 고가구에 관해 얘기를 나눈다. 알고 보니 그녀는 최근에 약 30킬로미터쯤 떨어진 집에 이사 온 캘링턴클레이 부인이다.

(무슨 연유였는지는 통 모르겠지만 어쨌든 분명히 그녀를 찾아간 기억이 떠올라 한결 마음이 놓인다.)

캘링턴클레이 부인은 나의 옛 친구가 자기 이웃이라고 한다. 혹시 패멀라 프링글 기억해요? 나는 기억나지 않아서 솔직하게 대꾸한다. 그럼 혹시 패멀라 템플러테이트로 알고 있나? 나는 역시 모른다고 한다. 그런 이름은 평생 들어 본 적도 없다고 퉁명스럽게 쏘아붙이고 싶지만 참는다. 캘링턴클레이 부인은 굴하지 않고 꿋꿋하게 다시 묻는다. 그럼 패멀라 스티븐슨은? 나는 한 번 더 모른다고 대꾸한다. 그러자 부인이 말하길, 그래도 패멀라 워버튼은 기억하겠죠? 나는 어안이 벙벙해져 그렇다고 대꾸한다. 23년 전쯤 강변으로 피크닉을 갔다가 패멀라 워버튼이라는 무척 아름다운 소녀를 만난 적이 있다면서. 드디어 기억하는군요! 캘링턴클레이 부인이 말을 잇는다. 그 패멀라 워버튼이 스티븐슨이라는 성의 남자와 결혼했다가 템플러테이트라는 남자와 도망쳤거든요. 그런데 두 사람도 결국 이혼하고 말았죠. 그 후 프링글 씨와 결혼해서 지금까지 살고 있는데 프링글 씨가 굉장한 부자예요. 런던 금융가의 거물이라고 하던데. 템플러테이트의 아이들을 데리고 살아요. 스티븐슨의 아이는 아니고. 지금 그들이 서머싯주 경계에 있는 오래되고 아름다운 저택에 살고 있으니 한번 가봐요. 나는 내 또래 친구의 놀라운 행적에 여전히 넋이 빠져 그저 네, 가볼게요, 하고는 그녀가 열여덟 살 때처럼 예쁠 거라고 마음에도 없는 말을 내뱉는다. 당연히 그럴 리가 없는데.

마지막으로 캘링턴클레이 부인은 내 책을 재미있게 읽었다고 한다. 내가 고맙다고 하자 그녀가 묻는다. 책 한 권 쓰는 데 오래 걸리나요? 나는 아니에요, 했다가 어쩐지 잘난 체하는 것 같아서 차라리 그렇다고 할걸 그랬다고 후회한다. 얼마 후 캘링턴클레이 부인이 떠난다.

거울을 보면서 나도 모르게 괴로운 상상에 젖는다. 캘링턴클레이 부인이 집에 돌아가서 자기 남편에게 나를 어떻게 설명할지 떠올려 본다. 현실로 돌아오자 어쩐지 기운이 빠진다. 안타깝지만 이런 현상은 오늘 오후에 들은 패멀라 프링글의 독특한 삶의 행적과 관련이 있는 것 같다. 아울러 오래전의 강변 피크닉 이후 우리 둘의 격차가 크게 벌어졌다는 점도 부인할 수 없다. 내가 두 번 연속으로 남편과 갈라서는 상황은 상상할 수 없지만 사실 내게는 그럴 기회조차 없었다는 확신이 들면서 묘하게도 우울해진다.

로즈에게 편지를 쓴다. 다음 주에 런던에 가서 며칠 묵으며 비키가 다닐 학교를 둘러보겠다고, 하지만 그중 한 곳에 꼭 보내겠다고 약속할 수는 없다고.

6월 21일

아주 이례적으로 청구서보다 영수증이 더 많아졌다.

런던에 가려고 짐을 싸면서 남편에게 브뤼셀에서 열리는 중요한 국제 문학 학회에 참석할 거라고 설명한다. 그러곤 그가 제대로 이해하지 못한 것 같아서 처음부터 다시 한 번 얘기하는데, 어째서인지 설명을 하면 할수록 합리적인 의도를 명료하게 전달하기보다는 장황한 변명과 사과로 바뀌는 것 같다.

아침 식사 직후에 마드무아젤이 나타나더니 또박또박 차갑게 말한다. 나와 얘기하고 싶으니 10분쯤 시간을 달라고. 당장 10분을 내줄 수 있다고 하자 그녀는 사양하며 내 아침을 망치고 싶지 않으니 기다리겠다고 한다. 결국 나는 마드무아젤과 얘기해야 한다는 생각에 아무것도 하지 못한 채 몹시 불안하게 오전을 허비한다.

^{메모} 이런 태도는 분명 어린아이 같지만 엄청난 죄책감을 도무지 떨쳐 낼 수가 없다.

점심 식사 후에 마드무아젤과 얘기를 나누는데 예상한 대로 매우 불편한 기분이다.

^{메모} 대부분의 세상일이 막상 맞닥뜨리면 걱정한 만큼 나쁘지 않다는 얘기를 자주 듣지만 꼭 그런 건 아니라는 사실이 또 한 번 입증된 듯.

몹시 괴로웠던 이 상담에서 내린 결론은 다음과 같다.

ⓐ 마드무아젤은 '파 뒤 투 쉬셉티블, 투토 콩트레르'*이다.

ⓑ 마드무아젤은 크게 상심했고 상처 받았으며 화가 난다.

ⓒ 마드무아젤은 최소한 제때 식사를 내주기만 한다면 어떤 굴욕과 결핍도 견딜 수 있다.

완전히 새로운 변수가 나오자 나는 어쩔 줄 몰라 하고 우리는 둘 다 흐느끼기 시작한다.

내가 훌쩍거리면서 그녀나 나나 비키에게 가장 좋은 방법을 원하는 게 아니냐고 묻자 마드무아젤은 자기를 완전히 짓밟아 버리라고 한다. 우리는 나중에 더 얘기하기로 한다.

프랑스 사람들은 중압감에 시달리면 자신과 타인을 몹시 피곤하게 할 뿐 아니라 그들의 감상적인 성향을 상대에게도 전염시키는 탁월한 재주를 가졌다.

로버트가 마드무아젤과의 대화에 어떤 반응을 보일지 흥미가 일지만 이 주제를 더 논하기엔 내가 너무 지쳤다.

● 전혀 감정적인 사람이 아니고 오히려 정반대다.

6월 23일

런던에 오니 한결 마음이 놓인다. 로즈는 나를 보자마자 집에 누가 죽기라도 했냐고 묻는다. 최근의 집안 분위기를 설명하자 로즈는 알 것 같다며 한시라도 빨리 파마를 하는 게 좋겠다고 한다. 이 조언에 따라 나는 얼른 미용실을 예약한다.

우리는 배우 찰스 로튼이 나오는 연극 『유예된 지불』을 보러 간다. 찰스 로튼은 내가 평생 본 배우들 가운데 가장 지적인 사람이라고 생각했는데, 오늘 보니 확실히 그런 것 같다. 로즈는 범세계주의자다운 태도를 보이며 말한다. **영어** 무대에선 그렇지. 나는 잠시 생각한 뒤, 빛, 그렇지 하고 대꾸한다. 사실 내가 본 다른 나라의 무대는 어린 시절 볼로뉴에서 관람한 『대공녀』 공연과 약 11년 전 파리에서 잠깐 본 기트리 부부*의 공연뿐이라는 사실을 로즈가 눈치채지 못하길 바라며.

---

* 프랑스의 극작가 겸 배우 사샤 기트리와 역시 배우인 아내 이본 프랭탕.

6월 24일

로즈가 나를 데리고 학교를 둘러보러 가면서 내가 그 학교를 좋아하지 않을 것 같다고 한다. 그런데 왜 가는 거야? 내가 묻자 로즈가 대꾸하길, 가능하다면 다 살펴보는 게 좋지. 어쨌든 많이 다녀야 보는 눈이 생길 테니까.

(다시 생각해 보면 딱히 적절한 대답이 아닌 것 같지만 그때는 그럴듯하다고 느꼈다.)

우리는 기차를 타고 바람 부는 언덕 위에 자리한 커다란 학교로 향한다. 주위를 에워싼 황갈색 자갈밭이 마음에 들지 않는다. 크고 추운 응접실에서 교장이 밝게 우리를 맞아 주는데 암갈색과 밝은 황색의 중간쯤 되는 피부가 학교 건물과 닮았다는 생각을 떨칠 수 없다. 나와 눈이 마주친 로즈도 탐탁지 않은 눈치이고 우리 둘 다 이 학교는 탈락이라고 확신하는 것 같다. 그래도 우리는 오전 내내 (매우 밝고 추운) 교실들과 (오싹하리만치 깔끔한 빨간색 이불 때문에 보호 시설이 연상되는) 기숙사, 위험해 보이는 기구들이 놓인 체육관을 둘러본다.

아이들은 모두 건강해 보이지만 한 아이는 다리에 붕대를 감았다. 내가 이유를 묻자 교장은 종기 때문이라고 가볍게 넘기

곧 그 아이가 인도에서 태어났다고 덧붙인다.
(아이가 태어난 건 적어도 10년 전의 일일 테고
종기와는 아무런 상관이 없을 텐데 말이다.)

교장의 등 뒤에서 로즈가 입모양으로 긴
문장을 말하지만 나는 한마디도 알아듣지 못한다.
이윽고 로즈는 격하게 고개를 젓는다. 나 역시 고개를 저어 보인
다. 계속해서 우리는 (으스스하고 불쾌한) 예배실과 보건실을 둘러
보는데, 보건실에서 한 아이가 쓸쓸한 얼굴로 교복 위에 어울리지
도 않는 빨간색 카디건을 걸친 채 우울한 모습으로 아주 오래돼
보이는 이상한 조각그림 맞추기를 하고 있다.

교장이 건성으로 안녕, 아가, 하자 '아가'는 겁에 질린 얼굴로
바라본다. 우리는 다시 밖으로 나온다.

어머, 가엾어라! 내 말에 교장은 아까보다 훨씬 더 밝은 얼굴
로 대꾸한다. 우리 아이들은 보건실을 좋아해서 그곳에만 가면
더 즐거워한답니다. (설마. 만약 이게 사실이라면 보건실이 아닌 다른
곳에선 얼마나 재미없게 지낸다는 뜻일까?)

교장은 줄곧 비키를 이름 대신 "댁의 따님"이라고 무심하게
언급하며 우리에게 엄청난 서류 뭉치를 내민다. "필요한 세부 사항"
이라면서. 나는 "작성해서 보내겠다"고 대꾸하곤 로즈와 함께 역

으로 향한다.

로즈에게 정말 내가 이런 곳을 원할 거라 생각했느냐고 묻자 로즈는 겸연쩍어하며 다음 학교는 다를 거라고, 내가 어떤 곳을 원하는지는 잘 안다고 대꾸한다. 나는 그녀의 말을 받아들인다. 그런 뒤 우리는 런던으로 돌아오는 내내 그 교장과 학교, 그와 연관된 모든 것이 얼마나 형편없는지 떠들어 댄다.

심지어 나는 종기 때문에 붕대를 감은 아이의 부모에게 편지를 쓰자고 제안하지만 아이의 이름도, 부모의 이름도 모르니 넘어갈 수밖에.

(이따금 아무리 공허한 말이라도 언젠가는 중요한 의미를 갖게 된다는 어린 시절의 격언을 떠올리면 마음이 불편해진다. 이게 정말 사실이라면 우리들 대부분은 영원히 의미로 가득 찬 삶을 살아야 할 테니까.)

6월 25일

파마를 했다. 언제나 그렇듯 도중에 문득문득 이걸 꼭 해야 하나 생각하다가 결국에는 하길 잘했다고 확신한다.

미용사는 이번 주에 다섯 명에게 파마를 해주었는데 모두가 아름다워졌다고 한다. 그러더니 열을 가하는 동안엔 혼자 있으면 안 된다며 다른 손님들도 이 단계에선 혼자 두지 않았다고 엄숙하게 덧붙인다. 어쩐지 불길한 느낌이 들고 덜컥 겁이 난다. 그러나 결국에는 안전하게 미용실을 나서고 머리가 아름다워졌다는 말을 듣는다. 실제로 그렇다.

로즈의 집으로 돌아가 파마한 머리를 보여 주자 열다섯 살은 어려 보인다고 한다. (대체 그 전에는 어떻게 보였단 말일까? 그런 상태로 얼마나 오래 지냈을까?)

로즈와 함께 쇼핑을 하면서 상점이 보일 때마다 내 책이 진열돼 있는지 확인한다. 그런 곳은 딱 한 군데뿐이다. 로즈가 놀란 얼굴로 내 책이 보이지 않으면 들어가서 물어봐야 한다고 하고 나는 정말 그래야 하겠다고 맞장구친다. 하지만 그저 말뿐이다.

6월 26일

다른 학교를 보러 갔다. 여교장뿐 아니라 아름답고 고풍스러운 건물과 운동장도 마음에 든다. 하지만 초록색 라피아 깔개와 연보라색 종이 상자 따위를 만드는 수공예를 집중적으로 가르치고 자기표현을 중시하는 것 같다. 몇몇 학생들의 식사 예절이 만족스럽지 않다. 이번에도 성에 차지 않아서 그냥 나온다.

로즈가 나를 모임에 데려가 남성 작가 한 명과 여성 작가 여덟 명을 소개해 준다. 나는 오늘 오후에 산 연보라색 드레스를 입었는데, 새 드레스와 파마 덕분에 흡족한 모습이지만 야회용 구두의 금사가 낡아서 손을 봐야겠다고 마음먹는다.

키 큰 여성 소설가가 다가오더니 내 친구의 친구의 친구라고 한다. 어쩐지 대중가요가 떠오르는 것 같기도. 알고 보니 전에 미스 팬커톤이 우리에게 소개해 준 재스퍼라는 청년의 친구인 모양이다. 나는 경악하며 저녁 내내 그 소설가를 피해 다닌다.

6월 28일

23년 전에 패멀라 워버튼이라는 이름으로 함께 어울렸던 패멀라 프링글의 편지가 집에서 런던으로 전달된다. 캘링턴클레이 부인에게 내 얘기를 많이 들었다면서(그 부인은 나를 겨우 한 번 만났고 내가 존재한다는 사실 말고는 나에 관해 딱히 할 얘기가 없을 텐데) 나를 다시 만나고 싶단다. 오래전에 강변에서 피크닉을 즐긴 걸 기억하니? 하고 패멀라가 묻는다. 그 뒤로 (당연히) 많은 일이 있었는데 나도 이미 들었을 테지만 여러 문제를 겪고 마침내 평화를 찾았으며 그런 삶이 오래 지속될 거라 믿는다고 한다. (캘링턴클레이 부인에게 들은 얘기로 판단하건대, 패멀라 프링글이 말하는 평화가 결혼 생활의 안정을 뜻하는 거라면 현재의 삶에 너무 의존해선 안 될 텐데 하는 못된 생각이 문득 머리를 스친다.)

패멀라는 다정하게 묻는다. 추억을 곱씹을 겸 조만간 나를 보러 와줄래?

집에 돌아가는 대로 한번 가겠다고 답장을 쓰지만 추억을 곱씹기 위해서라기보다는 그저 생생한 호기심 때문이다. 물론, 이런 (아주 세속적인) 동기에 관해선 한마디도 하지 않는다.

이불을 사기 위해 할인 행사를 하는 큰 상점에 간다. 어느새 내 손에는 이불뿐 아니라 푸른 레이스 다회복과 줄 쳐진 편지지 여섯 묶음, 작은 머리핀, 붉은 양단 자투리, 작은 얼룩이 있는 양면 흑백 욕실 매트까지 들려 있는 것을 발견하고 경악한다.

어쩌다 이렇게 됐는지 도무지 모르겠다.

로즈와 『백만장자』라는 프랑스 영화를 무척 재미있게 본다. 나오는 길에 로즈의 옛 친구인 듯한 캐나다인을 마주친다. 그는 우리 둘에게 내일 저녁 함께 식사를 하고 극장에 가자며 남자를 한 명 더 데려오겠다고 한다. 우리는 흔쾌히 받아들인다. 나는 최근에 파마를 하길 잘했다고 다시 한 번 되뇐다.

양심 때문에 로즈에게 사실 나는 학교를 알아보러 런던에 온 거라고 넌지시 말하자 로즈는 참, 그렇지, 하더니 내가 확실히 마음에 들어 할 만한 학교가 있다며 오늘 오후에 보러 가자고 한다.

아까 만난 캐나다인 친구는 누구냐고 묻자 로즈는 이탈리아를 여행할 때 만난 사람이라고 한다. 참으로 기막힌 인연인 듯. 로즈가 덧붙이길, 아주 좋은 사람이고 온타리오에 어머니가 계셔. 온타리오라는 이름을 들으니 올렌도르프*가 떠오르지만 굳이 입 밖에 내지 않는다.

점심으로는 커틀릿을 먹는데 집에서도 비슷한 이름의 음식이 자주 나오지만 그 밋밋한 요리와는 완전히 딴판이다. 식사 후 우리는 그린 라인 버스**를 타고 레더헤드*** 근처의 미클럼으로 향한다. 완벽한 학교가 나타난다. 교장은 처음부터 아이의 이름을 묻더니 그 뒤로 줄곧 아이 얘기가 나올 때마다 비키라는 이름을 사용한다. 건물과 교정, 학생들까지 모두 매력적일 뿐 아니라,

---

● 독일의 지명.
●● 영국의 우등버스 브랜드.
●●● 잉글랜드 남동부 서리주의 도시로 런던과 접해 있다.

붕대 감은 아이는 보이지 않고 수공예 수업에만 집중하는 것 같지도 않다. 탁자에는 내가 좋아하는 주간지 〈시간과 조수〉*가 놓여 있다. 로즈는 더 보기도 전에 교장의 등 뒤에서 나를 향해 열렬히 고개를 끄덕인다. 나도 고개를 끄덕이지만 열의를 보이지 않고 떠나야 이 학교에서 내게 좀 더 목을 맬 것 같다. 나는 마음에 들어 하는 티를 내지 않고 잠시 수업료 얘기를 한 뒤 떠난다. 수업료도 적당한 수준이다. 로즈는 몹시 열을 올린다. 나는 로버트와 상의해야 한다고 말하지만 그건 형식적인 절차일 뿐이다. 아무래도 비키의 운명이 결정된 것 같다.

6월 29일

로즈의 캐나다인 친구가 초대한 저녁 식사 자리는 굉장히 성공적이다. 그는 유쾌한 미국인 친구를 데려왔다. 우리는 문학계와 연극계의 명사들이 가득한 이국적이고 값비싼 식당에서 저녁을 먹은 뒤 시사 풍자극을 보러 간다. 미국인 친구는 내가 책을 썼다는 것

---

* 1920년 진보적 정견과 페미니즘을 기치로 탄생한 영국의 주간 문예지로, 이 작품은 여기에 연재된 후 단행본으로 출간되었다.

을 안다고 하면서도 나를 존중해 주고 나중에는 책 제목을 알려 달라고 하더니 연극 프로그램에 건조하게 메모한 뒤 주머니에 넣는다.

그들은 우리를 버클리 호텔*로 데려간다. 우리는 새벽 2시까지 머물다가 마침내 호위를 받으며 로즈의 집으로 향한다. 미국인 친구가 나도 런던에 거처가 따로 있느냐고 묻는다. 아뇨, 안타깝게도 없답니다, 하자 모두가 말도 안 되는 상황이라며 당장 해결해야 한다고 입을 모은다. 값비싼 택시를 기다리게 해놓고 우리는 길에서 열띤 토론을 벌인다.

마침내 그들과 헤어지자 내가 로즈에게 말한다. 요 몇 년 사이 최고의 저녁을 보냈다고. 로즈는 샴페인을 마시면 자주 그렇게 된다고 한다. 그런 뒤 우리는 각자의 방으로 들어간다.

여기서 절로 떠오르는 의문: 술은 언제나 나쁜 영향을 미치기만 할까? 가끔은 자신감을 북돋는 유익한 효과를 내지 않나? 오늘밤의 대답은 '그렇다'이지만 내일의 대답은 어떨지 예측할 수 없다.

---

* 런던의 고급 5성 호텔.

6월 30일

브뤼셀 학회가 곧 시작하는데 아직 짐도 싸지 않았고 여권 준비와 표 찾기, 환전도 하지 않았다는 사실을 깨닫고 화들짝 놀란다. 로즈의 도움을 받아 이 가운데 많은 것을 처리하고 로버트에게 긴 편지를 쓴다. 혹시 아이들에게 무슨 일이 생기면 전보를 칠 주소도 함께 전한다.

회색과 흰색의 체크무늬 실크 옷을 입고 가기로 했다.

자세한 정보를 얻기 위해 문학 클럽 총무에게 전화했다가 직원에게 질책을 듣는다. 학회는 오늘 아침에 시작했으며 다른 사람들은 모두 어제 건너갔다는 것이다. 나는 몹시 당황하지만 로즈는 평소처럼 차분하게 묻는다. 그게 무슨 상관이야? 다시 생각하니 맞는 말인 듯. 우리는 주로 우리 자신에 관한 얘기를 하며 저녁 시간을 즐겁게 보낸다. 그러다 로즈가 묻는다. 벨기에에 꼭 가야 해? 나는 망설이다가 그래도 계획은 계획이라고, 그리고 어쨌든 나는 벨기에에 가보고 싶다고 대꾸한다. 우리는 더 얘기하지 않는다.

7월 2일

날이 추울지 더울지 알 수 없지만 결국 더울 거라고 결정하곤 내게 잘 어울린다고 생각하는 회색과 흰색의 체크무늬 실크 옷을 입고 작은 검정 모자를 쓴다. 그런데 별안간 하늘이 흐려지더니 날이 몹시 쌀쌀해진다. 짐을 다 싸고 나자 더 추워지는 것 같다. 별수 없이 가방에 챙겨 넣은 파란 외투와 스커트, 세틀랜드 스웨터를 꺼내서 갈아입고 회색과 흰색의 체크무늬 실크 옷은 구겨질까 봐 망설이다가 결국 가방에 쑤셔 넣는다. 옷을 갈아입고 나니 검정 모자가 어울리지 않는다. 옷장에 남아 있는 세 개뿐인 모자를 써보며 한참 시간을 보낸다.

문득 항구로 가는 열차 시각이 겨우 한 시간 뒤라는 사실을 깨닫고 부랴부랴 택시를 타고 역으로 향한다. 열차를 놓칠까 봐 초조한 마음에 택시 좌석 끝에 걸터앉아 상체를 앞으로 바싹 내밀고 있는데, 이렇게 불편한 자세로 한참 달리고 나니 온몸이 쑤신다. 그래서인지 아니면 다른 이유 때문인지 빅토리아 역에 도착하자 시간이 20분 넘게 남아 있다.

짐꾼이 자리를 찾아 주자 나는 기차에서 음식을 살 수 있느냐고 물어본다. 그는 불안한 대답을 내놓는다. 음식은 배를 타야 구경이라도 할 수 있을 겁니다. 나는 과일을 조금 사기로 하고 큰 유리 가판으로 향한다. 하나에 1실링인 잉글랜드산 복숭아와 바구니에 담긴 딸기, 원산지 표시가 없는 10페니짜리 저품질 복숭아도 있다. 전부 놔두고 바나나 두 개를 봉투에 담아 달라고 하는 내 목소리를 듣고 경악한다. 계산대 남자가 거절해도 놀랍지 않을 듯. 하지만 그는 거절하지 않고 나는 결국 바나나를 들고 기차로 돌아간다.

무사히 기차 여행을 마친다. 배를 타고 해협을 건너는 여정도 예전보다 성공적인 것 같다. 예전처럼 "엉망진창의 오스트리아 군대"라는 시를 암송한 건 딱 한 번뿐이니까.

브뤼셀에 내려 8시쯤 브리태니아 호텔에 도착한다. 붉은 우단과 시대에 뒤떨어진 금색 몰딩, 문학 클럽의 회원들이 가득하다. 나는 그들을, 그들은 나를 경악과 불신의 얼굴로 바라본다. ^{의문} 이런 태도는 영국인의 전유물이 아닐까? 그렇다면 애국주의 때문에 이런 태도가 바람직하지 않다는 생각을 못하는 걸까? 미국인들은 그렇지 않은데, 어쨌든 그래서 미국인들이 훨씬 더 다정한 것 같다.

그러다 마침내 성공적인 희곡 여러 편을 쓴 옛 친구 에마 헤이를 맞닥뜨린다. 누가 입어도 어울리기 힘든 에메랄드빛 초록색 옷을 입고 반지와 브로치, 목걸이를 놀랍도록 주렁주렁 달고 있다.

그녀가 말한다. 여기서 너를 보다니! 드디어 자유로워진 거니? 나는 아니, 그건 아니야, 하고 대꾸하며 저녁을 먹자고 한다. 에마는 나를 많은 문학계 인사들에게 소개해 주는데 대부분 발칸반도에서 온 것 같다.

(이런 상황에서 갑자기 발칸반도의 환경이나 구성 국가 따위를 상세히 설명해야 하는 상황이 닥쳤다면 굉장히 한탄스러웠을 것이다.)

놀랄 일도 아니지만 어쨌든 발칸 사람들은 내가 어떤 사람인지 전혀 모르고 나 역시 그들의 명성을 모른다. 우리는 벨기에를 화제로 삼아 알베르 왕의 인기, 엘리자베트 왕비의 단발머리와 세련된 옷차림 등에 관해 얘기하다가 존 골즈워디*와 개인적으로 친분이 있느냐고 서로에게 물어본다. 그런 사람은 아무도 없다.

7월 3일

오전에 문학 회의가 열린다. 발칸 사람들은 할 말이 아주 많은 것 같다. 그들의 프랑스어 연설을 어설픈 통역가들이 영어로 옮겨 준

---

* 1932년 노벨문학상을 수상한 영국의 소설가 겸 극작가.

다. 안타깝게도 어느새 내 머리는 무관한 주제들 사이를 방랑한다. 우애결혼*이나 우리 교구 교회에 난로가 부족한 사정, 얼음 조달의 어려움 따위로 자꾸 생각이 흘러간다. 그래도 여기까지 왔으니 헛되이 보내지 않으려고 명함 뒷면에 메모를 하는데 나중에 보니 이렇게 적혀 있다. 로빈과 비키에게 보낼 그림엽서를 살 것, 파란 야회용 드레스가 더 해지기 전에 손볼 것, 돈이 부족할 때를 대비해(거의 틀림없이 그럴 듯) 토머스 쿡 앤드 손 상사의 위치를 알아둘 것.

에마가 이탈리아 문학가를 소개해 주는데 그는 허리를 굽혀 인사하고 내 손에 입을 맞춘다. 로버트는 이런 대륙식 예절을 좋아하지 않을 거라는 확신이 든다. 학회는 계속되고 나는 (조금) 유명한 시인 옆에 앉아 있지만 이 시인은 나뿐 아니라 누구에게도 관심을 보이지 않는다. 늘 활기 넘치는 내 친구 에마는 쉬는 시간을 이용해 나와 옆자리 시인에게 다른 발칸인들을 소개한다. 시인은 여전히 시큰둥하다. 나이 지긋한 발칸인이 괜히 그에게 말을 걸려다가 시인이 "느 부 레베예 파, 무슈."** 하고 버럭 소리를 지르자 물러간다.

---

* 피임과 이혼의 자유를 인정하고 우애와 성적 만족을 중심으로 하는 시험적 결혼의 형태.
** 내버려 두시죠, 선생님.

학회가 끝나고 사람들이 편하게 대화를 나누기 시작하자 에마는 이미 서로에게 소개한 나와 이탈리아 문학가를 비롯해 많은 사람들을 여기저기 소개한다. 이탈리아 문학가는 조금 전에 나를 만났다는 사실을 전혀 모르는 것 같은데, 아마도 내가 외모로나 성격으로나 이렇다 할 인상을 남기지 못했다는 뜻일 거다.

어느새 나는 벨기에까지 왜 왔을까 고민하고 있다. 문학에 도움이 된다고 생각하고 싶지만 심히 의심스럽고 더 확인해 보고 싶지도 않다. 여성의 본성은 때론 좀처럼 숙고해 보고 싶지 않은 주제다.

오후에는 시내 관광을 즐긴다. 아름다운 시청사를 방문해 시장의 환영을 받는데, 그는 영어로 연설한 뒤 프랑스어로 똑같은 연설을 되풀이하고 답례로 몇 사람의 연설이 이어진다. 뒤이어 활기 넘치는 벨기에 신사가 우리 모두를 데리고 브뤼셀을 산책한다. 정신을 차리고 보니 나는 키가 작고 부루퉁한 문학가와 함께 걷고 있는데 어느 나라 사람인지는 몰라도 억양이 매우 독특하다. 함께 울퉁불퉁한 길을 걸으며 그가 내게 풀 죽은 목소리로 말한다. "세 퉹 투르 드 라 벨지크 아 피에, 엥?"*

---

* 벨기에를 걸어서 관광한다고요?

7월 5일

과도한 관광 탓에 극심한 피로가 몰려온다. 에마에게 오후에 예정된 말린 버스 여행에서 빠질 수 있느냐고 묻자 에마는 놀라고 난처한 얼굴로 되묻는다. 솔직하게 얘기해 줄까? 나는 그러지 않았으면 좋겠다고 말하고 싶지만 차마 용기가 나지 않는다. 에마는 문학을 위해서나 국제적 연대를 위해서나 말린에 함께 가는 게 내 의무라고 단언한다. 그러더니 시청에서 차를 마실 테고(그렇다면 연설을 또 들어야 한다는 뜻이다) 그 뒤에는 카리용 연주도 듣게 될 거라고 덧붙인다.

에마가 다시 묻는다. 초록색 벨벳을 입을까? 너무 더울 것 같은데. 아니면 루마니아 농민 복장을 할까? 조금 끼긴 하지만 루마니아 참가자가 좋아할 거야. 나는 망설임 없이 루마니아 참가자의 희생을 택한다.

많이 걸은 탓에 커다란 버스에 오르자 마음이 놓인다. 가슴이 풍만하고 머리칼이 금빛인, 잘 모르는 프랑스 여자 옆에 자리를 잡았는데 에마가 나를 불러내더니 그 여자는 폴란드인 친구를 만나려고 벨기에까지 왔다고, 그러지 않으면 남편을 떼어 놓을 수 없었다고 설명한다. 충격적인 얘기지만 에마가 나를 촌스럽다고 생각할까 봐 굳이 말하지 않는다. 나는 폴란드인 친구에게 자리를 양보한다. 내가 보기에 그는 물과 비누, 면도가 필요해 보이지만 이 역시 섬나라의 편견인지도 모른다. 나는 어느 미국인 청년 옆으로 가서 앉는데 그는 내 존재를 전혀 신경 쓰지 않는다.

^{의문} 내가 동료 문학가들과 아주 독특한 관계를 맺게 된 것 같은데, 혹시 나의 고분고분한 태도 탓일까? 그렇다고 해도 뭔가를 할 용기는 나지 않는다.

버스를 타고 가는 동안 이렇다 할 사건은 일어나지 않는다. 프랑스 여자는 모자를 벗고 옆자리 남자의 어깨에 머리를 기대고 있고, 벨기에 문학가가 아주 젊고 예쁜 영국 여자에게 이렇게 묻는 소리가 들린다. 버스를 영어로 뭐라고 해요? 그러자 여자는 순진하게 대꾸한다. 관광차죠.

시청에 도착하자 예상한 대로 환대와 연설, 다과가 이어지고 이후 우리는 삼삼오오 모여 카리용 연주회가 열리는 곳으로 걸어간다. 옆자리에 앉았던 미국인 청년은 어느새 나를 떠나고 없다. 아마도 내내 기회를 엿본 게 아닐까 싶다. 나는 나이가 아주 많은 벨기에 사람과 나란히 걷고 있는데, 그는 이렇게 무더운 날 우리는 젊은 사람들을 따라갈 수 없다고 하며 우리 같은 사람들은 항상 뇌졸중을 조심해야 한다는 것을 아느냐고 내게 묻는다. 나는 대꾸하지 않지만, 문득 머리를 스치는 생각. 이 생에서는 선의를 베풀어도 좀처럼 마땅한 보상을 받지 못하는 것 같다.

7월 6일

오전에 마지막 학회가 열렸다. 틀림없이 매우 중요한 의제들이 논의되었을 테지만 집에서 온 편지들을 읽느라 집중하지 못한다. 로버트는 즐거운 시간을 보내고 있길 바란다면서 목요일부터 비가 300밀리미터쯤 내렸고 지붕 수리비 청구서가 날아왔는데 예상보다 훨씬 더 많다는 소식을 전한다. 로빈과 비키도 짧지만 애정 가득한 편지를 보냈다. 둘 다 주로 음식 얘기를 썼고 로빈은 우표 수집을 어디까지 했는지도 썼다. 이제 10페니나 11페니어치쯤 모은 것 같다고 한다.

　오후에는 모터보트를 타고 앤트워프 항구를 둘러본다. 우리들 대부분은 난간을 등지고 앉아 서로를 마주 보고 있다. 내 주변에 앉은 사람들은 후버 대통령과 존 보인턴 프리스틀리*의 소설들,

---

* 당대 영국의 소설가 겸 극작가.

그리고 《채털리 부인의 사랑》에 관해 얘기를 나눈다. 나만 빼고 모두가 이 작품을 읽었으며 굉장하다고 생각하는 것 같다. 내 오른쪽에 앉은 모르는 여자에게 〈타임스〉 북클럽에서 그 책을 주문할 수 있느냐고 물어보자 그녀는 파리에서만 구할 수 있다며 고국에 돌아가기 전에 파리에 들르라고 조언한다. 그러면 엄청난 경비가 추가로 들 텐데 그럴 가치가 있을지 모르겠다. 게다가 어차피 파리를 경유하는 이유를 남편에게 납득시킬 방법이 없을 듯.

모터보트에서 내리자 몹시 춥고 피곤한 데다 얼굴도 시퍼렇게 변해 있을 게 분명하다. 손거울로 확인해 보니 내 직감이 맞았다. 부질없지만 열심히 파우더를 바르고 있는데 에마가 (동료 작가들과 모터보트에 시달리고도 지치지 않았는지) 이탈리아 문학가와 함께 다가와 다시 한 번 우리를 소개한다.

저녁의 국빈 만찬으로 모든 일정이 마무리되는데, 이를 위해 (이상하게도) 모두가 꽤 많은 돈을 지불한다. 연설할 사람이 너무 많아서 연설 시간이 2분 30초를 넘어가면 빨간불이 켜지는 독특한 방법이 사용되지만 안타깝게도 딱히 효과를 내지 못하고 대부분은 빨간불을 무시해 버린다. 내 친구 에마는 그들과 달리 간결하고 인상적인 말을 몇 마디 한 뒤 박수갈채를 받는다. 내 한쪽 옆에 앉은 네덜란드인은 내게 영어와 프랑스어, 네덜란드어,

독일어 가운데 어떤 언어를 선호하느냐고 묻고, 다른 쪽 옆에 앉은 작고 지저분한 동양인은 덥다고 투덜거린다.

11시가 되자 모두가 자리에서 일어나더니 춤을 권한다. 나는 조용히 외투와 택시, 침대를 찾아 떠나려는데 어디선가 에마가 나타나선 이렇게 가면 안 된다고 하며 어서 가서 춤을 추자고 성화한다. 내가 힘없이 거절하자 그녀는 왜 그러냐고 묻는다. 정확한 이유는 두통이 심하고 동료 문학가들에게 관심이 없으며 그들도 나에게 관심이 없기 때문이지만 차마 솔직하게 말하지 못한다. 결국 폭스트롯이 울려퍼지자 에마는 나를 미국인 청년 쪽으로 민다. 나는 춤을 정말 못 춘다고 털어놓고 청년은 자기와 보조를 맞출 수 있는 사람은 아무도 없다고 응수한다. 알고 보니 둘 다 사실이었다. 나는 낙담하며 호텔로 돌아가면서 중년의 나이를 거스르려 발버둥 쳐봐야 소용없다고 스스로에게 되뇐다.

7월 8일

영국으로 출발하자 적잖이 마음이 놓인다. 놀랍게도 갑자기 목이 아픈데, 일주일 내내 쉬지 않고 문학 클럽 회원들 사이에서 목소리를 내려고 노력한 탓일 거다.

나와 동행하던 에마가 다음 달에 웨일스에서 야영할 계획인데 같이 할래? 하고 묻는다. 그저 천막을 치고 바나나와 밀크초콜릿만 먹으며 지낼 거란다. 밀크초콜릿 얘기를 들으니 자연스런 연상 작용으로 나도 모르게 아이들이 좋아하겠다고 대꾸한다. 그러자 에마는 서운한 얼굴로 묻는다. 그렇게 평생 애들 뒤치다꺼리나 하고 부엌일이나 하면서 살 거야? 내가 별수 없이 그게 좋다고 대꾸하자 열띠고 괴로운 토론이 이어진다. 배에 오르자 에마는 나를 피해 다니고 어쩌다 보니 나는 섹스에 관심이 많은, 견디기 힘든 남자 소설가와 어울리게 된다. 끊임없이 섹스 얘기를 늘어놓는 통에 그와 함께 갑판에 앉아 있는 시간이 한없이 길게 느껴진다. 마침내 그가 말하길, 제가 재미없는 얘기만 늘어놓는 게 아닌지 모르겠네요. 놀랍게도 유쾌하게 대꾸하는 내 목소리가 들린다. 어머, 전혀 아니에요. 그 말에 그는 자연스레 얘기를 계속 이어 간다.

점점 머릿속이 흐릿해지면서 어떻게 하면 여기서 벗어날 수 있을까 궁리하지만 도무지 좋은 방법이 떠오르지 않는다. 결국 나는 추운 것 같다고 (진심으로) 웅얼거린다. 그는 걷자고 하더니 갑판을 돌며 계속해서 지구 반대편의 이러저러한 부족들 사이에 퍼져 있는 매우 불편한 결혼 관행에 관해 떠들어 댄다. 어느새 머릿속에 막연히 떠오르는 생각. 내가 갑자기 물속으로 뛰어들면 이 사람이 말을 멈추지 않을까? 실제로 실험해 보려는 찰나, 이불로 몸을 감싸고 갑판 의자에 누워 있던 에마가 일어나며 말한다. 어머, 여기 있었네. 내가 얼마나 찾았는데.

나는 몹시 안도하며 그녀의 옆에 앉는다. 남자 소설가가 내 옆을 떠나면서 런던에 돌아가는 대로 잊지 않고 도서 목록을 보내 주겠다고 한다. 우리가 무슨 책에 관해 얘기했는지 전혀 기억나지 않지만 틀림없이 점잖은 서가에 꽂기엔 부적절한 책들일 것이다.

에마는 다정한 말투로 아까 자기가 한 말은 모두 진심이 아니었다고 하며(솔직히 나는 그녀가 무슨 말을 했는지 다 까먹었지만 굳이 밝히지 않는다) 푹 자고 나면 기분이 한결 나아질 거라고 단언한다. 뒤이어 에마는 3부작 신작 소설을 쓰려고 계획 중이며 1938년까지는 모두 출판할 예정이라고 한다. 그러곤 계속해서 버트런드 러셀에 관한 견해와 이고리 스트라빈스키의 작품들, 상대성 이론으로 화제를 옮겨 간다. 새벽 1시가 돼서야 우리는 선실로 들어간다. 마지막으로 기억나는 건 미국이 영국 무대에 미치는 영향을 걱정할 필요가 없다는 에마의 말이다.

7월 9일

다시 런던. 하지만 도착하기 전까지 여러 문학계 인사들과의 대화를 견뎌야 했다.

^{의문} 문학적 재능과 비정상적인 수다 능력 사이에 아주 밀접한 관계가 있는 건 아닐까? 만약 그렇다면 이 점을 분명하게 밝히는 것이 공공심을 가진 사람의 의무가 아닐까? ^{이어지는 의문} 어떻게?

서운한 척하며 모두와 헤어지고 나자 한결 마음이 편하다.

로즈는 한껏 들뜬 채로 꼭 맞는 걸 찾았다고 야단이다. 나는 단호하게 말한다. 비키에게 버트런드 러셀을 가르치려는 거라면 안 돼. 로즈는 무슨 소린지 모르겠다며 내게 꼭 맞는 집을 찾았다고 한다. 논리적으로 나는 집을 찾고 있지 않으며 집을 구할 돈도 없다고 대꾸해야 마땅한데, 어째서인지 그런 대답을 피하고 로즈와 함께 19번 버스를 타고 도터 가°로 향한다. 로즈는 예전에 찰스 디킨스가 살았던 거리라고 귀띔한다. 확실하진 않지만 근처 시어벌드 가의 어느 집에서 누가 태어났다는 얘기를 들은 것 **같다**고도 한다. 시어벌드의 발음을 놓고 잠시 토론하다 보니 어느새 작은 아파트

● 문학가와 예술가가 많이 거주하여 이들의 집단을 일컫는 이름이 되기도 한 런던 블룸즈버리에 위치한 거리.

의 문 앞에 도착한다. 1층의 세입자가 열쇠를 건네준다. 2층으로 올라가자 아름다운 집이 나타나는데, 가구는 없고 침실 하나와 응접실, 욕실, 부엌이 있다. 부엌은 요리하기엔 너무 작아서 식사는 밖에서 해결하는 편이 낫겠다고 판단한다. 로즈가 침착하게 말한다. 여긴 창고로 쓰면 되겠네. 우리는 중개인에게 물어볼 사항을 정리한다. 로즈는 가장 중요한 질문으로 전기가 들어오는지, 요금이 월세에 포함되는지를 꼽는다. 어느새 나는 전대를 할 수 있고 미터당 2실링 이하의 벽지를 고를 수 있다는 조건으로 3년 임차 계약을 해버린다. 중개인은 9월부터 쓸 수 있다고 하며 보증금 2파운드를 제안하고 로즈와 나는 아주 어렵게, 주로 플로린*으로 돈을 마련한다.

아찔한 기분으로 중개인과 헤어진다. 로버트에게 어떻게 설명할지 막막하다. 한밤에 이런 생각이 다시 격렬하게 밀려드는 통에 한 시간 가까이 잠을 이루지 못한다. 아울러 답할 수 없는 의문이 줄줄이 떠올라 더욱 안절부절못한다. 전화를 놓아야 하나? 내가 없을 땐 그 집을 누가 돌보지? 창문 청소는 어떻게 할까? 등등. 이런 괴로운 소요 끝에 잠들었다가 깨어 보니 마음이 평온하고 불안함도 거의 사라졌다. 어쩌면 그저 지쳤을 뿐인지도 모른다.

● 2실링짜리 옛날 영국 동전.

7월 11일

집에 돌아오니 늘 그랬듯 예기치 못한 일들이 첩첩이 쌓인 채로 나를 맞이한다. 손님방 천장에 알 수 없는 얼룩이 생겼고 비키는 정원사의 자전거로 무언가를 했다는데 정확히 뭔지는 몰라도 커다란 멍이 들었으며 며칠 전에 답장했어야 할 편지들이 내게 전달되지도 않았다. 연보라색 장식의 싸구려 케이크와 함께 잼도 없이 내온 차가 몹시 텁텁해서 깜짝 놀란다. 아침에 요리사에게 얘기할 생각을 하니 몹시 괴롭다. 잠자리에 들 무렵이 되자 로즈와 런던, 도티 가의 아파트가 까마득한 과거의 일인 양 느껴진다.

　로버트가 새벽 1시가 넘어서야 침대로 와서(아래층에서 잠들었던 게 틀림없다) 나는 그제야 그에게 런던 집 얘기를 꺼낸다. 그는 시간이 너무 늦었다고 하더니 잠옷 단추가 늘 말썽이라며 세탁부가 자기 잠옷을 다른 세탁물과 섞어서 아무렇게나 세탁한 게 틀림없다고 투덜거린다. 나는 그 얘기를 제쳐 두고 다시 셋집 얘기를 꺼내지만 성공하지 못한다. 그럼 비키의 학교 얘기를 들려줄까 묻자 로버트는 그것도 나중에 하자고 한다. 우리는 침묵에 빠진다.

7월 12일

요리사가 사직서를 냈다.

7월 14일

이제는 패멀라 프링글이 된 패멀라 워버튼과 재회한다. 차를 마시자는 초대에 어쩔 수 없이 내가 차를 몰고 주 경계를 넘어갔기 때문이다.

아주 커다란 집에 아주 커다란 정원이 갖춰져 있는데, 설마 정원을 둘러보자고 하진 않으리라 믿는다. 내가 푸른색 천장의 방으로 안내되자 여러 마리의 작은 개들이 마구 짖어 댄다. 패멀라가 파란 공단 파자마* 차림으로 커다란 담뱃대를 들고 나타나는데, 너무도 젊고 아름다운 모습에 화들짝 놀란다. 특히 밝은 산호색 립스틱이 무척 잘 어울려서 문득 터무니없는 생각이 머리를 스친다. 다음 주 일요일에 비슷한 색의 립스틱을 바르고 교회에 가

● 1930년대 서양에서는 휴양지 패션과 운동복에서 파생한 파자마가 널리 유행했다.

면 목사님이 어떻게 반응할까? 이런 공상에 빠져 있는데 패멀라가 인사를 건네더니 마치 일개 연대라도 되는 듯한 남자들 무리를 소개한다. 가장 나이 많고 머리가 가장 많이 벗어진 남자가 패멀라의 남편 프링글이다. 패멀라는 남자들에게 우리가 학창 시절 친구이며(이건 전혀 사실이 아닌데) 내가 조금도 변하지 않았다고(물론, 그렇다고 믿고 싶지만 그럴 수 없는데) 하고는 내게 칵테일을 권한다. 나는 세련돼 보이고 싶어서 무모하게 칵테일을 받아 든다. 하지만 맛도 없고 대화 실력이 나아지지도 않는다. 게다가 처음부터 모르는 청년이 내게 대령의 아내가 아니냐고 묻는 바람에 몹시 당황한다. 나는 화들짝 놀라며 얼른 아니라고 대꾸한다. 문득, 혹시 내가 추문의 빌미를 던져 놓고 그 대령을 알지도 못하며 딴 사람과 부부라는 설득력 없는 해명으로 이를 해결하려 하는 건 아닐까 하는 의문이 든다. 청년은 못 믿는 얼굴로 곧이어 실내 장식과 스페인 왕가, 현대 조명에 관해 떠들어 댄다. 나는 건성으로 대꾸하며 패멀라 프링글의 머리칼이 원래 적갈색이었는지 기억을 더듬어 본다. 게다가 이 많은 남자들을 어떻게 불러 모았는지, 보통 아내와 함께 오는데 아내들을 모두 어떻게 따돌렸는지도 궁금하다.

나중에 패멀라 프링글이 아이들을 보여 주겠다며 데려가자 나는 기회를 봐서 물어본다. 하지만 아이들에 관해선 캐묻지 않기로 한다. 여러 번 결혼한 패멀라의 골치 아픈 과거에 깊이 관여하게 될 수도 있으니까.

아이들의 공간은 온통 흰색이고 벽에 두른 색색의 장식띠에 이르기까지 흡사 여성지에 나오는 삽화 기사 속의 공간 같다. 겉으로는 연신 감탄하지만 속으로는 우리 집의 열악한 공부방과 비교되는 광경에 풀이 죽는다. 아주 어릴 때부터 안목을 키우는 게 중요하다는 패멀라의 말에 단호하게 맞장구치는 내 목소리가 들린다. 나는 삽화 잡지에서 오려 낸 종이가 덕지덕지 붙은 커다란 블라인드와 할머니에게서 물려받은 흉한 브뤼셀 카펫, 별난 항아리를 들고 가는 농부가 그려진, 훨씬 더 흉한 유화 따위가 평소 로빈과 비키를 에워싼 환경이라는 사실을 떠올리지 않으려고 안간힘을 쓴다.

패멀라 프링글이 아이들을 부르자 놀랍게도 아이들은 그들의 공간보다 더 호화롭고 깔끔한 모습으로 나타난다. 그나마 모두 안경을 썼고 그중 하나는 금테 안경을 썼다는 사실을 위안으로 삼는 스스로에게 씁쓸한 기분이 든다. 아이들의 머리칼은 모두 짙은색이고 곧게 뻗었다. 그러고 보니 패멀라의 고불거리는 적갈색 머리칼이 더욱 미심쩍다.

나는 아이들 모두와 악수를 하면서 우리 집에도 남자아이와 여자아이가 있다고 말해 주지만 역시나 그들은 딱히 관심을 보이지 않는다. 패멀라가 아이들 침실과 타일로 장식한 욕실, 부엌 등을 보여 주며 자녀들의 공간이 별채로 분리되어 있으면 참 편리하다고 하자 나는 마치 오래전부터 그렇게 생각했다는 듯이, 그럼, 그럼, 하고 맞장구친다. 어린 안경잡이들과 헤어지고 나서야 마음이 놓인다.

아래층으로 내려가면서 패멀라는 수다를 쏟아 놓으며 앞으로 자주 보면 좋겠다고 한다. 이제 우린 이웃이라면서. 66킬로미터나 떨어져 있으니 이웃이라고 말할 수는 없을 것 같지만 그저 적당히 대꾸한다. 패멀라는 나중에 긴 얘기를 다시 하자고 한다. 혹시 스티븐슨과 템플러테이트에 관해 얘기하려는 걸까?

(내가 패멀라 프링글의 비밀 얘기나 속내에 조금이라도 관심을 갖는 건 오로지 추문이나 개탄스러운 사건의 전말을 들을 수 있을 거라는 기대 때문이라고 생각하니 기가 차고 한심하다. 그런 건 그저 모르는 채로 두는 편이 나을 텐데.)

다시 차를 몰고 집까지 66킬로미터를 달려 오면서 새 요리사와(이 문제는 도무지 희망이 보이지 않지만) 비키의 학교를 어떻게 할지, 마드무아젤에게 통보하면 어떤 반응을 보일지, 도티 가 아파트의 가구는 어떻게 할지 등을 생각해 본다.

7월 17일

어떻게든 로버트를 붙잡아 놓고 런던의 아파트 얘기를 해야 한다. 마침내 그가 귀를 열어 주자 나는 구변 좋게 떠들어 대지만 그의 눈치를 살피면서 점점 목소리가 작아진다. 결국 그는 상냥하면서도 침울하게 대꾸한다. 내가 무엇에 씌었는지 모르겠지만(사실은 나도 모르겠다) 어쨌든 나는 **뭔가**를 해야 했을 거라고, 집에 가구가 많으니 몇 개를 도티 가로 가져가도 좋겠다고.

그의 말에 나는 다시 기운을 내고 우리는 가구에 관해 좀 더 구체적으로 논의한다. 결국 집에 없어도 되는 가구는 응접실의 커다란 초록색 유리 화병과 욕실 앞에 놓아 둔, 다리 하나가 없고 여왕의 부군이 새겨진 작은 단풍목 탁자, 그리고 (확실하진 않지만) 다락에 치워 뒀다고 믿고 있는 카펫뿐이라는 결론에 이른다. 그렇다면 이제 가구 문제에 완전히 새롭게 접근해야 한다. 내가 들뜬 모습을 보이자 로버트가 말한다. 뭐, 어차피 당신 돈이잖아. 여기까지 하고 나중에 다시 얘기하면 어떨까? 어차피 그럴 수밖에 없다. 그는 그렇게 말한 뒤 바로 나가 버렸으니까.

요리사를 구하기 위해 직업소개소에 편지를 몇 통 쓰고 지역 신문에도 광고를 낸다. 단점들을 솔직하게 밝히되 가급적 매력적인 일자리처럼 포장해야 한다는 생각에 광고를 만드는 데 엄청난 시간과 노력이 들어간다. 결국 "외출 많음"을 넣고 "기름등만 있음"은 뺀다. 그래도 "조용한 시골집"과 "4인 가족"을 솔직하게 밝힌다.

기막히게도 떠나는 요리사는 갑자기 전례 없는 재능과 솜씨를 보여 준다. 전에도 그런 적이 있었다. 우리가 대단한 인재를 잃는다는 사실을 보여 주려는 듯 지금까지 구경하지 못한 굉장한 요리를 올려 보낸다.

7월 19일

지역 신문에 낸 광고에 두 명이 지원서를 냈다. 한 명은 글을 모르는 사람인데 우리가 밤늦게 저녁 식사를 하지 않길 바란단다. _{의문}우리가 왜? 다른 한 명은 좀 더 똑똑하지만 부엌 하녀와 엄청난 임금, 말도 안 되는 휴식을 요구하는 불쾌한 편지를 직접 썼다. 이성은 두 사람 모두에게 답장을 보내지 말라고 하지만 어느새 나는 길고 상세한 답장을 쓰고 있다. 심지어 두 번째 지원자에게는 면접을 제안한다.

비키의 학교 문제를 이제 확실하게 정해야 하는데, 그러려면 마드무아젤에게 소식을 전하는 무시무시한 과정을 거쳐야 한다. 아침 식사 직후에 그렇게 하자고 결심하지만 나도 모르게 괜히 집 안 곳곳에서 급한 일을 만들어서 하고 있다. 이런 상황은 마드무아젤이 비키를 데리고 산책을 나갈 때까지 계속된다.

의문: 비겁함은 엄청난 자기기만으로 이어지는 경우가 많지 않나?
답: 확실히 그런 것 같다.

점심 식사 후에 마드무아젤에게 얘기하기로 마음먹지만 식사 시간에 마드무아젤이 우울한 얼굴로 날씨가 "뤼 포르트 쉬르 레 네르"*하다고 한다. 아무래도 오후 다과 시간 이후로 미루는 게 좋을 것 같다. 내가 정말 마드무아젤을 배려하는 건지 아니면 그저 회피하는 건지 모르겠다. 시간이 갈수록 날씨는 점점 더 나빠지고, 그렇다면 마드무아젤은 계속 짜증이 날 게 분명하다. 그래도 비키가 잠자리에 들고 나면 무슨 일이 있어도 얘기하겠노라고 굳게 다짐한다.

로빈의 학교 교장의 아내가 학생들 사이에서 황달이 발생했으니 모든 학생을 일주일 일찍 집에 보내겠다는 편지를 보냈다. 그

---

* 신경을 거슬리게 하다.

러곤 황달이 전염병은 '아니라고' 덧붙였다. 그렇다면 상식적으로나 논리적으로나 이해가 되지 않지만 어쨌든 로빈이 곧 집에 온다고 생각하니 기쁘다. 안타깝게도 로버트는 나처럼 기뻐하지 않는 것 같다. 대신 비키가 잔뜩 들떠서 한동안 시끌벅적 소란을 피우자 그나마 마음이 풀린다. 마드무아젤은 늘 그랬듯 그 모습에 감탄하며 소리친다. "아, 켈 봉 프티 쾨르!"* 이 말을 듣고 나자 도저히 나쁜 소식을 전할 수가 없다. 나도 모르게 늦게까지 비키를 재우지 않고 붙잡아 두며 오랫동안 루도 놀이를 한다.

마침내 비키가 잠자리에 들자 뒷문에 웬 여자가 찾아와 나를 만나고 싶어 한다는 전갈이 온다. 여자는 수백 개쯤 되어 보이는 초록색 판지 상자가 가득 담긴 허름한 수레를 끌고 왔다. 상자들 안에는 의류가 들어 있는데 모두 자기가 손으로 직접 뜬 거라고 한다. 그녀는 보여 주겠다고 하지만 나는 괜찮아요, 오늘은 안 돼요, 하고 말린다. 그녀는 곧바로 물건을 늘어놓는다. 내가 보기엔 모두 형편없다.

괴로운 넋두리가 이어진다. 남편이 군대의 대령이었고 한때는 궁전을 드나들었으며 실내 하인만 열 명쯤 되었다면서. 믿을 수 없

---

* 아, 착하기도 해라!

지만 그렇게 말할 수도 없고 도중에 말을 끊을 수도 없다. 그런데 다행히 로버트가 나타나 그저 눈길만으로 3분 만에 수레와 상자들을 모조리 치워 준다.

(나중에 그는 뒷문에서 2.5실링을 쥐어 주었다고 솔직하게 털어놓는다. 오히려 마음이 뭉클해지고 고맙다는 생각이 들기도 한다.)

저녁 식사 후 로버트는 보기 드물게 한참 (건초에 관해) 떠들어댄다. 방해하고 싶지 않아서 결국 마드무아젤에게 곧 닥쳐 올 운명을 알리지 못한 채 잠자리에 든다.

7월 21일

요리사 두 명의 면접을 보았지만 결과는 영 별로다. 몹시 우울해져서 집에 돌아오자 마드무아젤이 약탕을 만들어 주겠다며 다정하게 굴어서(내가 다급하게 요청하자 약탕을 차로 바꾸지만) 나는 다가올 미래를 알리는 괴로운 일을 한 번 더 미룬다.

7월 22일

로빈이 돌아왔다. 황달에 관해(분명
친구가 걸렸을 텐데) 경박하게 까불거리긴 하지만 건강
해 보인다. 차를 왕창 들이켜고는 학교에선 늘 배가 고프다고 투덜
거린다. 마드무아젤이 "르 포브르 고스!"* 하며 므니에** 초콜릿을
내민다. 로빈은 고마워하며 냉큼 받지만 이런 동맹은 오래가지 않
는다는 것을 나는 잘 알고 있다.

　로빈에게 도티 가 아파트 얘기를 하자 녀석은 큰 관심과 호의
를 보이며 신발 보관함이나 벽걸이 책꽂이 가운데 내가 원하는 것
을 하나 만들어 주겠다고 한다. 그런 뒤 우리는 정원으로 나가 모
두 함께 크리켓을 즐긴다. 마드무아젤은 고무공으로 하자고 애원
하지만 모두들 당연히 들은 체도 하지 않는다. 로빈은 너그럽게도
내가 가장 안전하다고 생각하는 포지션인 위켓키퍼***를 맡게 해주
고, 비키는 투수를 맡는데 공을 너무 느리게 던질 뿐 아니라 폭투
가 난무한다. 평소처럼 헬렌 윌스가 나타나지만 앞발로 크리켓 공

---

* 가엾어라!
** 프랑스 초콜릿 브랜드.
*** 크리켓에서 투수가 공으로 맞추는 위켓의 뒤에 서 있는 선수로, 야구의 포수와 비슷한
　역할을 한다.

을 받더니 바로 사라진다. 아주 오랜 시간이 지난 듯 느껴질 무렵 로버트가 나타나 판세를 완전히 바꾸어 놓는 바람에 경기가 훨씬 더 빨라진다. 마드무아젤은 이내 "무아, 주 느 주 플뤼."* 하며 집 안으로 들어간다. 스포츠 정신에 어긋나는 행동이라고 느끼지만 내심으로는 내가 그녀를 따라 들어가지 못하는 것이 다름 아닌 비겁함 때문이라고 확신한다. 나는 끝까지 자리를 지키며(어쩐지 카사비앙카**가 떠오르지만) 두 번 공을 막고 한두 번은 놓친 뒤 타자가 되어 2점을 얻는 데 성공한다. 그러고 나자 로빈이 내게 투수를 맡긴다.

크리켓은 확실히 나와는 맞지 않는 스포츠다. 그러고 보니 절로 드는 의문: 과연 나와 맞는 스포츠가 있긴 할까? 뭐 떠오르지 않는다.

7월 23일

조금 늦었지만 문제를 정면 돌파하기 위해 오후 2시에 마드무아젤을 찾아간다. 비키는 쉬고 있고 로빈은 멀쩡한 응접실을 두고

- 저는 그만할래요.
- •• 1798년 영국과 프랑스의 나일강 해전에서 배가 폭파하여 침몰하는 순간까지 자리를 지키다가 죽은 열세 살짜리 함장 아들.

자기가 좋아하는 계단에서 《셜록 홈스》를 읽고 있다. 나는 머뭇거리며 마드무아젤에게 묻는다. 여기서 잠깐 얘기 좀 할 수 있을까?

마드무아젤은 얼른 자신의 팔걸이의자를 끌어오며 말하길, "아, 사 므 페 뒤 비앵 드 르스부아르 마담 당 몽 프티 도멘."* 이 말에 나는 더없이 미안해진다.

그 후 30분 동안 극심한 고통이 이어진다. 우리는 이미 여러 번 얘기한 근거를 다시 되짚고 결론을 내렸다가 원점으로 돌아가길 반복한다. 그러다 결국 늘 그렇듯 엄청난 눈물과 서로를 치켜세우는 말로 마무리한다. 이런 과정이 끝나자 두 가지가 결정된다. 마드무아젤은 빠른 시일 내에 고국으로 돌아간다는 것과 비키는 9월에 미클럼의 학교에 간다는 것.

메모: 비키에게 이 소식을 전할 때는 버릇없이 해방을 기뻐하지도 말고 마드무아젤과의 이별에 차갑고 무심하게 반응해서도 안 된다고 단단히 이를 것. 이와 관련해 몹시 힘든 상황이 벌어질 것 같아서 남편에게 얘기하자 그는 다리에 도착하기도 전에 성급히 건너지 말라고 하는데, 괜히 약이 오른다.

비키의 학교 교장에게 편지를 쓰고 치과를 예약하고 육해군

● 아, 제 작은 방에 마담이 오시면 저야 늘 반갑죠.

백화점*에 식료품을 주문하느라 많은 시간을 보낸다. 왜인지 알수 없지만 이런 일로 몸과 마음이 몹시 지친다.

7월 25일

다른 요리사 지원자를 만나러 엑세터까지 왔는데 직업소개소 사무실에서 두 시간 20분 동안 기다려도 지원자는 나타나지 않는다. 주황색 베레모를 쓰고 안내대 앞에 앉아 있는 뚱한 표정의 여자에게 대체 어떻게 된 걸까요? 하고 몇 번이나 묻지만 여자는 전혀 모르겠다고, 지금까지 이런 일은 한 번도 없었다고 대꾸할 뿐이다. 그런 얘기를 들으니 모든 게 내 잘못인 것 같다.

투명한 분홍색 비옷을 입은 여자가 지친 얼굴을 하고 들어와서 요리와 다른 집안일을 맡아 줄 하인을 구할 수 있느냐고 묻자, 주황색 베레모의 여자는 시골에서 그런 하인을 구하기는 어렵다고 단호하게 대꾸한다. 그러면서 비꼬듯 덧붙이길, 그런 사람을 쉽게 구할 수 있다면 오래전에 떼돈을 벌었겠죠. 빅토리아 여왕처럼

● Army and Navy Stores. 19세기 군 장교 및 가족 들을 위한 협동조합으로 시작해 유한 회사로 전환한 영국의 백화점 그룹.

분홍색 비옷을 입은 여자는 뚱한 모습으로 다시 밖으로 나간다. 그러고 나자 긴 침묵이 이어지고 그사이 주황색 베레모는 방에서 나가더니 차를 한 잔 들고 돌아온다. 나는 방 안에 있는 유일한 읽을거리를 (열네 번째로) 살펴본다. 〈죽은 자들이 말을 하는가?〉라는 기막힌 간행물과 너덜거리는 1929년 2월호 〈스피어〉지가 전부다.

주황색 베레모는 차를 마시며 청소부인 듯 보이는 손님과 속닥속닥 알아들을 수 없게 대화를 나눈다.

점점 몸이 굳어서 다시는 움직일 수 없을 것 같은 기분이 든다. 하지만 당연히 결국에는 몸을 움직인다. 나는 밖으로 나가 아슬아슬하게 집에 가는 버스를 잡아탄다. 집을 팔고 호텔에 살면 어떨까 생각해 본다. 가능하다면 남프랑스의 호텔이 좋겠다. 그러면 하인 문제를 완전히 잊고 살 수 있을 텐데. 하지만 어차피 실현 불가한 망상이고 로버트와 극심한 갈등을 빚게 될 게 분명하다.

^{의문} 공허하고 소득 없는 백일몽을 어린아이들의 전유물로 간주하는 이론은 틀린 게 아닐까? 중년 어른들은 부적절하고 쓸데없는 약점을 무수히 많이 갖고 있지만 이런 망상도 거기에 추가해야 할 것 같다.

아이들과 함께 저녁 시간을 보낸다. 기운 넘치는 아이들은 내가 치기놀이를 하자는 제안을 거절하고 그럼 대신 가만히 앉아서

이미 세 번이나 읽은 《반대로》*를 한 번 더 들으라는 제안을 다정하게 받아들이자 사뭇 놀라는 듯하다.

7월 26일

해마다 한 번씩 그렇듯 아침 식사 자리에서 여름휴가에 관한 열띤 토론을 벌인다. 나는 브르타뉴반도**를 제안하며 엑세터의 여행사에서 가져온 작은 책자를 내민다. 그러곤 무모하게도 무한한 햇살과 수영, 아주 저렴한 물가를 누릴 수 있다고 단언한다. 로빈이 나를 지지하지만 개구리는 먹을 수 없다는 단서를 붙인다. 마드무아젤은 신음하며 해협을 건너다가 우리 모두 죽을 거라고, 올해는 유난히 '노프라주'***가 많다고 한걱정이다. 그러자 비키가 비행기를 타면 어떠냐고 한다. 그러곤 프랑스의 어린 소년들이 모두 머리를 죄수처럼 잘랐다고 단언한다. 마드무아젤이 언짢아하며 말하길, "아 농, 파 레 그장플, 주 느 모팡스 파, 무아, 메 사 투 드 멤."****

* 원제는 《Vice Versa》. 아버지와 아들이 뒤바뀌는 설정의 영국 판타지 소설.
** 프랑스의 서쪽 끝, 비스케이만과 영국 해협 사이에 솟아나온 삼각형의 반도.
*** 난파.
**** 아니, 화난 건 아니야. 하지만 그래도 그렇지.

그러면서 장황하게 설명을 늘어놓자 비키가 관용도 상식도 잊은 채 꽥 소리를 지른다. 로버트는 이런, 하더니 햄을 썬다.

비키를 밖으로 내보내고 토론이 다시 시작된다. 문 밖에서 이따금 비키의 비명 소리가 들리지만 고통의 표현이라기보다는 기계적으로 내는 소리다. 마드무아젤은 입술을 오므리곤 자기가 무얼 원하든 어차피 아무도 신경 쓸 필요가 없다는 말을 되풀이한다.

내가 다시 브르타뉴반도 얘기를 꺼내자 로빈이 강력히 지지하며 하는 말, 외국인들은 모두 달팽이를 주식으로 먹는 걸로 유명하잖아요. (그 말에 나는 초조해하며 마드무아젤을 흘끗 보지만 다행히 그녀는 못 들은 것 같다.)

남편은 그저 자기는 잉글랜드도 충분히 좋다고 한다.

(그에게 잉글랜드가 충분히 좋지 않았던 적이 무수히 많다는 점, 특히 노동당 정부의 활동과 관련해 그런 적이 많았다는 점을 구체적인 예를 들어 상기시킬 수 있지만 참기로 한다.)

나는 좀 더 화끈하게 밀어붙인다. 아예 한 달쯤 집을 비우고 확실하게 기분 전환을 하면 몸과 마음이 모두 건강해지지 않을까? (그러면 새 요리사를 구할 시간도 벌 수 있을 테지만 이런 속된 이유는 굳이 말하지 않는 편이 좋을 듯.)

내 언변이 통하는 모양이라고 생각하려는 찰나, 로버트가 의자를 뒤로 밀며 말한다. 시간을 너무 많이 허비했군. 그러더니 송아지를 시장에 데리고 나가야 한다며 사라진다.

그러고 나자 마드무아젤이 진지하게 할 얘기가 있으니 10분만 시간을 내달라고 한다. 태연하게 그러겠다고 하지만 내심 두렵다. 10분은 결국 70분이 되고 긴 대화 끝에 내린 결론은 마드무아젤이 지금 같은 상황을 견딜 수 없으며 당장 환경을 바꾸지 않으면 쓰러지고 말 거라는 것이다.

나는 당연히 그런 일은 피해야 한다고 동조하며 그녀에게 원하는 방법을 택하라고 한다. 마드무아젤은 울음을 터트린다. 한참 울고 있을 때 글래디스가 아침상을 치우러 들어온다. (오랜 시간 이어진 우리 둘의 대화가 부엌에서 어떤 뒷말을 낳을까 하는 우울한 의문을 떨쳐 낼 수 없다.)

괴로운 대화만 했을 뿐 이렇다 할 결과도 내지 못한 채 오전이 통째로 날아가 버린 것 같다. 굳이 결과를 찾자면 마드무아젤이 점심 식사에 나타나지 않았으며 그래서 두 아이가 모두 버릇없이 굴었다는 것이다.

메모 엄마의 영향력은, 그런 게 있기나 하다면, 기껏해야 참담한 수준인 것 같다. 아이들은 다른 누구보다도 엄마에게 훈육을 받을 때 가장 버릇없게 군다.

저녁에 남편에게 다시 브르타뉴 얘기를 꺼내며 오늘 점심시간이 엉망이었으니 휴가 때 가정교사가 필요할 것 같다고 넌지시 말한다. 로빈과 함께 헤엄치고 아이들을 데리고 나가서 놀아 주는 사람이 있으면 내가 좀 편할 것 같다고. 그러자 남편이 묻는다. 일주일에 10기니쯤 들 텐데 괜찮겠어? 대답은 뻔하지만 굳이 말하지 않고 잘 알려진 교사 소개 기관에 편지를 쓴다.

7월 29일

휴가지는 브르타뉴반도로 거의 정해졌다. 디나르 근처의 작은 숙소를 골라 놓고 열심히 여권들을 찾는데 상상할 수 없는 장소에서 발견된다. 수건장에서 나오기도 하고 로버트의 여권은 옷방 서랍장에서 비뚜름하게 꽂힌 서랍을 빼보니 그 밑에 끼어 있었다. 우리는 큰돈을 들여 여권을 모두 갱신한다.

호텔 숙박과 수하물 등록에 관해 여행사와 긴 대화를 한 뒤 휴가 때 아이들을 맡아 줄 가정교사 두 명의 면접을 보지만 처음 만나는 순간부터 우리 사이에는 깊은 반감이 끼어든다.

한 명은 주급 7.5기니를 제안하며 저녁 시간은 혼자 보내겠다고 한다. 다른 한 명은 자신이 훈육에 뛰어난 사람이라고 단언하며 모든 것을 맡기라고 고집한다. 나는 그런 것을 원치 않는다고 잘라 말하곤 헤어진다.

7월 30일

그토록 두려워하던 날이 왔다. 하루 종일 마드무아젤과 작별 인사를 하는 날. 마드무아젤은 모두에게 선물을 준다. 로버트에게는 홍합 껍데기로 만들어 금색으로 칠한 액자를, 내게는 양쪽에 네 잎 클로버를 하나씩 수놓은 분홍색 침실용 울 양말을 선물한다. 보답으로 우리는 (안쪽 주머니에 수표를 넣은) 파란색 가죽 손가방과 여행용 시계, (각각 로빈과 비키가 준비한) 테니스 라켓 두 개가 교차해 있고 인조 진주로 공을 표현한 작은 금세공 브로치를 준다. 결국 마드무아젤은 감정을 주체하지 못하고 엄청난 눈물을 쏟으며 "메 부아용! 일 포 스 칼메."* 하더니 더 펑펑 울어 댄다. 아이들도 이런 감정을 조금 드러내면 좋으련만 둘 다 아무렇지도 않

● 자자, 진정하세요.

다. 나는 마드무아젤에게 영국 사람들은 감정을 잘 참기로 유명하다고, 슬프지 않아서가 아니라 오히려 정반대라고 설명한다.

(다시 생각해 보니 전혀 사실이 아닌 것 같다. 하지만 시간을 되돌린다고 해도 나는 어쨌든 똑같이 얘기할 것이다.)

8월 4일

휴가 때 아이들을 맡아 줄 가정교사 지원자를 만나기 위해 솔즈베리로 간다. 지원자는 레딩*에서 왔다. 이번 면접에 들어간 엄청난 시간과 비용을 생각하면 무슨 일이 있어도 그를 써야 할 것 같지만 그런 이유로 사람을 고용하는 건 말도 안 되는 일이니 어리석은 충동에 휩쓸리지 않기로 굳게 마음먹는다.

우리는 밋밋한 대기실에서 만나는데, 이곳을 빌린 사람은 우리뿐이다. "리빙스턴 박사님이시죠?"**라는 말이 목구멍까지 올라

- 잉글랜드 버크셔주의 주도로, 윌트셔주의 주도인 솔즈베리는 주인공이 사는 데번주와 레딩의 중간 지점이다.
- 19세기에 아프리카를 탐험한 영국의 선교사 데이비드 리빙스턴이 실종되었을 때 수색대로 파견된 〈뉴욕 헤럴드〉의 기자 헨리 스탠리가 그를 발견하고 처음 건넨 말 이후 스탠리의 기사를 통해 세상에 알려지면서 아주 오랜만에 만난 사람에게 건네는 인사말로 통용되었다.

오지만 어렵게 삼킨다. 이 말을 했다면 그는 내가 제정신일까 의심했을 테니까.

내 눈에는 그가 열여덟 살처럼 보이는데, 곧 서른이 되며 헌팅던셔의 초등학교에서 수년째 교사로 일하고 있다고 한다.

(헌팅던셔라니, 꼭 지어낸 이름 같지만 틀림없이 실존하는 곳일 것이다. 메모 집에 돌아가는 대로 비키의 지도책을 찾아볼 것.)

대화를 하다 보니 서로를 존중하게 된다. 고맙게도 그는 내가 말할 때 끼어들지도 않고 로빈을 나보다 더 잘 안다는 듯이 얘기하지도 않는다. 의문 정말 학교 선생이 맞을까? 호감을 갖고 그와 헤어지면서 나는 "편지할게요." 하고 우아하게 약속한다. 그가 걸음을 옮기는 찰나, 소소하고도 민망한 문제를 미처 논의하지 않았다는 사실이 떠오른다. 그를 다시 불러 오늘 비용을 얼마나 주어야 하느냐고 묻는다. 그는 얼마 안 됩니다, 하더니 입이 떡 벌어지는 액수를 내놓는다. 태연한 척하며 돈을 주지만 집으로 가는 기차에서 차를 마실 수 없을 것이다. 늘 그렇듯 필요한 현금을 제대로 계산하지 못한 탓이다.

집에 돌아와 남편에게 상의하자 그는 당신이 좋을 대로 해, 하고는 뜬금없이 잔디를 깎아야 한다고 한다. 나는 당장 헌팅던셔로 편지를 보내 그 가정교사에게 우리와 함께 브르타뉴에 가자고 제안한다.

뒤이어 가정교사를 구하는 일과 요리사를 구하는 일의 어려움을 비교해 보며 괴롭고 절망적인 상념에 젖는다.

8월 6일

마드무아젤이 떠났다. 커다란 여행 가방 하나와 작은 짐 여덟 개를 들고. 그중 하나는 로빈이 자발적으로 준비한 우울해 보이는 천수국 다발이다. (예전에도 자주 얘기했고 앞으로도 그럴 테지만 어쨌든 로빈은 확실히 비키보다 정이 많은 것 같다.) 마드무아젤은 우리와 포옹을 나누며 내년 여름에 놀러 오겠다고 약속하곤 "알롱, 뒤 쿠라지, 네스파?"* 하더니 다시 울음을 터트린다. 로버트가 기차를 놓치겠다고 성화하며 그녀를 데리고 역으로 출발하지만 그 와중에도 마드무아젤은 위험한 각도로 몸을 내밀고 끝까지 손수건을 흔든다.

비키가 쾌활하게 묻는다. 그 가정교사는 언제 와? 로빈은 헬

---

* 이런. 기운 차려야죠. 안 그래요?

렌 윌스를 안더니 자두가 열렸나 가보자고 한다. (어제 익지도 않은 자두를 자기가 모조리 먹어 치워서 남아 있을 리가 없는데 말이다.)

두 번째 우편배달로 에마 헤이의 편지가 도착한다. 벨기에에서 내가 대성공을 거뒀다고 강조하는데, 사실이 아닐뿐더러 나처럼 분별 있는 사람에게는 오히려 모욕과도 같다. 내가 런던에 집을 구했다는 소식을 들었다면서(대체 어떻게?) 무척 기쁘다고, 내 작품을 좋아하는 사람이 아주 많으니 내가 가면 모두들 나를 만나고 싶어 할 거라고 한다.

에마의 편지가 거짓말투성이라는 것을 알면서도 어느새 조금 흐뭇해하는 나를 발견하고 속이 복작거린다. 인간의 허영이란 어찌나 변덕스러우지. 에마에게 어떤 식으로 답장을 쓸까 고민하다가 미뤄 두기로 한다.

아이들이 저녁 내내 평소보다 훨씬 더 신나게 노는 모습을 보니 마드무아젤과의 이별을 전혀 개의치 않는 게 틀림없다.

아이들이 잠자리에 든 뒤《모자 판매상의 성》*을 읽으면서 급격히 우울해진다. 이 책이 매우 인상적이라는 사실은 인정하지만 우리들 대부분은 우울하기보다는 즐겁게 살고 싶어 하지 않느냐

- 원제는《Hatter's Castle》. 영국 작가 A. J. 크로닌의 1931년 소설로, 자기도취에 빠진 잔인한 모자 판매상이 자신의 삶과 가족을 무너뜨리는 과정을 다룬다.

고 독서 클럽에 호소하는 편지를 구상하다가 이전에 내가 《미국에 간 주앙》*을 추천했다는 사실이 떠올라 참기로 한다. 게다가 때마침 로버트가 말하길, 5분 전에 10시 30분 종이 울린 거 알아? 이 말은 헬렌 윌스를 내보내고 현관에 빗장을 걸고 불을 끄고 싶다는 뜻이다. 나는 모르는 문학가들에게 장황한 편지를 쓰려던 마음을 접고 잠자리에 든다.

8월 7일

휴가 동안 아이들을 돌봐 줄 가정교사가 왔다. 나는 당장 두 아이를 모두 그에게 맡기고 임박한 브르타뉴 여행 준비에 몰두한다. 커튼이 쳐진 침실 창문으로 정원을 내다보니 세 사람은 잔디밭에서 사이좋게 치기 놀이를 하고 있다. 시작이 좋은 것 같아서 마음이 놓인다.

- 원제는 《Juan in America》. 영국의 작가 에릭 링클레이터의 작품으로, 월가 붕괴 직전의 미국 상황을 영국인의 관점에서 그린다.

8월 8일

여행 준비를 마무리하느라 몹시 지쳤다. 막판에 구원의 손길이 내려온다. 메리 켈웨이가 전화해서 임시 요리사를 구했으니 우리가 돌아오기 하루 전에 보내 주겠다고 한 것이다. 하녀들은 휴가를 떠나기로 했고 정원사 부부가 남아서 집을 지키며 헬렌 윌스의 먹이를 주기로 했다. 나는 로빈의 여행 가방을 닫으려고 가정교사에게 그 위에 앉아 달라고 부탁하고는 그 사실을 까맣게 잊고 비누를 가지러(프랑스 기차와 호텔에는 이런 용품이 제대로 갖춰져 있지 않을 테니까) 찬장으로 간다. 몇 시간 뒤에 돌아와 보니 가정교사는 여전히 여행 가방 위에 앉아 있다. 그야말로 카사비앙카처럼. 깊이 사과하자 괜찮다고 한다. 여행 가방은 확실하게 닫혔다.

　날씨가 갈수록 나빠진다. 우리는 해상 일기 예보를 듣고 모두 절망하지만 비키는 난파되면 좋겠다고 떠들어 댄다. 시시각각 바람이 거세지고 있다. 카사비앙카에게 뱃멀미를 안 한다면 좋겠네요, 하자 그는 뱃멀미가 아주 심하다고 대꾸한다. 로버트는 뜬금없이 도대체 왜 집을 떠나려 하는지 모르겠다고 투덜거린다.

8월 10일

신경쇠약이라는 엄청난 대가를 치르고 생브리악에 도착했다. 카사비앙카는 모든 면에서 큰 도움이 되었지만 그래도 밤새 푹 잤다고 하니 괜히 부아가 난다. 나는 사뭇 다른 밤을 보냈을 뿐 아니라 새벽 4시부터 한숨도 자지 않고 팔팔하게 떠들어 대는 비키와 5시부터 심하게 탈이 난 로빈을 돌봐야 했다.

강풍과 폭우를 뚫고 생말로에 상륙하자 비키와 로빈은 사방에서 들려오는 프랑스어에 놀라고 로버트는 날씨 때문에 잉글랜드가 떠오른다고 한다. 카사비앙카는 아무 말도 하지 않고 묵묵히 짐을 나르며 열심히 돕다가 나중에 아주 상냥하게 일러 준다. 우리의 여행 가방 하나가 사라졌다고. 이 때문에 모든 게 지연되고 우리를 생브리악까지 태워다 주기로 한 택시 기사와 짐꾼, 그리고 이 사건에 열정적으로 끼어든 이름 모를 택시 기사 친구 사이에 긴 대화가 오간다. 마침내 가방이 다시 나타나자 택시 기사 친구는 몹시 흥분하며 말한다. "아, 그라스 아 디외!"* 이 사건 덕분에 생브리악으로 가는 내내 떠들어 댈 거리를 얻은 택시 기사는

● 아, 천만다행이군요!

끊임없이 어깨 너머로 우리에게 말을 건다. 로버트는 이런 상황을 못마땅해하는 것 같은데 택시 기사가 알면 상처 받을 테니 알아채지 못하길 바랄 뿐이다.

우리는 여러 마을을 지나치고 나는 매번 여기가 틀림없다고 하지만 아무도 대꾸하지 않는다. 카사비앙카만 예의상 관심을 보이는 척한다. 마침내 우리는 작은 광장에 들어서서 쾌적해 보이는 호텔 앞에 멈춰 선다. 차양과 밖에 놓인 작은 초록색 탁자들에서 물이 똑똑 떨어진다. 바다가 보이지 않아서 걱정되지만 이 문제는 잠시 미뤄 놓고 짐과 방 배정(이 부분에서 착오가 생겨 호텔 여주인이 카사비앙카와 나를 끈질기게 남편과 아내로 대한다), 모두의 커피를 먼저 서니린다. 커피가 나오자 우리는 홀에서 커피를 마시고 열다섯 명쯤 되는 다른 손님들이 우리를 면밀히 관찰하는데 모두 넝국인이고 모두 불쾌한 얼굴이다.

다음으로 우리는 방을 살펴본다. 로빈은 언제 수영할 수 있느냐고 묻지만 기온 때문에 걱정이 앞선다. 우리는 계속해서 짐을 풀고 정리를 한다. 그러는 사이 로버트는 어디론가 사라졌다가 몇 시간 뒤에야 나타나 바다에 가려면 20분쯤 걸어야 한다고 일러준다.

모두들 나를 원망하는 것 같지만 어쩔 도리가 없다. 카사비앙카는 잠깐 말없이 생각에 잠기더니 어쨌든 걸으면 몸이 따뜻해지지 않겠냐고 한다. 눈치가 빠른 건지 없는 건지 모르겠다. 하지만 막상 바다로 걸어가 보니 현실은 전혀 다르다. 바람 부는 해변에 도착할 무렵엔 아이들을 제외하곤 모두 정도만 다를 뿐 하나같이 추위에 떨고 있으니까. 바다는 초록색이고 거센 동풍이 불어 커다란 파도가 인다. 15분 후엔 우리가 저 바다에 들어가 있을 거라고 생각하니 도무지 믿기지 않고 망연자실해진다. 옷을 입은 채로 마른 땅에 머물 수만 있다면 얼마라도 내줄 수 있을 것 같다. 다른 곳이었다면 이와 비슷한 심리 상태가 우세했을 거라 확신하지만 이곳에선 모두가 즐거운 척하며 방갈로 두 채에 비집고 들어가 수영복으로 갈아입고 나타난다.

메모: 다시는 파란색 수영 모자를 고르지 말 것. 혈액 순환이 잘될 때는 괜찮을지 몰라도 그렇지 않으면 참담한 몰골이 된다.

아이들이 대담하게 달려 들어가자 가정교사가 바싹 뒤따라 들어간다. 나는 그의 놀라운 의무감에 높은 점수를 매긴다. 그 역시 추워서 파랗게 질렸고 오들오들 떨고 있는 것 같으니 말이다. 로버트는 고결한 모습으로 바닷가에 서 있고 나는 몹시 망설이며 얕은 물에 발을 담갔다가 그대로 얼어붙는다. 아이들이 굉장하다며 소리를 질러 대자 결국 모두가 물에 들어가 헤엄치면서 **물속**

에 들어오니 그리 춥지 않다고, 그래도 첫날이니 물에 너무 오래 있어선 안 된다고 서로에게 이른다.

다시 방갈로로 들어가자 한결 마음이 놓이고 노인이 발을 씻을 따뜻한 물을 가져다주자 더욱 기운이 난다.

그런 뒤 우리는 훌륭한 식사를 하고 이따금 무섭게 쏟아지는 소나기를 피해 가며 생브리악을 탐험하고 비스킷과 우표, 편지지, (아주 저렴하고 훌륭한) 복숭아, 로빈이 읽을 《셜록 홈스》와 비키가 읽을 《로빈슨 크루소》 문고본을 산다.

마침내 아이들이 잠자리에 들자 로버트와 카사비앙카는 호텔 투숙객들의 외모에 관해 우울하고 못마땅한 투로 얘기한다. 내가 우리도 그들과 대화를 하자고 제안하자 두 사람은 함께 질색한다. 이 지극히 영국적인 태도가 마음에 들지 않아서 두 사람에게 그렇게 얘기한 뒤 그들이 대꾸할 새도 없이 침실로 올라간다.

8월 13일

생브리악은 우리 모두에게 잘 맞을 뿐 아니라 갈수록 더 좋아지는 것 같다. 바다 수영도 처음처럼 괴롭지 않고 아이들은 모두 상냥한 객실 담당 직원들과 프랑스어로 자유롭게 대화한다. 안타깝게도 로버트는 대륙식 아침 식사가 못마땅한지 날마다 베이컨이 어쩌고저쩌고하며 투덜거리지만 점심 메뉴에 자주 나오는 바닷가재와 등심 요리는 칭찬하지 않을 수 없다.

카사비앙카가 물에서 나오지 않으려는 로빈과 무섭게 대립하며 놀라운 훈육 능력을 보여 준다. 그러는 동안 나는 방갈로에 남아 물을 뚝뚝 흘리며 작은 나무판자 틈으로 상황을 지켜본다. 끼어들까 말까 고민하는 찰나, 로빈이 패배를 인정하고 놀랍도록 차분하게 카사비앙카에게 이끌려 바다에서 나온다. 그 뒤로 내내 우울한 기운이 감돌다가 밤이 돼서야 둘은 화해하고 카사비앙카는 내게 앞으로 다 괜찮을 거라고 단언한다. (젊은 사람들은 너무 낙관적일 때가 많은 것 같다.)

8월 15일

호텔 투숙객 두 명과 얘기를 나누는데, 한 명은 추레한 겉모습 때문에 늘 지저분해 보여서 로버트가 "은퇴한 넝마주이"라고 부르는 사람이다. 얘기를 들어 보니 그의 아내는 몇 년 전에 세상을 떠났는데(어느 정도는 예상한 일이지만) 살아 있을 때 나름대로 천재였다고 한다. '나름대로'가 어떤 의미인지 모르겠지만. 그는 자기도 책을 썼다고 덧붙인다. 무슨 책이냐고 묻자 심리학에 관한 책이라고 할 뿐 더는 설명하지 않는다. 우리는 날씨 얘기를 주고받으며 여기도 나쁘지만 잉글랜드는 더하다고 입을 모은다. 그는 예전에 지나가 봤고 나는 한 번도 가보지 못한 울버햄프턴*과 인도적 도살법에 관해서도 얘기를 나눈다. 이 마지막 주제에 대해 우리는 둘 다 찬성하지만 그 뒤로 대화가 지지부진해진다. 다시 날씨 얘기가 나오려는 찰나, 카사비앙카가 와서 누가 나를 찾는다며 구제해 준다. 마치 경찰이 수배라도 하는 것처럼 말하지만 당연히 그런 건 아니다.

카사비앙카는 거만한 태도로 사람들은 외국에 나가면 꼭 낯선 사람과 억지로 친해지려 한다고 넌지시 말한다. 나는 그 말엔 대꾸하지 않고 그저 오늘밤 호텔에서 무도회가 열리는데 거기에 갈 생각이라고 한다. 그는 당황한 얼굴로 입을 다문다.

여기서 작은 문제가 생기는데, 사실 나는 무도회에 갈 생각이 전혀 없었다. 로버트는 함께 가자고 하면 단칼에 거절할 게 분명

• 잉글랜드 서부 스태퍼드셔의 도시.

하고 다른 방법은 도무지 생각나지 않는다. ^{의문} 카사비앙카의 의향이야 어떻든 그를 파트너로 끌고 갈 수 있을까? 체면을 조금 구기긴 하겠지만 그래도 즐거울 것 같다.

요즘 광장에서 많은 시간을 보내는 비키는 도랑에 사는 잡종 개들과 놀고 있다. 엷은 갈색 머리의 나이 많은 영국인 독신녀가 (이름이 바이였나?) 격앙된 목소리로 내게 말한다. 그 개들 가운데 거친 녀석들이 있으니 댁의 어린 딸이 어울리지 못하게 하는 게 좋을 거예요. 나는 개는 개죠, 하고 잘라 말한 뒤 (뒤늦게야) 훨씬 더 나은 대답을 여럿 떠올린다. 내가 보기엔 개들이 모두 점잖고 온순해서 굳이 끼어들 필요가 없을 것 같다. 나는 비키를 내버려 두고 로빈과 함께 길 건너 식료품점에 가서 복숭아와 비스킷, 작고 검은 포도를 산다. 비가 쏟아지는 바람에 비키와 개들은 흩어지고 우리는 함께 안으로 들어가 어둑한 식당 구석에서 상식 맞추기 놀이를 한다.

카사비앙카는 짜증날 정도로 잘하는 데다가 "월리스선이 뭘까요?"라는 문제를 내서 로버트를 포함해 모두를 짓밟는다. 알고 보니 이건 생물의 분포를 구분하는 (나는 처음 들어 보는) 경계선이다. 바이에게 보내서 설명하게 한 다음 그녀가 뭐라고 하는지 알아보고 싶지만 당연히 참는다.

아이들은 구닥다리 수수께끼를 낸 뒤 저희끼리 답을 하고 로버트는 주로 수학 문제를 낸다. 나는 꿀 먹은 벙어리가 된 채 나만 아는 지식을 떠올려 보려 안간힘을 쓰지만 성공하지 못한다. 마지막으로 로빈이 내게 문제를 낸다. 7 곱하기 9는? 얼른 답하지만 틀렸다. 카사비앙카는 기회를 놓칠세라 재빨리 상냥하게 정답을 알려 준 뒤 하루에 30분씩 수학 공부를 하면 회계가 훨씬 더 수월해질 테니 그렇게 하자고 내게 제안한다. 나는 그의 제안을 받아들이지만, 사실 지출이 크게 줄고 소득이 터무니없이 크게 늘면 회계는 절로 수월해질 거라고 생각한다. 그래도 손가락을 사용해 셈하는 건 그리 바람직하지 않다는 데 동의한다. 인생의 어느 단계에서든 그렇지만 특히 어린 시절이 지난 뒤에는 더더욱 그렇다.

평소처럼 수영을 하는데 주위가 소란해지더니 갑자기 낯선 프랑스 청년이 극적으로 나타나 우리 모두에게 차례로 묻는다. 저쪽 방갈로에서 독일인 신사가 발작을 일으켰는데 혹시 의사가 있나요? 카사비앙카가 방금 영국인 의사가 바다로 들어갔다고 하며 그리로 쏜살같이 달려간다. 의문 카사비앙카는 투시력이라도 가진 걸까? 로빈과 비키는 한목소리로 묻는다. 우리도 가서 독일인 아저씨가 발작하는 걸 봐도 돼요? 하지만 이미 방갈로에 사람들

81

이 몰려들어 와글거리는 통에 누구도 쉽게 달려가지 못한다.

여러 의견이 오간다. 독일인 신사가 의식을 잃었대요. 정신이 돌아왔대요. 벌써 죽었어요. 살해된 거예요. 이 말에 몇몇 사람들이 비명을 지르고 한 프랑스 여자는 이렇게 말한다. "일 느 망케 크 슬라!"* 앞으로 그녀가 생브리악을 떠날 때까지 어떻게 지낼지 궁금해진다.

로버트에게 가서 도와야 하지 않겠냐고 묻자, 그는 뭐 하러? 하더니 저만치 걸어간다.

카사비앙카가 물을 뚝뚝 흘리며 바다에서 나오고 의사인 듯 보이는 낯선 사람이 역시 물을 뚝뚝 흘리며 뒤따라 나온다. 나는 방갈로 문이 열리면 험한 광경이 드러날까 봐 서둘러 아이들을 데려간다. 낯선 이가 카사비앙카에게 "투타 페 에마블."** 하고 외치는 소리가 들린다.

얼마 후 카사비앙카가 돌아와 소식을 전하면서 사건은 시시하게 막을 내린다. 의사는 소화불량이라고 진단했고 이제 독일인 신사는 아내와 함께 집으로 돌아가고 있다는 것이다. 카사비앙카는 그의 아내가 노르웨이인이라고 근엄하게 덧붙인다. 이유를 분석

- 아이고, 어째!
- 정말 자상하시네요.

하고 싶진 않지만 어쩐지 그 말을 듣고 나니 이번 사건이 더욱 중요하고 묵직하게 느껴진다.

호텔로 돌아가다가 또다시 폭우에 발이 묶이자 로빈과 비키가 지저분한 영국 찻집에 들러 아이스크림을 먹자고 조른다. 아이들은 애국심이 투철한지 훨씬 더 멋진 프랑스 식당들을 두고 이 영국 찻집을 좋아해서 어쩔 수 없이 허락한다. 면 드레스를 입는 게 아니었는데 이미 흠뻑 젖었고 직물 사이로 바람이 숭숭 들어온다. 카사비앙카가 잠시 나를 살피는가 싶더니 창백해 보인다고 중얼거린다. 틀림없이 파리한 보랏빛을 띠고 있을 것이다.

호텔에 도착하자마자 비용 따윈 잊은 채 4프랑이라는 특별 가격에 뜨거운 목욕을 한다.

아이들이 요란하게 문을 여닫으며 한참 시끄럽게 떠들다가 마침내 잠자리에 들자 나는 로버트에게 넌지시 말한다. 저녁을 먹고 무도회나 **잠깐** 들여다보면 어떨까 싶은데. 대놓고 무도회에 가자고 하는 것보다 이렇게 말하는 편이 좀 더 수월할 것 같아서다.

로버트의 반응은 내 예상에서 크게 벗어나지 않는다.

결국 나는 쭈뼛쭈뼛 무도회에 가서 차가운 외풍을 맞고 앉아 탱고를 지켜본다. 잘 추는 사람이 아무도 없다. 카사비앙카는 의무감에서인 듯 마지못해 그다음 폭스트롯을 추자고 제안한다. 알고 보니 폭스트롯은 샴페인 한 병이 경품으로 걸린 경연대회다. 우리는 우승하진 못해도 거의 우승에 가까이 간다. 어째서인지 그러고 나자 둘 다 기운이 솟아 자정까지 신나게 춤을 춘다.

8월 18일

호텔 투숙객 가운데 유난히 근엄하고 다가가기 어려운 영국인 노신사와 카사비앙카 사이에 묘한 신경전이 벌어진다. 늘 샛노란 카디건을 입고 호텔 라운지를 돌아다니며 우리 모두를 매우 못마땅한 눈초리로 보는 노인인데 어쩐 일인지 불쑥 누구에게랄 것도 없이 인삿말을 건넨다. "재미가 좋은가?" 나는 화들짝 놀라지만 카사비앙카는 착실하게 대꾸한다. "재미란 게 원래 즐거운 기분이나 느낌을 뜻하는 말이지요." 마치 어리숙한 꼬마 학생들을 가르치듯이. 샛노란 카디건의 노신사는 당연히 역정을 내며 자기가 훈소리나 하고 엉뚱한 설교나 듣자고 아침 일찍 일어난 줄 아느냐고 따진다. 유쾌하지 않은 상황이 벌어질 것 같다.

그런데 마침 비키가 돌연 바닥에 생긴 커다란 구멍으로 떨어져 파이프들과 뒤엉키는 바람에 맥이 끊긴다. 그 파이프들이 가스

관이라면 좋겠지만 아무래도 하수관인 것 같다. "아, 포브르 프티트!"*, "오, 랄라!"** 따위의 외침이 들려오는 가운데 비키는 구조된다. 카사비앙카가 비키를 데려가더니 사람은 앞을 잘 보고 다녀야 한다고 엄하게 꾸짖는다. 사람은 말을 조심해야 한다고 그를 꾸짖고 싶지만 안타깝게도 이런 생각은 뒤늦게야 떠오른다.

로버트에게 이 사건을 들려주자 그는 생브리악에 온 이후 처음으로 호탕하게 웃어 댄다. 예전에도 자주 생각했지만 남자들의 유머감각은 참으로 이상한 것 같다.

로빈이 마지막 남은 반바지를 입고 있는데 심하게 해졌다. 흰 반바지를 세탁소에 맡기고 회색 반바지를 기울 재료를 사려면 디나르에 다녀와야 한다. 그런데 아무도 함께 가려 하지 않아서 결국 혼자 떠난다.

콧수염 난 프랑스 신사가 버스 한쪽을 차지하고 다른 한쪽은 내가 차지한 채 우리는 서로를 바라본다. 남편이나 아이들 없이 어떤 목적으로든 어딘가에 혼자 간다는 건 확실히 기분 좋은 일이라는 묘한 생각이 뜬금없이 머릿속을 파고든다. 너무도 부자연스러운 생각이라 경악하며 떨쳐 내려 애쓴다.

---

* 아, 가엾은 아기!
** 아이고, 저런!

현대 심리학에 따르면 아무리 부정한 충동이라도 억지로 참는 건 위험하지 않나? 틀림없이 그런 것 같다. 하지만 부정한 충동을 부추기는 게 확실히 더 위험하다는 점도 무시할 수 없다. 어느 쪽이든 어느 정도는 위험이 따른다고 결론 지어야 할 듯.

콧수염 사내와 나는 제각기 창밖을 내다보다가 이따금씩 고개를 돌린다. 어떤 매혹에 이끌리지 않았다고 말할 수 없다. 디나르에 도착하기 전까지 내 머릿속을 스쳐 간 기이한 망상들을 자세히 떠올려 보니 몹시 찜찜하다.

버스가 카지노 앞에 멈춰 서자 콧수염 사내와 나는 동시에 일어서는데, 안타깝게도 버스가 덜컥거리면서 내던져지듯 다시 자리에 앉고…… 그 순간 모든 게 끝난다. 종이로 대충 싼, 말할 수 없이 더럽고 불결한 로빈의 흰 반바지가 미끄러져 나오고 결국 버스 차장이 그것을 집어 나에게 돌려주면서 애초 존재하지도 않았던 로맨스는 치명타를 입는다.

디나르는 몹시 춥고 무기력한 여행객들로 가득 차 있다. 틀림없이 대부분은 랭커셔주*에서 왔을 것이다. 나는 세탁물을 맡기고 럭스 비누 한 묶음과 아이들의 초콜릿을 산 뒤 내가 입을 장밋

---

* 잉글랜드 북서부의 주.

빛 수영용 가운을 구입한다. 꼭 필요하다거나 내게 잘 어울려서가 아니라 조금이나마 몸을 따뜻하게 해줄 것 같아서다.

왠지 찜찜해서(대체 왜?) 로버트의 선물을 사려고 하지만 그가 질색하지 않을 만한 물건을 찾기가 여간 어렵지 않다. 고민 끝에 어렴풋이 나폴레옹의 윤곽을 닮은 작은 납덩어리를 골라서 특이한 골동품이라고 우기기로 한다.

모두에게 선물을 나눠 주면서 카사비앙카만 빼놓고 싶지 않아서 문고본으로 나온 내 책을 산다. 하지만 나중에 생각하니 너무 눈치 없고 독선적인 선물 같아서 후회가 된다. 북적거리는 제과점에서 시끄러운 사람들에게 에워싸여 혼자 코코아를 마신다. 까마득한 젊은 시절에는 프랑스 케이크를 더 좋아했을 거라고 생각하니 괜히 더 늙은 기분이 들고 우울해진다. 유리에 비친 내 모습을 보고 코에 파우더를 덧바르지만 기분은 조금도 나아지지 않는다.

8월 19일

로버트가 나폴레옹 모양의 납덩이가 혹시 문진이냐고 묻는다. 나는 그의 기발한 생각에 내심 놀라고 안도하며 얼른 그렇다고 대꾸한다. 그의 표정으로 봐선 미심쩍어하는 것 같지만 나는 재빨리 화제를 돌린다.

별다른 사건이 없는 하루였지만 평소보다 파도가 훨씬 거세게 몰아쳐 나를 두 번이나 넘어뜨렸다. 두 번째에는 비키에게 **엄마**와 함께 있으면 더없이 안전하다고 다독이고 있었는데 말이다. 로버트가 아주 깊은 바다에서 우리를 구출하고 비키는 소리를 질러 댄다. 내 머리카락을 적시지 않으려고 늘 수영모자 속에 끼워 넣는 두 개의 작은 인조 곱슬머리(스킬라와 카리브디스*)가 안타깝게도 이 대형 사고에서 수영모자와 함께 휩쓸려 가서 보이지 않는다. 카사비앙카가 수영모자를 찾아오지만 스킬라와 카리브디스는 못 찾았냐고 물어볼 수 없어서 포기하고 해안으로 돌아온다.

여기서 절로 떠오르는, 쓸데없지만 흥미로운 의문: 만약 카사비앙카가 사라진 인조 머리칼 스킬라와 카리브디스를 **실제로** 발견했다면 기사도와 상식 사이에서 갈등하지 않았을까? 게다가 그것을 내게 적절하게 가져다줄 방법이 있었을까? 그에게 직접 물어보고 싶지만 넘어가기로 한다. 일단 지금은.

---

* 둘 다 그리스 신화에 나오는 바다 괴물의 이름.

8월 21일

생브리악을 떠날 날이 가까워오자 괜히 감상에 젖는데 다른 사람들은 아무렇지도 않은 것 같다.

스킬라와 카리브디스를 잃어버려서 몹시 불편하다.

8월 23일

로버트와 카사비앙카와 함께 다른 투숙객들이 가득한 광장에 앉아 커피를 마시고 있을 때 비키가 톡톡히 망신을 준다. 위층 창문에서 이제 자려고 하는데 카사비앙카에게 굿나잇 키스를 하지 않았다며 꼭 하고 싶다고 고래고래 소리를 지르는 게 아닌가. 나는 아주 불편한 각도로 고개를 들고 위를 보며 그만하라는 신호를 보내지만 비키는 그럼 내일 아침에 하면 되겠다고 소리친다. 주변 사람들이 모두 우리를 쳐다본다. 카사비앙카는 전혀 동요하지 않은 채 내일 아침에 일어나면 세수를 먼저 했으면 좋겠다고 차갑게 말한다. 다시 생각해 보니 원치 않는 접근을 막는 방법으로 이보다 더 확실한 조치는 없을 것 같다. 그저 비키가 눈치 없이 고집스럽게 애정을 표현하려 들지 않기를 바라는 수밖에.

메모 우리 비키의 장래를 생각하면 자주 불안해지는 듯. 여기서 떠오르는 의문 인생에서의 성공과 높은 도덕적 이상은 양립할 수 없을까? 그렇든 아니든 불안하긴 매한가지다. 미클럼의 훌륭한 학교에서 이 문제를 적절히 해결해 줄 거라 믿는 수밖에.

로버트는 다시 제대로 된 영국 음식을 먹을 수만 있다면 마음이 한결 편안해질 것 같다며 우리가 집을 떠난 이래로 가장 기분이 좋아 보인다. 나는 이 기회를 틈타 디나르의 카지노에 가서 룰렛을 하자고 제안한다. 그러면 당장 어려운 재정 상황에 도움이 될 수도 있으니까. 사실은 로버트에게 말하지 않고 두 번이나 카사비앙카에게 돈을 빌렸다.

로버트가 찬성하자 우리는 잘 열리지 않는 작은 옷장의 비좁은 선반과 여행 가방에 개어 놓았던 가장 좋은 옷을 꺼내 입는다.

버스가 정신없이 달려 우리를 카지노에 내려 준다. 환한 전깃불과 (비르*의) 광고만이 우리를 반겨 줄 뿐 카지노는 텅 비었다. 바텐더가 말하길, 11시 전에는 아무도 오지 않거든요. 우리는 딱히 할 일이 없어서 술을 한 잔씩 마시며 초록색 우단 소파에 앉아

● 프랑스 주류 회사.

광고를 읽는다. 남편이 '갈라 데 투투'가 뭐냐고 묻는다. 강아지를 말하는 것 같다고 하자 실망한 표정을 짓는다. 대체 뭐라고 생각했는지 알고 싶다. (어쩌면 모르는 게 나을지도.)

초록색 우단 소파에 계속 앉아 있으려니 바텐더가 우리를 안쓰러워하며 전깃불을 더 켜준다. 우리는 양심상 어쩔 수 없이 술을 한 잔씩 더 주문한다. 눈이 몹시 아프고 속이 조금 메슥거린다. _{의문} 눈이 아픈 건 알코올 때문일까, 과한 전깃불 때문일까? 벽에 걸린 비르 광고조차도 이상하게 펄럭거린다.

로버트가 뭔가를 제안하려는 듯 저기, 하더니 그만두는 게 낫겠다고 생각했는지 아무 말도 하지 않는다. 몇 시간이 흐른 것 같다. 얼마 후 검은 얼굴의 사내 세 명이 악기를 들고 들어오고 홀 구석에서 천을 뒤집어쓰고 있던 피아노가 모습을 드러낸다.

놀랍게도 바텐더에게는 더 켤 수 있는 전깃불이 남아 있었고 어느새 우리는 더욱더 밝은 빛에 휩싸인다. 구겨진 야회복을 입은 아주 늙은 신사와 켄싱턴 하이스트리트*에서 산 듯한 초록색 구슬이 달린 드레스 차림의 땅딸막한 여자, 머리가 짧고 팔이 붉은 아주 젊은 여자가 도착하면서 더욱 활기가 넘친다. 그들이 홀의

● 런던의 유명한 쇼핑 거리.

한가운데 서서 어리둥절한 얼굴을 하자 마치 로버트와 내가 오랜 단골손님인 것만 같다.

로버트가 기세 좋게 묻는다. 한 잔 더 할까? 나는 아니, 됐어, 하고는 한 잔을 더 마신다. 속이 더 메슥거린다. 로버트가 내 상태를 알아챘을지 궁금해서 그를 흘깃 보고는 이상한 광경에 화들짝 놀란다. 그는 취한 듯 멍한 얼굴을 하고 있다. 내 상태가 만들어 낸 환영인지 알 수 없지만 물어보지 않는 게 좋을 듯 싶어 비르 광고로 시선을 돌린다. 이제 그 광고는 벽과 천장까지 아우르며 마구 펄럭거리지만 나는 광고를 따라가지 않고 그것이 원래 있던 자리에 시선을 고정하려고 안간힘을 쓴다.

어느 정도 성공했을 무렵엔 꽤 많은 사람들이 와 있다. 모두가 조금씩 취하고 지친 모습이다.

로버트가 붉은 머리의 뚱한 노인을 바라보다가 하는 말, 세상에, 저 노인네 핑키 모리슨 아니야? 1912년에 상하이 술집에서 본 게 마지막이었는데. 친한 사람이야? 하고 묻자 로버트는 아니라고 한다. 난 저 인간을 견딜 수 없었어. 이번에도 핑키 모리슨은 로버트의 관심 밖으로 밀려난다.

속이 몹시 메슥거려서 어쩔 수 없이 그렇다고 얘기하자 로버트는 방들을 둘러보자고 한다. 우리는 말없이 실내를 둘러본다. 둘

다 룰렛이든 다른 무엇이든 딱히 하고 싶지 않으니 돌아가서 자는 편이 낫겠다고 의견 일치를 본다. 로버트는 아까 그 술에서 비린 맛이 난 것 같다고 한다.

이전에도 여러 번 그랬듯 마리아 에지워스의 소설《기쁨의 파티》와 거기 나오는 로자먼드가 떠오르지만 어차피 로버트 앞에선 문학을 인용해 봐야 성공하지 못할 테고 지금은 특히 쓸데없는 모험을 할 때가 아닌 것 같다.

우리는 생브리악으로 돌아오고 저녁 외출에 대해선 한마디도 하지 않는다. 그런데 막 잠이 들려는 찰나, 로버트가 묻는다. 70프랑을 써가며 이상한 술을 마시고 핑키 모리슨 같은 노인네를 보고 오다니, 퍽 유익한 시간이었지? 비꼬는 게 분명하니 굳이 대꾸하지 않기로 한다.

8월 24일

아침 식사 자리에서 카사비앙카의 기막힌 눈치와 호의에 감탄한다. 어젯밤 카지노가 어땠냐고 물어보려다가 로버트와 나를 한번 보고는 말을 삼키는 게 아닌가.

8월 27일

마침내 마지막 날이 왔다. 우리는 이날을 어떻게 보낼지 오랜 시간 논의한다. 로버트는 짐이나 싸자고 하지만 모두가 흘려듣고 카사비앙카는 40킬로미터 남짓 떨어진 곳에 아주 흥미롭고 교육적인 유적지가 있는데 거기에 가면 어떨까 묻는다. 안타깝지만 아무도 가고 싶어 하지 않는다. 그래도 나는 우물쭈물 궂은 날씨 핑계를 대며 상처를 주지 않으려 노력한다.

내가 묻는다. 생카 해변은 어떨까? 멋진 워터 슬라이드가 있다는데. 아니면 디나르에서 물놀이를 할까? 그러자 아이들은 주체할 수 없이 흥분하며 떠들어 댄다. 와, 그럼 오전에 물놀이를 하고 호텔로 돌아와서 점심을 먹고 오후에 다시 물놀이를 한 다음 영국식 찻집에서 차를 마시는 건 어때요? 어차피 우리가 이곳에 도착한 날부터 줄곧 따르던 일과라 어려울 게 없으니 우리는 그러자고 한다. 어린아이들은 확실히 평소의 일과를 이어 가고 싶어 한다는 사실을 새기며 어렴풋이 이 주제로 짤막한 글을 쓰면 어떨까 생각해 본다. 일간 신문에 기고하면 꽤 많은 돈을 받을 테지만 딱히 떠오르는 게 없다.

짐을 싸는데 카사비앙카가 직원들의 부진한 일처리에 놀랐다는 투로 내게 상냥하게 일러 준다. 로빈의 반바지가 아직 디나르의 세탁소에 있다고. 나도 모르게 내뱉는다. 아, 씨……. 그러곤 얼른 조그만 소리로 덧붙인다. ……간이 없는데. 그가 알아채지 못했기를 바라며. 그는 자기가 디나르에 가서 찾아오겠다고 한다. 나는 아니라고, 괜찮다고, 그런 일까지 시킬 수는 없다고 말리지만 그는 굳이 디나르로 가더니 안타깝게도 엉뚱한 꾸러미를 가져온다. 풀어 보니 우리와는 전혀 상관없는 커다란 흰색 플란넬 바지 한 벌이 들어 있다.

처음부터 이 모든 상황을 지켜본 프랑스인 객실 청소부 제르맨이 말한다. "몽 디외! 알로르 세 투 타 르코망세?"* 기운 빠지는 말에 막막해지지만 이번에도 카사비앙카가 구원자로 나서며 전화를 하겠다고 단언한다.

메모: 카사비앙카의 주급이 너무 적어서 당장 두 배로 올려 주고 싶지만 자금 사정 때문에 그럴 수가 없다. 이곳에 와서 여러 번에 걸쳐 그에게 빌린 400프랑이나 빨리 갚는 게 좋을 듯.

우리는 평소처럼 물놀이를 하러 가는데 (이런 추위에 가당치도 않은) 노란 파자마를 입은 낯선 여자가 다가오더니, 몇 년 전에 사

---

*　어머나! 허탕 치셨네요!

우스오들리 가*에서 만난 적이 있는데 혹시 기억해요? 하고 묻는다. 사우스오들리 가와 관련된 기억이라곤 까마득한 과거에 로버트와 함께 결혼 선물로 식기류 세트를 고르러 간 일뿐이다. (이 식기류 세트는 이제 우리 곁을 떠났고 지금은 그보다 훨씬 더 조야한 가짜 웨지우드**만이 남아 있다.) 하지만 나는 당연히 기억하죠, 하고 대꾸한다. 그러자 노란 파자마가 냉큼 일행을 소개한다. (여위고 피부가 지저분하며 나와 눈을 맞추지 않는 소년을 가리키며) 얘는 다트머스에서 지내는 우리 아들이고, 이쪽은 제 언니인데 여기에 별장이 있어요. 얘는 언니의 막내딸인데 첼트넘 여학교에 다니죠. 나도 누군가를 소개해야 할 것 같아서 주위를 둘러보지만 그새 로버트와 아이들, 카사비앙카는 모두 초인적인 속도로 아주 먼 바위까지 가버렸다.

별장이 있다는 언니가 내 책을 읽었다고 하더니(하하하) 여기가 어떠냐고 묻는다. 나는 멍하니 그녀를 보며 글쎄요, 하고 대꾸하지만 아무래도 부적절한 대답인 것 같다. 모두가 그렇게 느낀 듯 불편한 침묵이 이어진다. 어째서인지 혹은 어디서인지 얼음처럼 차가운 바람이 격렬하게 불어와 우리 모두를 덮친다.

● 고급 브랜드들이 모여 있는 런던 메이페어의 쇼핑 거리.
●● 영국의 고급 식기 및 도자기 브랜드.

내가 더 작은 목소리로 이런, 하고 내뱉자 노란 파자마가 말한다. 그러게요. 이놈의 날씨. 우리 내일 여기서 다시 만날까요? 나는 좋다고 대꾸하곤 문득 오늘밤이 마지막이라는 사실이 떠오르지만 그렇다고 대화를 다시 시작할 수는 없으니 그저 방갈로로 향한다.

나중에 로버트가 묻는다. 그 여자 누구야? 나는 잘 기억이 나지 않지만 이름이 아마 버스바인인가 그랬을 거라고 대답한다. 로버트는 잠시 생각하다가 다시 묻는다. 모턴 아닌가? 내가 말한다. 아니, 그보다는 체임벌린 같은데.

몇 시간 뒤 문득 기억해 낸다. 헤이우드였다는 것을.

8월 28일

7시에 시끌벅적하게 버스로 생브리악을 떠난다. 호텔의 모든 직원이 나와서 배웅해 주고 비키는 모두에게 일일이 입맞춤을 한다. 로빈은 뜬금없게도 지금껏 한 번도 말을 주고받은 적이 없는 헐렁한 반바지 차림의 영국인 노인하고만 악수하는데, 이 노인은 대뜸 이렇게 말한다. 이제 저녁마다 같은 층에서 문을 쾅쾅 여닫는

소리를 듣지 않아도 되겠군. <small>여기서 문득 떠오르는 불편한 의문:</small> 그래서 모두가 우리를 이렇게 열렬히 환송하는 걸까?

로버트는 프랑스어로 한 번, 영어로 세 번 짐의 개수를 세고, 호텔의 다른 투숙객들과 자발적으로 한마디도 나눈 적이 없는 카사비앙카가 언젠가 다시 만나길 바란다는 은퇴한 넝마주이의 말에 자기도 그러길 바란다고 예의 바르게 대꾸한다. 나는 조금 놀란다.

<small>의문:</small> 자신의 이중성보다 다른 사람의 이중성을 목격했을 때 더 심각하게 받아들이는 이유는 뭘까? <small>답:</small> 도무지 모르겠다.

우리를 태운 버스가 생브리악을 떠나 디나르에 도착했을 때 오늘 밤엔 배가 뜨지 않는다는 소식을 듣는다. 그렇다면 우리는 ⓐ 생말로에 묵거나 ⓑ 디나르에 머물거나 ⓒ 생브리악으로 돌아가야 한다.

마지막 방법을 택하면 견딜 수 없이 민망한 상황이 벌어질 테니 제쳐 두고 디나르에 숙소를 잡는 게 좋겠다고 모두가 입을 모은다.

로버트가 말하길, 그러면 최소한 10파운드를 더 써야 할 텐데. 실제로 우리는 10파운드를 더 쓴다.

9월 1일

집에 돌아왔다. 평소처럼 갖가지 부침이 발롬브로사*의 나뭇잎만큼이나 첩첩이 쌓여 있다.

임시 요리사는 제때 도착했고 그럭저럭 괜찮지만, 수프가 영 별로인 데다가 우스터소스의 향이 강해서 전반적인 요리 실력이 의심스럽다. 하지만 요리사는 부엌이 엉망이었다고 토로한다. 냄비들이 제대로 닦여 있지 않았고, 무엇이든 만들려면 적어도 푸딩 그릇 세 개와 새 프라이팬, 생선찜 냄비, 체, 달걀 거품기, 조리용 포크가 필요하며 찬장의 식재료도 완벽하게 다시 채워 줘야 한다나.

생브리악은 이미 아득하게 느껴지고 집에 온 이후 안팎으로 20년쯤 더 늙은 것 같다. 반대로 로버트는 기분이 훨씬 더 좋아 보인다.

날이 춥고 비가 쏟아진다. 카사비앙카는 아이들에게 할 일을 만들어 주는 데 기막힌 재주를 가졌고 내게도 수학을 가르쳐 주겠다고 고집한다. 점심 식사를 마친 뒤 그에게 수학을 배운다. 안타깝게도 7단이 너무 어려워서 도무지 외울 수 없을 것 같다.

---

* 이탈리아 중부의 휴양지.

9월 3일

남편에게 결혼식 때 내 들러리를 선 펠리시티 페어미드를 기억하냐고 묻자 키가 작고 금발이었나? 하고 묻는다. 아니, 키가 아주 크고 머리는 짙은 색인데, 하고 대꾸하자, 아, 그렇지, 한다. 하지만 전혀 기억나지 않는 눈치다. 이 대화는 조금 뜬금없는 결과를 낳는데, 최근에 병을 앓고 시골에서 요양하라는 권고를 받은 펠리시티에게 우리 집에서 지내라고 제안하는 것이다. 펠리시티가 고맙다고 하자 우리는 손님방을 한바탕 뒤엎는다. (이 방을 마지막으로 쓴 손님은 확실하진 않지만 앤젤라였던 것 같은데, 어쨌든 누군가가 화장대 서랍에 넣어 둔 립스틱의 뚜껑이 제대로 닫히지 않은 탓에 안쪽에 종이를 새로 발라야 하고 어째서인지 거울에도 금이 갔다. 헬렌 월스의 짓인가 싶지만 역시 확실하진 않다.)

점심 식사 자리에서 카사비앙카에게 미스 페어미드가 음악을 아주 좋아한다고 얘기한다. 사실이긴 하지만 이번 방문과는 전혀 상관없고 어쨌든 카사비앙카와는 더더욱 상관없는 일이다. 그는 적당히 얼버무리곤 바로 이어서 3수법을 공부하자고 한다. 한참 3수법을 공부하고 나자 정신이 아득해진다. 게다가 여전히 7 곱하기 8을 외우지 못했다.

9월 5일

런던의 아파트를 살펴보러 가는데, 로버트가 요즘 돈은 전혀 상관 없는 모양이라며 쓸데없이 트집을 잡는다. 가구점에서 몹시 피곤 하고도 흥미로운 시간을 보내며 정신없이 무려 50여 파운드를 쓰 고 나서야 뒤늦게 깨닫는다. 어쩌면 로버트의 태도가 그리 부당하 다고 할 수 없다는 것을.

아쉽게도 로즈가 런던에 없어서 별수 없이 클럽에서 잠을 자 고 비용 때문에 또다시 가책을 느낀다. 양심상 라이언스 식당*에 서 소시지와 으깬 감자로 끼니를 해결하고 있는데 맞은편에 앉은 창백한 청년이 어째서인지 삼베로 싼 책을 읽고 있다. 무슨 책인 지 반드시 알아내야 할 것 같다. 《고독의 우물》**일까? 아니면 《대 령의 딸》***? 한참 고민하고 있는데 거꾸로 비쳐 보이는 제목을 자 세히 들여다보니 《걸리버 여행기》다. 왜인지 몰라도 내가 몹시 실 망했다는 사실을 부인할 수 없고 인간 본성에 관해 불편한 생각 이 밀려든다.

---

* 당시 영국의 식품 제조 및 호텔, 식당 체인.
** 영국의 소설가 래드클리프 홀의 1928년 작품으로, 동성애를 다룬다.
*** 원제는 《The Colonel's Daughter》. 영국의 시인 겸 소설가 리처드 올딩턴의 1931년 작품 으로, 은퇴한 대령의 딸의 상류층 애정사를 다룬다.

다시 거리로 나왔을 때 남프랑스에서 알게 된 여자작을 마주친다. 하지만 그녀가 나를 기억하지 못할 수도 있다는 생각에 가게 진열장을 열심히 들여다보는 척하는데, 공교롭게도 여기엔 기이하고 이상한 기구들이 잔뜩 전시돼 있다. 다시 돌아서자 여자작을 맞닥뜨린다. 그녀는 나를 분명하게 기억할 뿐 아니라 내 문학 작품도 확실하게 읽은 듯 호감을 표한다. 나는 그녀와 함께 애슐리가든 아파트 단지로 걸어가면서 런던에 집을 구했다고 털어놓는다. 그러자 그녀가 대꾸하길, 바로 그거예요. 하지만 정확한 의미는 설명하지 않는다.

함께 올라가기엔 시간이 너무 늦었죠? 하고 묻자 그녀는 아니라고 한다. 그런데 승강기가 고장 났다. 그러고 나니 더더욱 그녀의 초대를 거절할 수가 없다. 그러면 그녀가 내게 다섯 개 층을 걸어 올라갈 만큼의 가치도 없는 사람이라는 뜻이 될 테니까.

아름다운 집으로 들어가자(도리 가의 아파트는 이 집의 식당에 꼭 맞게 들어갈 듯) 여자작은 가정부가 외출했는데 마실 것을 줄까 묻는다. 내가 물 한 잔을 달라고 하자 그녀는 아주 잘 생각했다고 열성적으로 대꾸하곤 사라지더니 한참 뒤에야 바닥에 물이 찰랑거리는 커다란 주전자와 짝이 맞지 않는 잔 두 개를 쟁반에 받쳐 들고 나타난다. 나는 '부자들의 생활 방식'을 주제로 짧은 글을 써야겠다고 다짐하지만 당연히 입 밖에 내진 않는다. 여자작은 이 집에 식수가 어디 있는지 몰라서 저녁 식사 때 먹고 남은 물을 가져왔다고 설명한다. 나는 이런 상황이 아무렇지 않은 척 예의를 지키며 물을 받아 마신다. 주전자에 남은 물을 둘로 나누자 다섯 방울쯤 되는 것 같다. 우리는 로즈와 작가 존 어빈, 남프랑스 얘기를 주고받고 나는 벨기에에 다녀온 얘기를 조금 덧붙이지만 그곳에서 만난 문학계 사람들을 딱히 강조하지 않는다.

11시가 되어 마침내 그 집을 나선다. 빅토리아 역 앞에 있는 사내가 잘 자요, 아가씨, 하고 인사하지만 내가 젊은 아가씨로 보인다는 칭찬으로 받아들여선 안 될 것 같다. 이유는 두 가지, (a) 주위가 칠흑처럼 컴컴하니까, (b) 목소리로 봐서 사내는 술에 취한 게 분명하니까.

클럽 침실로 돌아가 물 한 병을 통째로 들이켠다.

9월 6일

도티 가 아파트의 위층에서 일하는 가정부가 나를 구원해 준다. 청소부를 구해 주고 바닥에 윤을 내주고 가구를 받아 주고 그 밖의 다른 일도 해주겠다고 제안한다. 나는 고맙게 받아들이며 아파트 열쇠를 갖고 나온다. 어째서인지 내가 도둑이 된 기분이다. 이 기이한 콤플렉스를 분석해 보려고 기차에서 시도해 보지만 도무지 이해가 되지 않아서 그냥 소설《그랜드 호텔》을 펼쳐 든다.

9월 7일

펠리시티가 아픈 모습으로 도착한다. _{의문} 나는 아플 때면 항상 안색이 흙빛이 되고 원래 뚜렷했던 주름이 더 늘어날 뿐 아니라 머리카락도 축축 쳐지는데, 왜 펠리시티는 아파도 전혀 흉해지지 않을까? 그녀는 늘 그렇듯 아이들에게 인기가 좋다. 많이 컸다거나 로빈에게 학교생활이 어떠냐고 물어보지도 않고, 이런 걸로 점수를 매기지도 않기 때문이다.

저녁 식사로 무얼 먹겠느냐고 묻자 펠리시티는 계란 하나면 된다고 한다. (내가 알기로 집에 있는 식재료라곤 닭고기와 정어리, 옥수수 통조림이 전부인데, 다른 걸 얘기하면 어쩌려고 물어봤는지 모르겠다.) 그럼 내일 아침은? 하고 묻자 펠리시티는 역시 계란 하나면 된다고 하고는 앞으로 식사는 무조건 계란 하나면 된다고 간절하게 덧붙인다.

비키에게 당분간 날마다 필요한 계란의 개수를 적은 쪽지를 쥐여 주고 농장에 다녀오라고 한다.

펠리시티가 쉬려고 눕자 나는 창턱에 앉아 얘기를 나눈다. 우리는 오래전 학창 시절의 특별한 추억들, 지금 생각하면 도무지 믿기지 않는 추억들을 서로에게 상기시키며 연신 웃음을 터트린다. 잠깐이나마 젊고 탱탱해진 기분이 든다.

그러고 보니 펠리시티는 내 친구들 가운데 로버트가 **좋아하는** 몇 안 되는 사람 중 하나라는 사실이 떠올라 마음이 놓인다. 라디오를 듣고 대화를 나누며 저녁 시간을 기분 좋게 보낸다. 내일 피크닉을 가자고 제안하자 로버트는 플리머스에 가야 한다고 단호하게 말하지만 나는 요리사에게 오이가 아닌 잼 샌드위치를 싸라고 지시하는 걸 잊지 않으려고 손수건으로 매듭을 만든다. 펠리시티를 방으로 데려다주고 이불이 충분하냐고 물어보곤 부족하다면 더 가져다줄 테니 걱정 말라고 단언한다. 그러자 펠리시티가 대뜸 말하길, 그럼 더 가져다줄래? 수건장에 가보니 자수 놓은 행주만 가득하고 그 외에는 깃털이 삐져나와 건강에 해로울 것 같은 베개와 찢어진 두루마리 수건뿐이다. 로빈의 침대로 가보니 녀석은 말똥말똥 깨어 있다. 이불은 한 장이면 충분하지 않느냐고 물어도 남는 이불을 내놓지 않으려 든다. 별수 없이 잠든 비키의 침대를 공략하지만 이불을 빼보니 그게 전부다. 다시 내려놓고 결국 내 침대에서 이불을 가져다가 펠리시티의 침대에 놓아 준다. 크기가 맞지 않아서 매트리스 밑에 끼워 넣자 매트리스는 마치 언덕 사이에 자리한 골짜기 모양이 된다. 조금 얄궂지만 잘 자라고 인사하곤 방을 나온다.

9월 8일

오전에 우리 교구 목사님의 아내가 몹시 걱정스런 얼굴로 찾아와선 다가오는 연극 대회에서 연출을 맡아 줄 사람을 찾을 수 없다고 털어놓는다. 그러더니 내게 묻기를, 혹시 해줄래요? 나는 단호하게 이번엔 절대 안 된다고 대꾸한다. 확실하진 않지만 목사님 아내의 얼굴에 어렴풋이 안도하는 기색이 도는 것 같다. 내가 묻는다. 직접 하시면 어때요? 안 돼요. 목사님이 절대 안 된다고 했어요. 어머니 연합*, 여성회, 여성 친우 협회**, 성가대 순회까지

---

* Mother's Union. 1876년 영국의 한 교구 목사의 아내가 창설한, 가정을 돕는 국제 기독교 자선 단체.
** GFS. Girls friendliy Society. 1875년에 설립됐으며 5~25세 여성들의 교육 기회 확대를 돕는 자선 단체.

말고 있으니 일주일에 하루는 저녁 시간을 비워 놓아야 한대요. 내가 너무 무리하는 것 같아서 도저히 안 되겠다고 하네요. 그렇게 말하니 뭐라고 대꾸해야 할지 모르겠다.

이윽고 그녀는 자기가 적임자를 알고 있다고 한다. 아주 뛰어난 여배우이고 경험 많은 연출가이기도 한데, 아마 돈도 받지 않고 하겠다고 할걸요. 그런데 아쉽게도 지금은 호주 멜버른에 살고 있지 뭐예요. 얼마 후 그녀는 그에 못지않게 재능 있는 지인 두 명을 더 떠올린다. 한 명은 거동이 불편한 남편 때문에 집 밖으로 나올 수 없고 다른 한 명은 11개월 전에 죽었다.

아무래도 막다른 골목에 다다른 것 같은데 목사님 아내는 그네도 다 얘기하고 나니 속이 후련하다며 목사님을 잘 설득하면 자기가 할 수 있을 거라고 한다. 그런 뒤 우리는 다정하게 작별 인사를 나눈다.

9월 10일

날씨 때문에 여러 번 미루었던 피크닉을 다녀왔는데, 여가 활동이 자주 그렇듯 그리 성공적이라고 할 수 없다. 한 가지 이유는 하필 산악 지형을 고른 탓이다. 펠리시티는 이왕 나온 김에 최대한 즐겨 보겠다는 불굴의 의지를 보이면서도 천천히 가게 해달라고 애원한다. 우리는 그러라고 하며 러그와 바구니, 방석, 보온병, 카메라 따위를 나눠 든다. 올라가는 여정이 몇 시간쯤 걸리는 것 같다. 게다가 갈수록 더 창백해지는 펠리시티를 보니 자꾸 조바심이 난다. 아이들은 혈기 왕성하게 앞장서 달려가며 이것저것 떨어뜨린다. 카사비앙카가 러그 두 개와 비옷과 가장 무거운 바구니 따위에 파묻혀 보이지 않을 지경이 된 채 아이들을 다시 부르자 로빈은 잔뜩 인상을 쓰고 비키는 못 들은 척 지평선 너머로 사라진다.

그러고 나자 햇볕 아래 자리를 잡을지 해를 피해서 자리를 잡을지 옥신각신하다가 다정하게 서로 양보하지만 결국 태양이 두툼한 구름의 장막 뒤로 들어가 나올 생각을 하지 않자 절로 문제가 해결된다. 펠리시티는 앉자마자 숨을 헐떡이지만 낯빛은 조금 나아진 것 같다. 나는 풍경을 보라고 한다. 그녀를 이렇게 높은 곳까지 올라오게 한 명분을 찾아야 하니까. 펠리시티는 감탄한다. 짐을 펼치고 보니 설탕을 미처 챙기지 않았다. 아이들은 당장 차와 간식을 먹자고 하지만 아직 4시밖에 안 되었으니 먼저 주위를 둘러보라고 한다. 그 말에 로빈은 나무에 올라가더니 주머니에서 《픽윅 클럽 여행기》를 꺼내 읽고 비키는 오솔길에 벌러덩 누워 풀잎을 씹는다. 풀잎은 몹시 비위생적이라는 뻔한 잔소리가 이어지고 이전에도 여러 번 그랬듯 혼자 생각한다. 어째서 부모들은 아이들이 한번도 귀담아듣지 않았고 앞으로도 듣지 않을 잔소리를 끊임없이 되풀이하는 걸까? 그러다가 나도 모르게 펠리시티에게 대뜸 말한다. 그래도 우리 애들이 샌님은 아니라서 다행이야. 펠리시티는 화들짝 놀라며 대꾸한다. 그렇지. 샌님하곤 거리가 멀지. 하지만 어쩐지 그녀는 나와는 완전히 다른 생각을 하고 있었던 것 같다. 딱히 놀랄 일도 아니지만.

우리는 이탈리아와 도서 협회*(《레드 아이크》는 영 별로였지만 《대장간》은 괜찮았지.), 휴 월폴은 어떻게 그렇게 많은 책을 읽고 자기 책까지 쓸 수 있을까 따위를 논하다가 다시 까마득한 학창 시절로 돌아가 서로에게 이것저것 물어본다. 아버지가 파타고니아에 있던 눈이 독특한 여자애는 어떻게 됐어? 마지막 해에 무용을 가르쳤던 그 검정 공단 드레스 선생님 소식을 들은 적이 있니?

주위를 둘러보라는 내 말을 고분고분 따른 사람은 카사비앙카뿐인데, 그가 돌아오자 검은색과 흰색이 섞인 개가 뒤따라온다.

- Book Society. 영국에서 수학한 뉴질랜드 출신의 문필가 휴 월폴과 영국 서적업계 종사자들이 20세기 초에 결성한 협회.

개와 비키 사이에는 금세 팔팔하고 열렬한 우정이 싹튼다. 바구니를 풀어 보니 주로 레모네이드가 담긴 병들과(이걸 보고 펠리시티의 얼굴이 다시 창백해진다) 분홍색 설탕 비스킷이 들어 있다. 아이들이 맛있게 먹기를 바랄 수밖에.

늘 그렇듯 한기와 오한과 함께 전반적으로 불편한 느낌에 휩싸인다. 펠리시티는 한참 전부터 그랬을 텐데 불평 한마디 하지 않았다. 나는 그만 피크닉을 끝내자고 한다. 검은색과 흰색이 섞인 개는 비키를 졸졸 따라다니다가 카사비앙카에게 혼쭐이 난 뒤 고사리 덤불 뒤로 사라지지만 우리가 내려오는 동안 이따금씩 마치 발레를 추듯 겅중거리며 극적으로 나타난다. 산 밑에서 개 주인을 만나는데, 갈색 장화를 신은 거구의 신사와 짧은 각반을 차고 안경을 쓴 깡마른 여자다.

비키가 드러내 놓고 개를 향한 애정을 과시하자 거구의 신사는 감탄한다. 안경잡이 여자는 자기들이 곧 잔지바르로 떠날 예정이라 녀석을 맡길 곳을 찾고 있는데 마땅한 곳이 없으면 개가 버려질 거라며 따님이 개를 데려가서 키우면 안 되느냐고 내게 애원하듯 묻는다. 내가 고맙지만 그런 일은 생각할 수도 없다고 대답하자 비키는 고래고래 소리를 지른다.

결국 우리는 **생각**은 해보겠다고 한다. 몹시 실망스럽게도 카사비앙카는 비키의 편을 들고 거구의 신사는 혈통 있는 개는 아니지만(이건 내가 봐도 분명히 알 수 있는데) 절대 못된 짓을 하지 않으며 아주 온순하고 착하다고 한다. 펠리시티를 흘끗 보니 두 번 고개를 끄덕이더니(어째서인지 벌리 경*이 연상된다) 내게 속삭인다. "위, 위, 푸르쿠아."** 프랑스어를 알아듣는 사람이 자기와 나밖에 없다고 생각하는 모양이다.

결국 비키와 로빈, 개가 차의 대부분을 차지한 채 집으로 돌아온다. 나는 남편과 요리사에게 개를 어떻게 소개해야 좋을지 고민한다.

9월 11일

개를 키우기로 했고(어쩌다 그렇게 됐는지 모르겠다) 이름은 콜리노스로 정했다.

● 엘리자베스 1세 치하에서 영국의 국무대신이자 재무대신을 지낸 정치가 윌리엄 세실을 말한다.
●● 그래, 그래, 안 될 것 없지.

9월 12일

국가의 위기가 닥치고 소득세와 절약에 관한 기막힌 발표들이 이어지면서 어두운 그림자가 드리워진다. 우리 교구 목사님은 설교단에서조차 파운드 얘기를 꺼내고 저녁 식사 후 펠리시티가 로버트에게 상황을 설명해 달라고 하지만 그는 아주 현명하게도 거절한다.

프로비셔 부부와 함께 점심을 먹는데 그들은 잔뜩 의기소침해져선 자기네 영지에서 일하는 모든 이들의 임금이 10퍼센트 줄어들 거라고 한다. ^{의문} 이런 문제에 관해 왜 프로비셔 부부가 위로를 받으려 할까? 내가 느끼기엔 그 집에 고용된 사람들이 더 안타까운데.

옥스퍼드 대학을 다니다 온 프로비셔 2세가 자기는 오래전부터 이렇게 될 줄 알았다고 한다. (그렇다면 왜 동네 사람들에게 미리 알려 주지 않았는지 몹시 궁금할 따름이다.) 그는 (이번에도 역시 펠리시티의 요청으로) 상황을 분명하게 설명해 주겠다고 하더니 파운드를 들먹거리며 오랫동안 혼자 떠든다. 나는 설명을 다 듣고 난 뒤에도 전보다 더 알게 된 게 없어서 그렇게 말하려 하는데 레이디 프로비셔가 내게 커피를 건네며 아이들의 안부를 묻는다. "사내 녀석과 예쁜 꼬마 버지니아는 잘 있어요?" 우리는 금세 집안 얘기에 빠져선 파운드 얘기는 딴 사람들에게 넘긴다. 그 결과 저녁 시간은 온통 파운드 얘기로 물들고 펠리시티와 로버트는 집으로 가는 길에도 유식하게 그러나 우울하게 파운드에 관한 얘기를 이어 간다.

메모 남편이 이렇게 말을 많이 하는 모습을 무척 오랜만에 본다. 국가 위기가 닥쳐야만 입을 연다는 사실에 감탄하며 나 역시 지난 수년 동안 시시하고 하찮은 얘기에 쓸데없이 힘을 빼지 말걸 그랬다는 후회가 밀려든다. 그러고 보니 어렴풋이 이에 관해 꽤 매력적인 글을 쓸 수 있을 것 같다. 어쩌면 자유시가 더 적절할지도 모르겠다. 하지만 오늘밤엔 아무것도 할 수 없다.

펠리시티가 추워 보여서 따뜻한 우유를 갖다주겠다고 하고는 우유를 데우느라 한바탕 부산을 떨지만 결국 우유가 끓어서 다 넘쳐 버린다.

9월 13일

어째서인지 안타깝게도 시골에서 일요일은 견디기 힘든 날이라는 확신이 든다. 하지만 딱히 해결할 방법은 없다.

콜리노스가 헬렌 윌스를 작은 떡갈나무 위로 쫓아 보내고 비키의 곰 인형의 한쪽 팔과 귀를 뜯어 먹었다. 난감한 일이다. 로버트가 무뚝뚝하게 말하길, 녀석이 **같은** 짓을 계속한다면……. 그가 이대로 말을 줄이자 우리 모두 더욱 긴장하게 된다.

교회에서 넋을 놓고 있는데 로빈이 찬송가를 부르는 소리에 번쩍 정신이 든다. 다른 사람들보다 두 박자쯤 앞서 나가고 있다. 아이의 열정을 누르고 싶지 않고 어차피 이런 건 카사비앙카의 영역이라고 생각하지만 그는 눈치채지 못한 것 같다. 의문 혹시 카사비앙카도 로빈처럼 음악적 감각이 없는 걸까? 늘 이상한 음정으로 휘파람을 불던데…….

집에 돌아와 로스트비프를 먹는데 고기가 덜 익었고 접시도 따뜻하지 않다. 나는 일요일마다 꼭 로스트비프를 먹을 필요는 없다고 대담하게 말한다.* 왜 닭고기나 양고기를 먹으면 안 돼? 내 말에 모두가 기겁하고 로버트는 다음엔 뭐야? 하고 묻는다. 이 얘기는 포기하는 게 나을 것 같아서 이젠 어디서나 친숙한 주제가

---

* 19세기 중반부터 영국에서는 일요일에 교회에 다녀온 뒤 점심으로 로스트비프를 먹는 풍습이 발전했고, 이를 '선데이 로스트'라고 부른다.

된 파운드로 화제를 돌린다.

점심 식사가 끝나자 로버트는 침울한 모습으로 〈블랙우드 매거진〉을 들고 서재로 들어간다. 로빈은 〈펀치〉를 읽고 비키는 평소처럼 떼를 쓰다가 평소처럼 제풀에 꺾여 쉬러 가고 카사비앙카는 어디로 갔는지 보이지 않는다. 비키의 선례를 따르고 있는 게 아닐까 하는 강한 의심이 든다.

내가 펠리시티에게 편지를 몇 통 **써야 한다**고 하자 펠리시티는 자기도 마찬가지라고 한다. 그래 놓고 우리는 4시 20분 전까지 떠들다가 어차피 편지는 월요일이나 돼야 출발할 테니 오늘 쓸 필요는 없다고 입을 모은다. (그 순간에는 그럴듯하다고 느꼈는데 나중에 냉정하게 생각하니 전혀 논리적이지 않다.)

저녁은 차가운 음식으로 때운다. 그나마 먹을 만한 건 구운 감자뿐이고 다시 파운드 얘기가 나오지만 로버트와 카사비앙카가 갈수록 남자들만의 전문적인 대화로 빠져서 펠리시티와 나는 도무지 낄 수가 없다. 대신 우리는 피아노를 공략한다.

펠리시티가 자러 가면서 내가 왜 음악을 그만두었는지 모르겠다며 너무 아깝지 않느냐고 묻자 울적한 기분이 절정에 달한다.

아내와 엄마가 되면 음악을 포기할 수밖에 없다고 일러 주자 펠리시티는 서글프게 맞장구치고 우리는 시무룩하게 헤어진다.

하루 종일 내 머릿속에서 일어난 생각의 흐름을 기록하려니 한없이 더 울적해진다.

9월 15일

늘 그렇듯 방학의 끝은 생각보다 빨리 불쑥 찾아오고, 여기저기 이름을 수놓는 일이 학교 준비물 목록과 로빈의 새 부츠, 비키에게 필요한 수많은 새 물건, 두 아이의 치약 따위와 함께 일상을 잠식한다.

이 모든 일을 처리하기 전에 펠리시티를 역까지 태워다 주고 역에서 모두가 아쉬워하며 그녀를 보낸다. 기차가 역사를 나서는 순간, 가는 길에 먹을 계란 샌드위치를 싸주기로 해놓고 깜빡했다는 것을 깨닫는다. 안타깝고 절망스럽지만 어쩌랴. 아이들은 나를 위로해 주다가 "어디서든 저를 불러 주세요" 라고 적힌 자전거 아이스크림 판매상이 나타나자 금세 그쪽에 정신이 팔려 4페니를 쓰고 온다. 나중에 차와 아이들의 옷에 4페니어치가 넘는 아이스크림이 군데군데 묻어 있을 게 분명하니 각오해야 할 듯 싶다.

유난히 정신없는 오전 일과를 치과 진료로 마무리한다. 치과 의사는 비키가 좋아지고 있으며 로빈은 이제 오지 않아도 된다고 하더니 내 이도 한번 보자고 한다. 결과는 그리 만족스럽지 않다. 보세요! 치과 의사가 쓸데없이 큰소리로 말한다. 이걸 보시라니까요! 바람에도 흔들린다고요! 지나친 과장인 것 같아서 강력하게 항의하지만 이에 문제가 있다는 사실은 부인할 수 없다. 의사는 한동안 여기저기 살펴보고 두드려 보더니 결국 아무래도 빼야 할 것 같다고 (아주 친절하고 사려 깊게) 말한다. 나는 별수 없이 빼기로 하고 아이들이 학교에 가는 날 이후로 예약을 잡는다.

(엄마들은 세상 모든 일을 아이들이 학교에 돌아간 뒤로 미루는 경향이 있는데, 가끔은 그 정도가 얼마나 될까 궁금해진다. 이 원칙은 가능하기만 하다면 삶의 모든 측면에, 심지어는 죽음에까지 적용될 거라는 확신이 든다.)

집에 가면 점심이 너무 늦어질 것 같아서 전에 가본 카페에서 생선튀김과 감자튀김, 갤런틴*, 바나나 스플릿을 먹는다.

---

* 닭고기나 송아지고기 등을 삶아서 차게 굳힌 음식.

9월 20일

로버트에게 이제 도티 가 아파트를 활용할 때가 왔다고 넌지시 얘기한다. 내가 비키를 데리고 런던으로 가서 미클럼에 데려다준 뒤 그 아파트에서 지내다 오면 어떨까? 거기서 뭘 하려고? 로버트가 묻는다. 나는 기어들어 가는 목소리로 대꾸한다. 글도 쓰고, 저작권 대리인도 만나야지. 로버트는 못 믿는 눈치지만 그러라고 한다. 나는 일정을 잡는다.

거트루드 고모가 편지를 보냈는데, 비키처럼 어린아이가 집을 떠나게 하는 건 자연스럽지 않을뿐더러 철저히 잘못된 일이라고 한다. 그러곤 아이 없는 집이 어떤지 알기나 하느냐고 묻는다. 답장은 쓰지 않기로 마음먹는다. 하지만 하루 종일 나도 모르게 머릿속으로 점점 더 냉소적인 대답을 열두 개쯤 떠올리다가 넌더리를 낸다. 종이에 쓰지도 않을 거면서 답장 쓸 때와 똑같이 정신을 쏟고 있다. 게다가 거트루드 고모는 끝내 이런 내 마음을 모를 거라고 생각하니 불쑥불쑥 부아가 난다.

걱정스럽게 비키를 살펴보지만 평소와 다르지 않고 활발할 뿐 아니라 끊임없이 오늘이 집에서 보내는 마지막 날이라고 즐겁게 떠들어 댄다. 베개도 적시지 않고 평소보다 더 일찍 평화롭게 잠든다.

9월 22일

로빈은 차로 데려가고 카사비앙카가 비키와 나를 런던까지 호위한 뒤 패딩턴 역에서 우리와 헤어진다. 나는 미리 준비한 우아한 표현으로 고마움을 전하고 크리스마스에 다시 오면 좋겠다고 말한다. ("파운드 사정이 허락한다면"이라고 덧붙일까 하다가 그만두기로.) 그는 고마워할 필요가 전혀 없고 크리스마스에 꼭 다시 오고 싶다고 하며 자기가 준비한 인삿말을 건넨다. 비키는 진심을 담아 꽤 오랫동안 그를 껴안지만 그가 떠나기 무섭게 바로 종알거리길, 이제 나 학교 가는 거야? 나는 내키지 않는 걸음으로 비키를 데리고 차로 워털루까지 간 뒤 거기서 미클럼으로 향한다. 교장은 상냥하게 비키를 맞이한 뒤 열일곱 살의 아주 열성적인 여자를 제인이라고 소개하며 그녀에게 아이를 맡긴다. 눈물이 쏟아질 것 같은데 눈치 빠른 교장이 때마침 차를 내준다. 그러곤 자진해서 아침에 전화도 하고 다음 날 상세한 편지도 써주겠다고 약속한 뒤 비키를 불러 작별 인사를 하라고 한다. 비키는 더없이 다정하게, 그리고 언제나 그렇듯 환한 모습으로 내게 작별을 고한다.

9월 25일, 도리 가

믿을 수 없게도 내가 적응력이 뛰어나고 놀랍도록 독립적인 사람이라는 사실을 깨닫는다. 전기난로를 구입한 뒤 붉은 머리의 수다쟁이 청년이 설치해 주고 나자 런던의 셋집은 아주 편안한 곳이 되었다. 아쉬운 점이 있다면 편히 쉴 수 있는 안락의자가 없고 내가 무서워하는 가스 온수기를 사용하는 욕실이 낯설다는 것이다. 목욕할 때 문을 활짝 열어 두고 싶지만 욕실은 계단 쪽에 있고 계단에는 사람이 끊임없이 왔다 갔다 하는 터라 그럴 수가 없다. 대신 창문을 열어 놓으면 그리로 매연이 들어오고 가스 냄새와 엄청난 수증기가 빠져나간다. 남은 수증기는 기이하게도 천장에 응결되어 붙어 있다가 소스라치게 차가운 물방울이 되어 내 머리와 어깨로 떨어진다. 이 소소한 화학 현상을 설명해 줄 흥미로운 과학 이론이 틀림없이 있을 테지만 지금은 알아낼 길이 없다. ^{메모} 적절한 자리에서, 가급적이면 만찬 자리에서 저명한 과학자 옆에 앉았을 때 이 문제를 논의해 볼 것. 일단 지금은 욕실 한쪽 구석에 걸린 목욕 수건 아래 웅크리고 있지만 그래도 달갑지 않은 수증기 빗물을 피할 수는 없다.

무척 친절하고 늘 도움을 주는 위층 가정부가 창문 청소와 세탁물 수거, 우유 배달 일정 등을 세세하게 알려 준다.

미클럼에서 비키가 아주 잘 지내고 있다는 소식이 온다. 로빈의 편지에는 늘 그렇듯 이번 학기에 새 필통을 가져온 펠턴이라는 미지의 소년과, 부모가 뉴포레스트에 집을 소유하게 되었다는 다른 미지의 소년 얘기만 잔뜩 담겨 있다. 로버트는 추수절 식사 준비를 장황하면서도 유쾌하게 묘사한 편지를 보냈다. 은행에서 그리 달갑지 않은 서신이 오는데, 최근에 발생한 아주 적은 액수의 당좌대월을 옹졸하게 지적하는 내용이다. 얼마 전의 문학적 성과로 얻게 된 뜻밖의 수입을 생각하면 기가 막힐 노릇이다. 이렇게 괴로운 입장이 되는 일은 이제 없을 거라고 기쁘게 확신했는데 지금 생각하니 터무니없는 낙관이었다. (인간의 희망이 얼마나 헛된 것인가를 주제로 짧은 철학 논문을 쓸 수도 있지 않을까? 하지만 다시 생각하니 토머스 페어차일드*가 연상돼서 그만두기로 한다.)

여러 통의 답장을 쓴다. 방해 없이 편지를 쓰면 얼마나 효율적인지 깨닫고 기분 좋게 놀란다.

● 18세기 런던에서 명성을 떨친 원예가로. 원예 관련 논문을 여러 편 남겼고 당시 금기시 되었던 식물의 이종 교배를 시도하기도 했다.

9월 27일

로즈가 전화하더니 나도 잘 아는 작품들을 쓴, 블룸즈버리에 사는 걸출한 소설가가 문학계 야회를 여는데 갈 생각이 있느냐고 묻는다. 내가 가도 괜찮다면 가겠다고 한다. 로즈는 당연히 괜찮지, 하더니 이제 나도 문학계의 큰 자산이라고 덧붙인다. 잠시 침묵이 흐르자 우리 둘 다 그게 사실이 아님을 잘 알고 있다는 의미인 것 같아서 불편한 마음에 서둘러 전화를 끊는다.

무얼 입고 가야 하나 고민해 본다. 검은 옷은 너무 볼품없고, 시로* 진주가 달린 초록색 양단은 그럭저럭 괜찮을 것 같다. 여기에 어울리는 오래된 흰색 공단 구두를 찾아야 할 듯.

9월 28일

로즈가 약속한 대로 문학계 야회에 데려간다. 아무리 꾸며도 마음에 들지 않아서 끊임없이 손을 보다가 결국 미용실에서 값비싼

● 런던에 기반을 둔 보석 브랜드.

샴푸 서비스와 머리 손질을 받고 약간의 화장품을 사용한 뒤 한결 나아졌다고 믿으며 집을 나선다. 하지만 막상 야회에 가서 다른 사람들을 보는 순간 내가 그곳에 온 어떤 여자보다도 늙었고 옷차림이 초라하며 훨씬 못생겼다는 것을 뼈아프게 깨닫는다. (전에도 비슷한 상황을 자주 겪었지만)

로즈가 여주인에게 나를 소개한다. 내가 예상한 모습과 꽤 비슷하지만 당연하게도 언론에 나온 사진들은 확실히 좀 더 이상화된 것 같다. 그녀는 내가 와줘서 얼마나 기쁜지 모른다고 한다. ^{의문} 왜? 그러더니 다른 사람들이 오자 그들에게도 아주 비슷한 어조로 똑같은 말을 되풀이한다. ^{메모} 문학계의 사교 생활은 냉소주의를 부추기는 듯. 그렇다면 그런 걸 피해야 하나? 그럼 도리 가 아파트는 어떻게 하고?

로즈가 묻는다. 저쪽에 남자 보이지? 응, 보여. 그러자 로즈는 대단한 일이라도 되는 양 얘기한다. 저 사람이 책을 한 권 썼는데 틀림없이 그 책은 출판되기도 전에 압수당해서 불태워질 거야. 나는 그걸 어떻게 아느냐고 묻지만 로즈는 이내 누군가에게 불려 가고 나는 혼자 남아 조용히 놀라고 감탄하며 그 남자를 바라본다. 기껏해야 열여덟 살밖에 안 되어 보인다고 생각하는 찰나, 커다란 외침 소리가 들린다. 사실, 수많은 사람이 한꺼번에 얘기하고 있어서 누구든 듣게 하려면 소리를 지를 수밖에 없다. 에마 헤이가 장밋빛 망사와 금빛 레이스, 보석 박힌 터번형 모자, 크고 거친 수정 목걸이로 치장한 채 나타난다.

에마가 계속 소리친다. 여기서 볼 줄 누가 알았겠어? 그런데 저기 저 남자 보이지? 저 사람이 책을 한 권 썼는데 틀림없이 그 책은 출판되기도 전에 압수당해서 불태워질 거야. 그러더니 태연하게 덧붙인다. 천재라니까. 그런데 시대를 너무 앞서갔지. 그래, 그런 모양이네, 하고 나는 대꾸한 뒤 그 밖에 또 누가 왔느냐고 묻는다. 에마가 선정적인 이력을 가진 사람들을 빠르게 읊조리자 나는 문학적 소양과 온전한 가정생활은 아마도 양립할 수 없는 모양이라고 결론을 내린다. ^{의문} 그렇다면 나는 가망이 없는 걸까?

에마는 내가 외톨이로 있는 모습이 안타깝다며(다르게 표현할 수는 없을까?) 웬 남자를 소개해 주고, 남자는 내게 아름다운 금발의 아내를 소개한다. (너무도 아름다운 모습에 괜히 부아가 나지만 꾹 참는다.) 남자가 술을 가져다줄까 묻기에 그러라고 한다. 자기 아내에게도 제안한 뒤 그녀가 그러라고 하자 빽빽한 사람들 사이를 비집고 힘겹게 나아간다. 아내가 저쪽에 있는 청년을 가리키며 내게 말한다. 저 사람이 책을 썼는데 그 책은 출판되기도 전에 어쩌고저쩌고…… 지적인 말투로 짐짓 놀라는 척하며 어머, 그래요?

하고 되묻는 내 목소리에 넌더리가 난다.

남자는 노란 액체가 담긴 유리잔 두 개를 들고 돌아온다. 하나를 받아 맛을 보니 떫떠름하다. 그의 아내는 한 모금 마시더니 그 뒤로는 입을 대지 않는다. 우리는 소득세와 파운드, 프랑스, 우리가 좋게 평가하는 존 밴 드루턴*을 화제로 삼는다. 로즈가 저명한 수다쟁이들의 무리에서 잠시 빠져나와 내게 괜찮으냐고 묻고는 내가 (거짓으로) 고개를 끄덕이자 더 얘기할 새도 없이 다시 사라진다. 남자와 그의 아내는 아는 사람이 전혀 없는 듯 내 옆에 딱 붙어 있고 나 역시 아주 비슷한 이유로 그들의 옆에 붙어 있다. 대화가 시들해지고 목이 몹시 아파 온다. 대화에서 파운드 얘기를 빼놓을 수 없다는 사실이 갈수록 분명해지지만 그에 관한 우리의 통찰은 딱히 독창적이지도 건설적이지도 않다.

얼마 후 에마가 다시 나타나더니 (내가 전혀 모르는) 제임스가 마침내 (역시 들어 본 적도 없는) 실비아를 버리고 이제는 (역시 전혀 모르는) 나오미와 살고 있다고 한다. 나오미는 두 사람뿐 아니라 그녀의 세 아이도 부양할 수 있을 만큼 돈을 벌 테지만 수전이 낳은 제임스의 아이들은 아서가 돌보고 있단다. 내가 머뭇거리며

● 영국의 극작가 겸 시나리오 작가.

자신 없게 그래도 다행이라고 말하자 에마는 (터번형 모자가 오른쪽 눈썹을 덮은 상태로) 다시 사라진다.

여전히 내게는 에마가 소개해 준 부부가 유일한 말동무이고 그들에게도 내가 유일한 희망이라고 믿어 의심치 않는다. 하지만 아무래도 파운드에 관한 분석이 다시 이어질 것 같은데 도저히 더는 그런 대화를 나눌 수 없다. 그래서 저기 저 남자가 책을 썼는데 그 책은 출판되기도 전에 압수당해서 불태워질 거라고 얘기할까 진지하게 고민하고 있을 때 마침 로즈가 나타나 그만 가자고 한다. 여주인은 어디로 갔는지 보이지 않고 에마가 그녀의 실종에 대해 거만하게 선정적인 설명을 늘어놓는다. 웬 노신사가 로즈와 나를 택시에 태워 준다. 나는 모르는 사람이지만 로즈의 친구인 모양이라고 생각했는데 나중에 로즈에게 들으니 그 노신사를 난생처음 본다고 한다. 내가 오늘 파티를 위해 고용된 사람인 모양이라고 추측하자 로즈는 아닐 거라고, 아마 교외에서 온 저명한 극작가일 가능성이 높다고 한다.

10월 1일

문학계 모임의 직접적인 결과는 바로 에마에게 전화가 오는 것이다. 에마는 나와 충분히 얘기하지 못했다며 다시 만나자고 한다. 다음 주에 소호에서 저녁을 먹으면 어떨까? 내가 저렴한 식당을 알거든. (이런 식의 초대는 조금 이상하지 않나?) 여자작의 비서에게서도 전화가 오자 어쩐지 내가 중요한 사람이 된 기분이 든다. 그쪽에서는 아주 값비싸고 세련된 프랑스 레스토랑에서 함께 점심을 먹자고 한다. 고상하게 수락한 뒤 한참 고민한다. 이쯤 되면 새 모자를 하나 사도 괜찮지 않을까? 대개 새 모자를 사면 자신감이 크게 올라가니까.

편지도 한 통 왔는데, 은빛 머리글자가 적힌 연보라색 봉투에 처음부터 기가 질린다. 열어 보니 패멀라 프링글이 애정을 담아 보낸 편지다. 내가 런던에 있어서 무척 기쁘다며 지난날의 이야기를 하고 싶으니 바로 전화할 수 있느냐고 묻는다. 나는 (바로 하진 않지만 어쨌든) 전화를 한다. 4시의 마사지와 6시의 브리지 놀이 사이에 시간이 나는데 혹시 네가 슬론 가*의 내 아파트로 와줄 수 있

---

* 고급 브랜드들이 모여 있는 런던 중심지의 쇼핑 거리.

니? 그럴 수는 있지만 패멀라 프링글이 얘기하기 전까지 지난날의 이야기는 모른 척하기로 마음먹는다. 어차피 조만간 그녀가 직접 꺼낼 게 분명하니까.

시간 맞춰 슬론 가의 아파트에 도착한다. 웅장한 출입구 앞에 안내원들이 잔뜩 서 있고 그중 한 명이 나를 승강기에 태워 올라가더니 고색창연한 인어 모양 문고리가 달린 밝은 보라색 문 앞에 내려 준다. 런던과는 어울리지 않는 문고리지만 패멀라의 이력과는 꽤 잘 어울리는 것 같다. 안으로 들어가자 거울이 달린 화장대가 여럿 놓여 있고 검정 푸프*와 삐죽삐죽한 모양의 초록색 나무 블록이 군데군데 보인다. 나는 몹시 감탄하며 우리 교구 목사님의 아내가 이곳을 보면 어떻게 느낄까 생각해 본다. 딱히 상상이 되지 않지만.

패멀라는 작은 방으로 나를 들이는데 여기엔 거울이 더 많고 푸프는 더 적으며 빨간색에 파란 지그재그 무늬가 찍힌 나무 블록들이 놓여 있다. 그녀가 내게 너무도 애정 어린 입맞춤을 건네는 바람에 나는 화들짝 놀란다. 아주 다정한 행동이지만, 미리 알았더라면 경악에 가까울 만큼 놀라지 않고 좀 더 적절하게 반응

---

* 앉거나 발을 올려놓는 데 쓰는 스툴형 쿠션.

했을 텐데. 그녀는 푸프에 앉으라고 하더니 러시아 담배를 권한다. 나는 앉아서 담배를 피우며 아이들의 안부를 묻는다. 그러자 패멀라는 아, 아이들! 하며 울음을 터트리더니 내가 미안해할 틈도 없이 뚝 그치곤 길고 복잡한 이야기를 쏟아 놓는다. 사는 게 너무 힘들어. 그녀는 대뜸 이렇게 말한다. 너도 세상에 사랑보다 중요한 건 없다고 생각할 거야. 나는 은행 계좌와 치아 건강, 적당한 하인을 구하는 일이 훨씬 더 중요하다고 말하고 싶지만 꾹 참고 그야물론이지, 하며 최대한 지적으로 공감하는 표정을 짓는다.

이윽고 패멀라는 열변을 토하기 시작한다. 남자들이 늘 나한테 목을 매는 게 내 잘못은 아니잖아. 내가 아주 어릴 때부터 줄곧 그랬다는 거 너도 기억할 거야. (그런 건 전혀 기억나지 않을뿐더러 설사 기억한다고 해도 동조해 줄 생각은 없다.) 뭐, 어차피 이제는 이혼을 바라보는 시선도 예전과는 달라졌잖아. 그런데도 늘 손해 보는 건 여자라니까. 그렇지 않니? 이 물음에는 그렇다거나 아니라거나 확실하게 대답할 필요가 없을 것 같다. 게다가 어차피 내가 실제로 그렇게 생각하는지 아닌지도 확실하지 않아서 이번에도 그저 지적으로 이해하는 분위기를 풍기며 모호하면서도 의미심장한 소리를 낸다. 패멀라는 아주 만족한 듯 계속해서 새로운 이야기를 늘어놓고 나는 눈이 빠지도록 열심히 듣는다. 스티븐슨과 템플러테이트, 프링글의 이름이 모두 나오고 이름을 명확히 밝히지 않은 사람들도 언급된다. 하지만 패멀라의 말에 따르면 모든 게 그들의 잘못이 아니라 그녀의 잘못이다. 나는 무슨 말이든 해야 할 것 같아서 첫 번째 결혼 생활이 행복했냐고 조심스레 묻는다. (지금까지 어떤 결혼 생활이든 행복한 적이 있었냐고 묻는 것보단 훨씬 나을 테니까.) **행복?** 하고 패멀라가 되묻는다. 참내, 무슨 소리야? 반응을 보니 첫 번째 결혼은 행복하지 않았던 모양이다. 그럼 템플러테이트는 어땠어? 하고 나는 다시 묻는다. 패멀라는 침울하게 대꾸한다. 지옥이었지. (누구에게 지옥이었냐고 묻고 싶지만 당연히 참는다.) 그다음 주제는 프링글이지만 내가 다시 머뭇거리자 패멀라가 먼저 나서서 길고 지독한 이야기를 쏟아 놓는다.

프링글의 이름은 워델이다. (이름을 듣는 순간 내 머릿속에서는 그의 부모님의 사고방식이 어떨까 하는 흥미로운 생각이 꼬리를 물고 이어진다.) 그는 아내를 이해하지 못한다. 지금까지도 그랬고 앞으로도 그럴 것이다. 패멀라는 자기가 감정이 풍부하고 정이 많으며 **영리하다**고 말할 수는 없어도 나름대로 현명한다고 한다. 그러더니 자기 입으로 말하긴 그렇지만 아주 편한 사람이란다. 강인한 남자도 얼마든지 자기와 어울릴 수 있다면서. 그녀는 그런 사람이다. 담쟁이덩굴 같은 사람. 그렇게 착착 달라붙는 사람. 나는 고개를 끄덕이며 맞장구쳐 준다. 더 얘기하다 보니 그녀라는 담쟁이덩굴은 엉뚱한 쪽에 달라붙었고 그 때문에 프링글이 화가 났으며 여전히 화를 내고 있다는 사실이 드러난다. 괴롭고 복잡한 집안 상황이 줄줄이 이어진다. 나는 머뭇거리며 그런 얘기를 들으니 정말 안타깝다고 말한 뒤(솔직히 나는 정반대로 그런 얘기를 무척 즐기고 있지만) 이렇게 묻는다. 아이들은 어떻게 지내? 그러자 대화는 다시 처음으로 돌아가고 이미 여러 번 했던 얘기가 되풀이된다. 6시의 브리지 놀이는 잊힌 것 같지만 그렇다고 상기시켜 주면 내가 너무 비정해 보일 것 같다. 게다가 지금 패멀라는 모든 걸 끝내 버리고 싶은 마음이 자주 든다고 말하고 있다. 삶을 완전히 끝내고 싶다는 건지 그저 프링글과 함께하는 삶을 끝내고 싶다는 건지 모르겠다. (어쩌면 범상치 않은 행실을 그만두고 싶다는 걸까?)

이런 얘기를 나누는 사이 총 다섯 번의 전화가 걸려 오고 패멀라는 다섯 명의 미지의 상대와 들뜨고 야단스러운 목소리로 통화하며 금요일 3시에 누군가를 만나고, 요양원에 있는 몹시 아픈 사람을 찾아가고, 누군가가 영화와 관련된 사람을 아는 여자와 만나도록 도와주기로 한다.

결국 나는 패멀라에게 또다시 포옹을 받고 그 집을 나선다. 거울로 에워싸인 승강기를 타고 내려오면서 내가 이곳에 얼마나 안 어울리는지 깨닫고 경악한다. 승강기 안내원도 놀란 것 같다. 그가 어떻게 생각하는지는 상관없지만.

실내에 있다가 나오니 슬론 가의 기온이 영하처럼 느껴진다. 차가운 바람에 코가 빨개지고 눈에 눈물이 고인다. 무슨 운명의 장난인지 하필 이럴 때 레이디 복스가 (흑담비 모피를 눈썹까지 올리고 파우더와 화장이 전혀 지워지지 않은 모습으로) 트러슬러브 앤드 핸슨 서점*에서 운전사가 기다리는 자신의 차로 걸어가고 있다. 그녀가 나를 발견하고 소리를 지르자 지나가던 사람들이 놀라서 쳐다본다. 어머, 세상에, 이게 웬일? 꼭 정원의 토양에서 싹을 틔운 제라늄이 런던에 온 것 같네요. (혹시 바람 때문에 울긋불긋해진 내 얼굴을 비유적으로 표현한 걸까?) 나는 **내 아파트**에 1, 2주 머물러 왔다고 딱딱하게 대꾸한다. 어디? 레이디 복스가 미심쩍은 표정으로 묻는다. 내가 도티 가라고 하자 그녀는 고개를 절레절레 저으며 거기 뭐가 있는지 모르겠네, 한다. 《찰스 디킨스의 생애》를 읽어 보라고 하려는데 그럴 새도 없이 레이디 복스가 그런데 대체 슬론 가엔 어쩐 일이냐고 대뜸 묻기에 옛 친구 패멀라 프링글과 한두 시간 얘기를 나눴다고 대꾸한다. (나중에 다시 생

---

* 주로 예술 및 디자인 작품집을 출판하던 동명의 소규모 독립 출판사에서 운영한 서점 중 하나.

각하니 대체 왜 그랬는지 모르겠다. 패멀라 프링글 얘기는 누구에게도 하지 말았어야 했는데.) 레이디 복스는 아, **그** 여자, 하더니 자기 운전사가 길을 아주 잘 안다며 브론즈버리든 어디든 태워다 주겠다고 한다. 나는 무뚝뚝하게 고맙지만 괜찮다고 말한다. 그녀와 헤어지고 19번 버스를 기다리면서 후회가 밀려든다. 레이디 복스에게 서두르지 않으면 앱슬리 하우스*에서 열리는 만찬에 늦을 거라고 말할걸.

10월 3일

갈수록 점점 더 저렴한 식당을 찾아다니고 있다. 경제적인 이유보다는 길을 걷는 게 무척 즐겁다는 터무니없는 이유 때문이다. (이런 얘기가 레이디 복스의 귀에 들어가는 건 상상할 수도 없고 로버트에게도 얘기하고 싶지 않다. 게다가 내가 런던에 온 건 글을 쓰기 위해서지 즐기기 위해서가 아니라는 점도 잘 알고 있다.)

이런 생각을 억누르기 위해 시어벌드 가의 작은 식당에서 점

---

* 런던 하이드 파크의 남동쪽 모퉁이에 자리한 저택으로, 1947년 국가에 기증되어 박물관이 되기 전까지 여러 대에 걸친 웰링턴 공작의 거처였다.

심을 먹는데, 모자도 쓰지 않고 담배를 피우는 젊은 여자들이 가득하다. 어느 노부인이 데려온 지저분한 강아지는 아무한테나 으르렁거리고 체구가 작고 얼굴빛이 창백한 젊은이는 커스터드를 먹으며 〈도움의 손길〉이라는 알 수 없는 간행물을 읽는다.

하나뿐인 여종업원은 몹시 지친 얼굴을 하고 (내가 묻지도 않았는데) 차가운 식사만 조금 남아 있다고 일러 준다. 그걸 달라고 하자 한참이 지나서야 돼지고기가 나온다. 감자는 없는지 물어보고 싶지만 종업원이 나를 피하는 것 같아서 포기하기로 한다.

모자를 쓰지 않은 젊은 여자들이 모두 엄청난 양의 커피를 마시는 모습이 어쩐지 문학적으로 보여서 따라 하고 싶지만 커피 맛이 형편없을 게 틀림없다. 커스터드도 딱히 끌리지 않아서 결국 번빵을 청한다. 종업원은 아까보다 더 지친 얼굴로 묻는다. 저기 진열장에 있는 것도 괜찮을까요? 무모하게도 나는 그 안에 아주 오래 있었던 게 아니라면 괜찮다고 대꾸한다. 그러자 종업원은 그렇게 오래되진 않았어요, 하며 안도하는 얼굴을 한다.

질긴 번빵과 씨름하던 나는 어느새 모자를 쓰지 않은 젊은 여자들의 독특한 대화에 정신이 팔린다. 근처에 앉은 여자들이 인생을 논하고 있는데, 그중 가장 어린 여자가 '성도착'은 이제 완전히 한물갔다고 한다. 다른 여자들은 그런 상황을 비관적으로 보는 듯하고 아직까지 그 자리를 대신할 만한 것은 발견되지 않았다고 위로한다. 누군가가 스프로트와 내시를 보라고 한다. 시골 식료품점의 이름 같지만 아마도 친구들의 이름일 것이다. 스프로트와 내시 얘기에 모두가 그래, 맞아, 하더니 안도하는 것 같다. 누군가가 나이 많은 남자의 얘기를 시작해서 엿들으려고 애쓰지만 도무지 들리지 않는다. 다른 누군가가 그는 일흔 살이 훨씬 넘었고 그것은 기껏해야 1, 2년 전에야 유행하기 시작했으니 잘 모를 거라고 못마땅한 투로 말한다. 그 뒤의 대화는 중구난방이다. 연극 『행진』*과 머리 손질 방법, 개 사육, 윌리엄이라는 남자 등이 화제로 등장하지만 그런 와중에도 이따금씩 스프로트와 내시 얘기가 다시 나온다.

무척 힘들게 번빵을 마저 먹고 10페니를 지불한 뒤 종업원의 팁으로 2페니를 남겨 놓고 떠난다. 설사 돈을 아끼기 위해서였다고 해도 이런 음식은 가치가 없었다고 확실하게 결론 내린다. 그나마 내일은 매력적인 여자작과 불레스탱 레스토랑**에서 점심을 먹는다는 사실이 떠오르자 무척 흡족해지고, 삶이 던져 주는 묘한 대조에 관해 생각해 보게 된다. 화요일에는 시어벌드 가에서

- 원제는 『Cavalcade』.
- 2018년까지 90년 동안 운영된 런던의 유명한 프랑스 음식점.

차가운 돼지고기와 오래된 번빵을 먹고 수요일에는 불레스탱에서 (바라건대) 바닷가재와 푸아르 벨 엘렌*을 먹다니. 함께 만나는 사람들과 대화 수준 역시 이와 마찬가지로 놀라우리만치 대조적이길 간절히 바라고 그렇게 되리라고 믿는다.

오후에는 글을 쓰기로 마음먹고는 연필을 깎고 지우개를 찾는 데 많은 시간을 허비한다. 결국 축음기의 작은 공간 속에서 지우개를 발견하는데, 이 공간은 축음기 바늘을 넣어 두는 곳이다. 순간 축음기 바늘은 어디로 갔을까 생각하다가 결국 그것을 찾아 나선다. 놀랍게도 부엌 찬장에 놓여 있는 성냥갑 안에 들어가 있다. (그리고 나자 어렴풋이 유쾌하지 않은 상상의 나래를 펼치기 시작한다. 비키가 어둑한 불빛 속에서 비스킷을 찾는 모습에서 출발한 상상은 결국 그 애가 검시관 법원까지 가서 배심원단의 투표로 무거운 징계를 받게 되는 데서 끝난다.)

의문: 상상력은 여러 면에서 축복이지만 때론 주인을 지나치게 엉뚱한 곳으로 끌고가지 않나? 답: 확실히 그런 것 같다.

초인종 소리에 문을 열어 보니 지친 얼굴의 여인이 나를 방해하고 싶진 않지만(벌써 방해해 놓고) 혹시 새로 나온 전기 청소기

---

* 시럽과 익힌 배로 만든 프랑스식 디저트.

를 아느냐고 묻는다. 여자가 안쓰럽기도 하고 이대로 쫓아내면 금방이라도 쓰러질 것 같아서 신상품 전기 청소기 얘기를 들어 주곤 마지못해 내일 아침에 제품을 보여 주러 오라고 허락한다. 여자는 절대 후회하지 않을 거라고 하고는(이미 후회하고 있는데) 내 삶에서 나간다.

두 번째 방해가 이어진다. 이번엔 웬 사내가 시 한 편을 들고 문 앞에 찾아와선 직업을 잃고 시를 팔고 있다고 한다. 나는 2실 링을 주고(부족한 액수라는 건 알지만) 시를 산 뒤 이제 돈이 없으니 다른 사람에게 이 집을 소개할 생각은 하지도 말라고 이른다. 그 는 절대 그럴 일은 없을 거라고 단언하며 떠난다.

또다시 초인종이 울리더니 어째서인지 그치지 않는다. 기겁하 며 초인종을 올려다보지만 닿을 수 없는 위치인 데다가 이상한 잼 병 두 개와 전선들만 보인다. 자세히 보려고 의자를 밟고 올라 섰다가 감전될까 두려워 아무것도 하지 않고 내려온다. 위층에서 가정부가 달려 내려오고 밑에서도 모르는 여자들이 달려 올라온 다. 우리는 모두 천장을 바라보며 남자를 데려와야겠다고 입을 모 은다. 결국 누군가가 남자를 부르러 가고 여전히 초인종이 미친 듯이 울리는 가운데 나는 얄궂게도 페미니즘에 관한 기사를 구 상한다. 하지만 남자가 와서 그래, 이럴 줄 알았다니까, 하더니 그저 남자의 힘만으로 가능한 일인 듯 초인종을 고쳐 놓는다.

부아가 나서 아무것도 손에 잡히지 않는다.

10월 7일

로즈와 오늘 저녁에 함께 식사하러 가기로 며칠 전에 약속했는데, 로즈가 예상치 못한 일을 벌였다. 버스를 타고 포틀랜드 가로 가야 할지 아니면 지하철을 타고 옥스퍼드서커스로 가는 편이 나을지 고민하고 있을 때 로즈의 조카가 전화를 한다. 결혼해서 하트퍼드셔*에 살고 있는 젊고 현대적인 여성인데, 오늘 저녁 자기네 여성회에서 연설하기로 한 사람이 못 오게 되었고 로즈에게 이 문제를 토로하자 로즈는 곧바로 내 얘기를 하며 내가 오늘 저녁 모임에 참석하지 않아도 괜찮으니 연락해 보라고 했다는 것이다. 선약이 있다고 핑계 댈 수는 없으니 독감에 걸렸다고 할까 잠시 고민하다가 로즈의 영리한 조카가 내게 안부를 물었을 때 이미 아주 좋다고, 고맙다고 대답한 사실이 떠오른다. 이렇게 된

● 런던과 접해 있는 잉글랜드 남동부의 주.

이상 가겠다고 할 수밖에 없다. ^{의문} 내가 이런 걸 하려고 데번주를 떠나 왔나?

로즈에게 짤막한 편지를 보내 따져야겠다고 생각하지만 그럴 시간이 없다. 브러시와 가는 빗, 슬리퍼, 스펀지, 책 세 권, 잠옷, 탕 파만 간신히 여행 가방에 챙겨 들고 하트포드셔행 기차를 탄다. 나중에 보니 분첩을 깜빡했다. 몹시 화가 나지만 해결할 방법이 없다.

기차를 타고 가는 내내 로즈의 조카에 대해 내가 아는 사실 들을 떠올려 본다. 아직 20대, 예쁘고 재능 있으며 사교계에서 인기가 많고 놀이와 춤, 그리고 (아마도) 그 밖의 모든 것을 잘할 뿐 아니라 남편도 아주 똑똑하고 젊다. 자수성가했다고 들었는데, 어떻게 성공했는지는 떠오르지 않는다.

이런 굉장한 사람들을 마주하느니 당장 집으로 돌아가고픈 충동이 들지만 직행 열차를 탔으니 그럴 수도 없다.

나를 마중 나온 조카는 내가 지금껏 입어 보았거나 앞으로 입게 될 모든 옷을 통틀어 훨씬 더 훌륭한 옷을 입었고 매력적인 모습으로 고마움을 표하며 어떤 주제로 연설할 거냐고 묻는다. 나는 아마추어 연극에 관해 얘기하려 한다고 대꾸한다. 그러자 그녀는 확신 없는 투로 좋죠, 하더니 자기네 여성회에는 이미 꽤 큰 규모의 연극회가 있고 부회장의 남편인 유명 배우가 정기적으로 연출을 하며 최근 잉글랜드 전체를 대상으로 한 촌극 대회에서 좋은 성적을 거뒀다고 덧붙인다.

그 얘기에 나는 당연히 주눅이 들어서 그렇다면 책이나 다른 주제를 고르는 게 낫겠다고 말한다. 내가 듣기에도 설득력이 없고 로스의 조카도 침착하고 다정한 태도를 보이지만 나와 같은 생각일 게 분명하다. 그녀는 어둠 속에서도 능숙하게 차를 몰고 커다란 차고 문도 능숙하게 다루더니 내 가방을 꺼내며 꽤 무겁다고 말한다. 책을 몇 권 넣었으니 부인할 수 없지만 그렇게 얘기하면 그녀의 집에 볼만한 책이 없을 거라 생각했다는 뜻이 될 테니 입을 다문다. 그녀는 무척 아름답고 현대적인 집 안으로 나를 안내한다. 틀림없이 각종 수고를 덜어 주는 최신 기기들이 갖춰져 있을 것 같은데, 나중에 보니 실제로 그렇다.

특히 (대리석과 흑백 타일이 눈부시게 반짝거리는) 욕실이 무척 인상적이다. 훨씬 열악한 우리 집 욕실을 떠올려 보니 여전히 그립긴 하지만 씁쓸해진다. 우리 집 욕실은 여기저기 페인트가 벗겨졌고 황동 수도꼭지는 가정부가 닦지 않으면 금세 초록빛으로 변하며 벽에는 직접 만든 버팀대들이 들쭉날쭉 박혀 있고 반쯤 빈 병들과 탤컴파우더 통들, 비누 따위가 아무렇게나 쌓여 있다.

로즈의 조카는 내게 자기 아이들을 보여 주는데, 예쁜 꼬마 소년과 천사 같은 아기다. 말할 필요도 없이 둘 다 자연스러운 곱슬머리를 자랑한다. 그녀가 예의상 로빈과 비키의 안부를 묻자 달리 할 말이 떠오르지 않아서 그저 둘 다 학교에 갔다고 말한다.

(부모는 누구나 자기 자식을 자랑스러워한다는 빅토리아 시대의 이론은 이제 통하지 않는다. 누구나 자식을 사랑하지만 누구나 자식을 자랑스러워하는 건 아니다.)

저녁 식사 시간이 되자 로즈의 조카는 식사 자리에 꼭 맞을 뿐 아니라 잘 어울리기도 하는 파란색 드레스로 갈아입고 나온다. 나는 어떻게 해도 유행에 뒤처져 보이고 전혀 어울리지도 않는 오래된 빨간색 드레스와 작은 빨간색 모자로 최대한 꾸민 뒤 가방에 들어 있는 작고 가련한 휴대용 분갑으로 미저 챙기시 못한 분첩을 대신하려고 안간힘을 쓴다. 결과는 썩 좋지 않지만.

식사가 이어진다. 로즈의 조카는 (역시 젊은) 남편을 소개하고 우리는 모두가 아는 로즈와 〈시간과 조수〉, 일렉트로룩스* 청소기에 관해 이야기한다.

여성회 저녁 모임은 그럭저럭 성공적이다. 회장인 조카는 이번

---

* 스웨덴의 전자제품 브랜드.

에도 노련한 모습으로 다시 한 번 깊은 인상을 남긴다. 나는 책에 관해 연설하고 서로 무관한 일화 세 편을 소개해 웃음을 끌어낸 뒤 펠트 모자와 모피 외투 차림의 여자, 펠트 모자와 파란 스웨터 차림의 여자, 펠트 모자와 트위드 차림의 여자 등을 소개 받는다. 이름은 하나같이 알 수 없는데, 아마 그들도 내 이름을 모를 거다.

(자주 맞닥뜨리는 이 개탄스러운 상황을 현실에서 피할 수 없는 걸까 하는 생각이 잠시 머리를 스친다. 미국에서는 소개할 때 늘 이름을 분명하게 얘기하고 짤막한 설명을 곁들여서 이런 현상을 완전히 극복했다고 하던데. 미국에 가고 싶다.)

로즈의 조카가 피곤하지 않느냐고 다정하게 묻는다. 나는 아니라고 하지만 거짓말이고 로즈의 조카가 나를 집으로 데려가자 바로 잠자리에 든다. 손님방은 모든 면에서 훌륭하지만 쓰레기통이 없다. 전체적으로 완벽한 방에 한 가지 결점이 있다는 사실이 더없는 위안을 준다.

10월 8일

로즈와 통화하려고 끊임없이 애쓰지만 매번 가정부가 전화를 받아 로즈가 외출했다고 한다. 왜인지 알 것 같다. 로즈가 먼저 손을 내밀도록 두는 편이 체신을 지키는 길이라는 생각에 더는 아무것도 하지 않기로 결심한다.

하지만 로즈를 통해 알게 된 여자작과 점심을 먹게 되자 이 결심이 심각한 갈등에 부딪친다. 여자작은 아주 열성적으로 로즈 얘기만 늘어놓고, 나는 여기에 반응하고픈 자연스런 충동과 로즈의 행동이 일으킨 미움 사이에서 갈등한다.

그것을 제외하면 점심 식사는 매우 성공적이다. 새 모자를 사진 못했지만 여자작도 처음부터 모자를 벗고는 모자에 전혀 관심을 갖지 않는 것 같아서 딱히 문제가 되지 않는다.

10월 10일

도티 가 아파트 뒤편에 마당이라고 불리는 작은 공간이 있는데, 여기에 모아 놓은 쓰레기통들을 둘러싸고 지독히 세속적이고 하찮은 문제가 터져서 골머리를 앓는다. 쓰레기통들은 하나같이 가득 차 있고 어쩐지 다른 집 쓰레기가 끊임없이 내 쓰레기통으로 들어온다는 확신이 든다. 그게 아니라면 바나나 껍질과 파란색과 흰색의 깨진 잔 받침, 즉결심판소 기관지에서 뜯어낸 종이, 여기저기 구멍이 뚫린 작고 녹슨 양철 주전자 따위가 대체 어디서 왔단 말인가.

진저리를 내며 이 현상에 대해 고심해 보지만 달리 해결할 길이 없어서 먼지떨이 손잡이로 내 쓰레기통을 누르고 들어온다.

10월 13일

점심 식사 후 (왜인지 몰라도) 갑자기 지난주 로즈의 이상한 행동에 관해 따져야 한다는 결심이 서서 그녀를 찾아간다.

로즈는 집에 있고 내가 와줘서 몹시 기쁘다고 한다. 잠시 기운이 빠지지만 얼른 다시 의지를 끌어모아 단호하게 따진다. 다 좋은데, 그날 저녁 여성회 연설은 어떻게 된 거야? 로즈는 당황하지 않지만 낯빛이 창백해지더니 조용히 앉아서 대체 무슨 뜻인지 설명하라고 한다. '조용히 앉아서'라니, 마치 내가 평소에 가구를 때려 부수기라도 했다는 말 같아서 동네 시끄럽게 하지 않을 테니 걱정 말라고 싸늘하게 응수한다. 안타깝게도 분에 겨워 움직임이 거칠어지는 바람에 무거운 책들과 제대로 닫히지 않은 담배 케이스,

재떨이 두 개가 아무렇게나 놓인 탁자가 뒤집어지고 만다. 우리는 말없이 떨어진 물건들을 주운 뒤 (담배는 잡히지 않고 멀리 굴러가서 소파 밑과 전기난로 뒤로 들어가 버리지만)  마침내 안락의자를 하나씩 차지하고 앉아 넓은 페르시아 카펫 너머로 서로를 노려본다.

로즈가 나를 그렇게 뻔뻔하게 볼 수 있다니 기가 막힌다. 내가 그렇게 말하자 길고 괴로운 대화가 이어지지만 이상하게도 우리는 정작 문제의 핵심에 초점을 맞추지 못한다. 우리가 주고받은 뜬금없는 얘기를 상세히 떠올리려니 괴롭지만 로즈가 여러 번 되풀이한 말 가운데 확실하게 기억나는 것을 적어 보면 아래와 같다.

ⓐ 내가 진작 정신 분석을 제대로 받았다면 내 정신이 전혀 성숙하지 않았다는 사실을 알았을 것이다.

ⓑ 왜 그렇게 높은 하이힐을 신는지 도무지 이해할 수 없다.

ⓒ 로버트는 성인군자가 틀림없으며 많은 것을 참고 살 게 분명하다.

ⓓ 내가 글은 잘 쓴다는 걸 자기만큼 쉽게 인정하는 사람은

세상에 없을 테지만 피아노 얘기를 하는 건 터무니없다.

솔직히 고백하자면 나 역시 아래와 같은 말을 여러 번 되풀이
했다.

ⓐ 아무리 절친한 친구라도 로즈가 깔끔하다고 말할 수는 없
다. 집 꼴을 좀 봐라!
ⓑ 단순히 충동적인 것과 완전히 개념이 없는 건 다르다.
ⓒ 미국에서 살다 왔다고 해서 세상 모든 문제를 적절히 해결
할 수 있는 건 아니다.
ⓓ 과거는 과거이니 굳이 상기시키고 싶진 않지만 로즈도 고
작 아이리스 뿌리 때문에 몹시 화를 낸 적이 있지 않냐.

언제부터인지 모르지만 창피하게도 어느새 나는 눈물을 흘리
면서 그저 분해서 그런 거라고 해명한다. 로즈는 뜬금없이 이럴
땐 커피만큼 좋은 약이 없다며 종을 울린다. 나는 엉망이 된 채로
욕실에 들어가 얼굴을 닦는다. (눈물이 나면 이렇게 지저분해지는데
영화배우들은 어떻게 해결하는지 알고 싶다. 글리세린을 사용한다고 하
지만 그게 전부는 아닐 듯.) 응접실로 돌아가 보니 로즈는 축음기를

들어 놓았고 더없이 침착한 모습을 하고 있다. 조용히 "랩소디 인 블루"를 들으니 기분이 한결 나아진다.

맛 좋은 커피가 들어와서 조금 마시고 나니 기분이 더욱 나아진다. 다시 로즈와 가까스로 눈을 맞추자 그녀의 눈에서 후회의 빛이 보인다. 우리는 동시에 말한다. 대체 왜 그랬을까? 앞으로 무슨 일이 있어도 싸우지 말자. 금세 따뜻한 분위기가 감돌고 내가 로즈에게 입맞춤을 하자 로즈는 처음부터 끝까지 다 자기 잘못이라고 한다. 나는 아니야, **전부 다** 내 잘못이야, 하며 우기고 우리둘 다 아까 한 얘기는 전부 진심이 아니었다고 단언한다.

(돌아보니 둘 다 진심도 아닌 얘기를 떠들어 댔다면 괜히 기운만 뺀 게 아닐까 하는, 조금은 냉소적이고 냉정한 생각이 들지만 이런 문제는 그냥 잊기로 한다.)

결국 나는 몹시 지쳐서 집으로 돌아간다. 비키의 편지가 와 있는데 작은 코끼리가 그려져 있다. 아주 똘똘하고 현대적인 그림이라고 생각하다가 편지를 읽다 보니 사실은 저녁상이 차려진 식탁이라는 것을 알게 된다. 저작권 대리인도 나의 새 작품을 몹시 고대한다는 편지를 보냈다. (그가 실제로 그런 기대감을 즐기길 바랄 뿐이다. 지금 상황으로 봐선 새 작품이 늦어질 가능성이 높으니까.)

이제는 점점 낯이 익어 가는 은색 머리글자와 보라색 봉투도 눈에 띈다. 패멀라 프링글이 내 글을 좋아하는 친구 대여섯 명과 함께 자신의 런던 아파트에서 점심을 먹자고 초대했다. 그들이 정말 내 글을 좋아하는 걸까 의심스럽지만 그녀의 친구들을 만나보고 싶다는 세속적인 이유로, 그리고 그 집에서 대접하는 공짜 식사를 먹겠다는 더욱 세속적인 경제적 이유로 초대를 받아들이려 한다.

10월 16일

얼마 안 되는 당좌대월을 놓고 유난히 깐깐하게 구는 은행 때문에 아주 난처한 입장이 되었다. 지점장과 면담을 하는데, 그는 대단히 유감스럽지만 현재 내 계좌가 완전히 **정체** 상태인 것 같다고 한다. 나는 아무리 그래도 그가 나만큼 유감스럽겠느냐고 따뜻하게 되묻는다. 교착 상태에 빠진다. 지점장은 (왜 그런 생각을 했는지 도무지 알 수 없지만) 갑자기 커다란 서류철을 펼치더니 거기에 은행장으로 언급된 사람과 주고받은 편지의 한 구절을 내게 읽어 준다. 이 고객(즉, 나)에게 압박을 가하라는 지시다. 나는 이렇게 말한다. 글쎄요, 이미 나를 압박하고 있으니 걱정하지 않으셔도 되겠는데요. 하지만 완벽한 합의를 보지 못한 채 우리는 우울하게 헤어진다.

아일랜드 병원 복권*으로 수십만 파운드를 갑자기 손에 넣게 되는 공상에 빠져 있다가 하마터면 석탄을 실은 지저분한 트럭에 치일 뻔한다.

10월 18일

감기 기운이 있어서 화장지를 사러 울워스 마트에 갔다가 "길모퉁이를 돌아 나무 아래"**라는 6페니짜리 훌륭한 레코드를 듣고 그것을 함께 사온다. 선율이 아주 매력적이고 노랫말은 저속하면서도 값싼 호소력을 발휘한다. 어쩐지 조만간 이 레코드를 산 이유가 아이들을 즐겁게 해주기 위해서라고 변명해야 할 거라는 예감이 든다.

메모: 자기 이해는 이롭긴 해도 대개는 약간의 불쾌함을 감수해야 하는 듯.

- 1930년 아일랜드 병원들의 기금 마련을 위해 발행한 복권.
- 원제는 "Around the Corner and Under the Tree".

내일 패멀라의 오찬이 끝날 때까지만이라도 감기를 최대한 막아 보기로 결심하고 귀찮음을 무릅쓰며 주전자와 끓는 물, 작은 병에 담긴 안식향 팅크, 커다란 목욕수건 등을 가져온다. 이 모든 게 단 한 번의 부주의한 동작으로 엉망이 된다. 주전자가 기울어지면서 안식향 팅크와 뜨거운 물이 잠옷을 적신 탓이다. 아무래도 화상을 입은 것 같다. 한 군데는 살갗이 부풀어 올랐고 적어도 15센티미터쯤 붉게 변했다. 애써 마음을 가다듬으며 버터가 치료제라는 사실과 함께 이 집에는 버터가 없다는 사실을 기억해 내곤(왜 하필 이럴 때 "그건 최고의 버터였어!"* 하는 대사가 떠오르는지 모르겠지만) 다음으로 바셀린을 생각해 내고 아무렇게나 바른 뒤 몹시 괴로워하며 감기 기운을 떠안은 채 침대에 들어간다.

10월 19일

운명의 장난이란 도무지 설명할 수도 이해할 수도 없다. 왜 하필 패멀라 프링글과 함께 꽤 성공한 여성 작가로서 점심을 먹으며

---

* 루이스 캐럴의 소설 《이상한 나라의 앨리스》에 나오는 구절.

모르는 지식인층 여자들을 만나려 하는 지금 지독한 감기에 시달려야 할까? 아무리 생각해도 답을 모르겠다.

옷차림 때문에 한참 씨름하며 파란색을 입었다가 벗고 체크무늬로 갈아입지만 어쩐지 스위스 가정교사처럼 보여서 다시 파란색으로 갈아입는다. 늘 그렇듯 그나마 가장 고상해 보이는 모피 외투를 들어갈 때 벗어 놓아야 한다는 사실이 안타까울 따름이다.

저번처럼 19번 버스를 타고 슬론 가에 내려 패멀라의 화려한 보라색 현관문을 다시 마주한다. 아무도 없는 응접실로 안내를 받아 들어가면서 시골 사람들은 너무 일찍 도착한다는, 유쾌하지 않지만 꼭 들어맞는 격언을 떠올린다. 곧 검은 옷을 입고 값비싸 보이는 레이스 프릴에 커다란 에메랄드 브로치를 단 낯선 여자가 안내를 받아 들어오더니 안녕하세요, 하며 아주 상냥하게 인사를 건네고 그때부터 우리는 날씨와 간디, 푸들에 관해 얘기를 나눈다. (이런 주제는 어떻게 나온 걸까? 응접실엔 아무것도 없어서 어떤 연상 작용인지 유추할 수가 없다.)

검은 옷을 입은 낯선 여자 두 명이 더 나타나면서 내 파란 옷이 튀어 보인다. 모두가 잘 아는 사이인 것 같다. 대화로 봐선 지난주에 함께 점심을 먹었고 어제 저녁엔 함께 브리지 놀이를 했으며 오늘 오전에는 함께 미술 전람회에 다녀왔다. 패멀라 얘기가 나오지 않자 문득 내가 집을 잘못 찾아왔나? 하는 터무니없는 걱정에 휩싸인다. 낯익은 가구를 찾아 정신없이 주위를 둘러보자 백로 깃 장식의 모자를 쓰고 진주 목걸이를 한 여자가 혹시 그 **귀중한** 말을 잃어버렸느냐고 묻는다. 아뇨, 그런 건 아니에요, 하고 나는 (사실대로) 대꾸한 뒤 이 여자의 머리가 어떻게 된 게 아닐까 생각한다. 이어진 대화를 통해 그녀는 동석으로 만들어진 말을 의미했다는 사실이 드러난다.

^{의문} 동석이 뭘까? 달링 경이 연상되긴 하는데 확실히 모르겠다.

　패멀라 프링글이 나타나지 않자 갈수록 더 초초해진다. 게다가 손님 세 명이 더 들어오는데 한 명은 검정 투피스를 입었고 한 명은 검정 외투와 스커트를 입었으며 나머지 한 명은 손톱을 주황색으로 칠하고 프랑스제 검정 실크 드레스를 입었다. (이제 내 파란 옷은 마치 요셉의 색색옷을 조야하게 본뜬 것처럼 몹시 튈 뿐 아니라 그만큼 오래돼 보이기도 한다.)

　그들은 모두 서로의 이름을 부르고 공통의 친구들 얘기를 잔뜩 늘어놓지만 그 가운데 내가 들어 본 이름은 하나도 없다. 구구라는 사람이 독감에 걸렸다는데, 이 얘기가 오고가는 동안 나는 격한 재채기를 참지 못한다. 모두가 기겁하며 나를 바라보고 대화가 몹시 조심스러워진다.

현재 상황으로 봐서 손수건 두 장으로 오찬을 버틸 수 있을 거라는 낙관적 확신은 굉장한 오산이었다. 이 사실을 다시는 잊지 말 것.

패멀라 프링글이 나타날 거라는 희망을 완전히 버리려는 찰나, 문이 홱 열리더니 그녀가 황급히 들어와 모두에게 입맞춤을 하고는 강아지에게 걸려 넘어질 뻔한다. (이 강아지는 어디선가 뜬금없이 나타났다가 그녀의 앞길을 방해한 뒤 다시 사라진다.) 패멀라가 말하길, 그래도 모두 서로 잘 알죠? 이렇게 초대해 놓고 제가 너무 무례했네요. 아메데에게서 빠져나올 수가 없었거든요. 어찌나 달라붙는지. (나는 아메데가 또 다른 강아지라고 생각하지만 알고 보니 미용사다)

점심이 준비되었다는 소식이 오자 우리는 모두 예의를 차리느라 바로 일어나서 나가지 못하고 쭈뼛거리며 문지방에 모여 서 있다가 패멀라에게 떠밀려 마지못해 나간다. 정신을 차려 보니 나는 패멀라 옆자리에 앉아 있다. 내가 앉기엔 너무 눈에 띄는 자리이고 틀림없이 다른 사람을 앉히려 했을 것이다. 반대쪽 옆에는 우아한 검정 실크 드레스가 앉았다.

검정 실크 드레스는 내 책을 무척 재미있게 읽었고 자기 남편도 그랬으며 자기 시누이는 매우 똑똑하고 항상 솔직한 편인데 역시 훌륭한 책이라 했다고 한다. 마치 의무를 이행하는 사람처럼 그렇게 말한 뒤 곧바로 최근에 파리에 다녀온 이야기를 시작한다. 그녀의 솔직함은 틀림없이 내가 본 적도 없는 시누이의 솔직함에 미치지 못할 거라는 결론을 내린다.

나도 그녀 못지않게 파리를 잘 아는 척하려 애쓰지만 어차피 그녀는 전혀 관심이 없는 것 같다.

패멀라가 묻는다. 참, 파리에서 조르주 봤어요? 새 모델들은 어때요? 그러나 실크 드레스는 고개를 저으며 아직 아무것도 나오지 않았다고, 조르주는 빨라도 12월은 되어야 봄 신상품을 내놓는다고 대꾸한다. 내 생각에는 꽤 합리적인 것 같은데 다른 사람들은 모두 서운한 얼굴이다. 패멀라가 말하길, 사실 자기는 가끔 조르주 대신 가스통에게 옷을 맡길까 진지하게 고민한단다. 그러자 모두가 기겁하는 것 같다. 나도 똑같이 놀라고 기겁하는 척하려고 최선을 다하는데, 때마침 재채기가 나오려 해서 어렵지 않게 성공한다. 물론, 재채기도 해버린다.

(이제 손수건 두 장이 흠뻑 젖었고 오늘이 가기 전에 윗입술이 헐어버릴 게 분명하다.)

파리와 체중 감량에 관한 얘기가 오가다가(이곳에 있는 사람들은 모두 45킬로그램을 넘지 않을 것 같은데 왜 이런 얘기를 하는지 모르겠지만) 다이애나라는 사람이 텟시라는 사람의 두 번째 남편을 가로챘다는 얘기가 나온다. 모두 그럴 만하다고 입을 모으면서도 확실한 이유는 얘기하지 못하고 그저 모두가 알다시피 텟시가 **좋은 사람**이긴 하지만 솔직히 그렇게 맵시 있다고 말할 수는 없지 않느냐고 입을 모은다.

(텟시는 지금 이곳에 있는 여자들과 달리 나와 적어도 한 가지 공통점을 갖고 있는 모양이다. 하지만 이런 생각은 조소로 이어질 위험이 있으니 삼가는 편이 좋을 듯.)

아주 훌륭한 과일 아이스크림선디를 먹기 시작할 무렵 패멀라가 나를 돌아보더니 여러 책에 관한 얘기를 꺼내는데, 모두 이제 막 출간된 책이라 나는 한 권도 읽지 않았다. 하지만 사람들은 내가 잘 알 거라 기대할 테니 기억을 더듬어 어제 차 〈시산과 소수〉의 문예 비평을 떠올리며 (돔비 부인*처럼) 최대한 노력한다.

문득 내 의식의 문턱 위로 고개를 내미는 흥미로운 의문: 패멀라와 친구들은 이 책들을 전부 읽었을 리가 없는데 어떻게 이런 대화를 할까? 답: 지금으로선 전혀 알 수 없다.

우리는 다시 응접실로 자리를 옮기고 나는 또다시 재채기를

● 찰스 디킨스의 소설 《돔비와 아들》의 등장인물.

하지만 다행히 두 번째 손수건의 왼쪽 귀퉁이가 아직 비교적 보송한 것을 발견하고 잠시나마 위안을 얻는다.

얼마 후 확실하게 마음을 놓게 되는데, 에메랄드 브로치를 한 여자가 너무나도 서운하지만 급히 가야 한다며 일어서는 덕분이다. 자기가 모든 걸 책임지고 있어서 빨리 가지 않으면 시작할 수 없다나. 그녀가 말하는 모든 것은 그저 파마일 수도 있고 버킹엄 궁전 공연의 지휘일 수도 있지만 더는 설명하지 않고 가버려서 어차피 알 길이 없다.

나는 좀 더 초라하게 퇴장한다. 딱히 가야 하는 이유가 떠오르지 않아서다. 굳이 찾자면 도착한 순간부터 줄곧 가고 싶었다는 것뿐인데 당연히 그런 이유를 댈 수는 없는 노릇. 패멀라는 와줘서 정말 고맙다고 하며 나와 헤어진다.

곧장 집으로 가서 침대로 향한다. 위층 가정부가 친절하게도 뜨거운 차와 계피를 가져다주는데 양심에 따르면 누구의 소유인지 물어봐야 하지만 너무도 반가워서 그냥 받는다.

10월 23일

밤 11시 18분이라는 아주 늦은 시각에 전화벨이 울리더니 수화기 저편에서 누군가가 몹시 흥분한 목소리로 내가 맞는지 확인한다. 나는 그렇다고 대꾸한 뒤 자다 깼다고 퉁명스럽게 덧붙인다. 목소리의 주인공은 (전혀 놀랍지 않게도) 패멀라 프링글로 드러나고, 아주 곤란한 상황에 처했는데 정확히 어떤 상황인지는 설명할 수 없다고 한다. (내가 기껏 설명할 수 없다는 얘기나 들으려고 자다가 일어난 거냐고 따지고 싶다.) 패멀라가 묻는다. 혹시 무슨 일이 생기면 내가 오늘 밤 네 아파트에서 너와 함께 있었다고 얘기해 줄 수 있어? 그러지 않으면 어떤 일이 벌어질지 (이번에도 역시) 설명할 수 없거든. 패멀라는 내가 언제나 좋은 사람이었으니 자기 부탁을 들어줄 거라고, 이렇게 작은 부탁을 거절할 리가 없다고, 자기에겐 생사가 걸린 일이라고 덧붙인다.

나는 기가 막혀서 혹시 오늘 저녁 실제로 어디에 있었는지 말해 줄 수 있느냐고 조심스레 물으며 시간을 끈다. 그러나 그렇게 말하면서도 그리 영리한 질문이 아니라는 것을 깨닫는다. 수화기 저편에서 아득하게 비명 지르는 소리가 들리는 것도 놀라운 일은 아닌 듯. 아니야, 됐어. 나는 이렇게 말한 뒤 그녀의 행방에 대해 누가, 왜, 내게 물어봐야 하는지 묻는다. 그러자 패멀라가 말하길, 아, 나만큼 철저하게 오해받는 여자는 세상에 없을 거야. 남자들은 정말 짐승이라고 생각하지 않니? 정말 너그럽고 푸근하고 이해심 많은 남자는 세상에 단 한 명도 없다니까. 남자들이 원하는 건 하나뿐이야.

전화로 할 얘기는 아닌 것 같고 점점 추워지는데 한 손으로 수화기를 든 채 다른 손으로 전기난로의 스위치를 켤 수 있을까 가늠하느라 통화에 집중할 수가 없다. 인간의 몸은 놀랍도록 유연하지만 결국 난로를 켜지 못하고 하마터면 넘어질 뻔한다. 다행히 얼른 균형을 잡고 다시 패멀라의 얘기에 집중한다. 그녀는 내가 이번 부탁을 들어준다면 절대 잊지 않을 거라고 하곤 이렇게 덧붙인다. 이런 부탁을 할 사람이 너 말고는 없어. (이걸 칭찬으로 받아들여야 하나?) 나는 알았다고 대꾸한다. 누가 물어보면 패멀라는 오늘 저녁 여기서 나와 함께 있었다고 하겠다고. 하지만 아무도 물어보지 않으면 좋겠다고. 그리고 이런 부탁을 들어주는 건 오늘이 처음이자 마지막이라고 덧붙인다. 패멀라가 수선을 떠는가 싶더니 보이지 않는 곳에서 근엄한 목소리가 묻는다. 3분이 끝나가는데 3분을 더 쓰겠냐고. 우리가 동시에 아니라고 대답하자 갑자기 정적이 흐른다.

다시 침대로 기어들어 가니 마치 바람에 실려 빙산으로 날아 갔다가 수레 끝에 매달려 끌려온 것 같다. 아주 기이하고 기분 나쁜 느낌이다. 불편하고 찜찜한 밤을 보낸다. 내가 위증죄를 저지르고 심지어 그것이 발각되어 런던 중앙 형사 법원에 가는 상상이 꼬리를 물고 이어진다. 전화벨 소리와 문 두드리는 소리가 들리더니 패멀라 프링글의 남편이 아내의 행방에 대해 묻기 위해 문 앞으로 찾아오는 상상에 빠지기도 한다.

선잠을 잔 탓인지 깨어 보니 두통이 심하고 안색이 나쁜 데다 깊은 죄책감이 밀려든다. 심지어 로빈과 비키의 천진난만한 편지를 받으니 마음이 몹시 불편해져서 아이들에게 나와 연을 끊어야 한다는 편지를 써야 하나 싶지만 아침을 먹고 나자 평정을 되찾고 간밤의 일은 그저 잊기로 마음먹는다. 메모 인간의 결심이란 얼마나 부질없는지, 하루 종일 간밤의 전화 통화를 수없이 곱씹으며 끊임없이 패멀라 프링글에게 들려줄 멋진 훈계의 말을 연습하는 나를 발견한다.

로버트가 짧은 편지를 보냈는데 추신으로 이제 그만 집에 돌아올 때가 되지 않았냐고 묻는다. 내가 보고 싶다는 뜻인 것 같아서 살짝 설렌다.

10월 25일

저작권 대리인의 제안으로 점심 식사를 함께한다. 어쩐지 내가 중요한 사람이 된 기분이 든다. 그는 유명한 작가들을 가리키며 누구인지 알려 주기도 하는데 대개는 몹시 실망스럽지만 겉모습으로 판단해선 안 되는 법. 대리인은 그나저나 사무실에 내 앞으로 끊어 놓은 작은 수표가 있는데 보내 줄까 묻는다. 너무도 태연하게 묻기에 나 역시 애써 태연하게 뭐, 그러시던지요, 하고 대꾸한 뒤 얼마 후 집으로 달려가 은행 지점장에게 최근 우리가 나눈 대화를 상기시키며 곧 송금을 받게 될 수도 있다고 귀띔한다. 희망을 주되 확실하지 않은 것을 약속할 필요는 없으니까.

10월 27일

은행 지점장에게서 그저 내 편지를 잘 받았다는 답장을 받고 몹시 실망한다. **관용**이라곤 눈곱만큼도 없는 데다 입금 대신 부족액을 논할 때는 훨씬 더 유창한 언변을 자랑한다. 이 점을 지적하는 편지를 쓸까 진지하게 고민해 본다.

피커딜리서커스* 한복판에서 생판 모르는 사람에게 뜻밖에도 기분 좋은 대우를 받는다. 건널목 하나를 간신히 건넌 뒤 다음 건널목을 돌파하려고 도로 사이에 있는 교통섬에 잠시 멈춰 섰는데 누군가가 내 귀에 대고 속삭이길, 보도를 벗어난 뒤로(그렇다면 아주 오래전일 텐데) 줄곧 나를 따라왔으며 헤이마켓**에 안전하게 도착할 때까지 계속 나를 따라 길을 건너겠다고 한다. 고개를 돌려 보니 지친 모습의 여자가 소포 세 개와 도서관 책 두 권, 작은 우산, 장갑 한 짝을 들고 서 있다. 나는 네, 그렇게 하세요, 하고 대꾸하며 머릿속으로 생각한다. 이 여자는 자기가 얼마나 믿을 수 없는 사람을 골랐는지 알기나 할까? 잠시 후 나는 다시 차도로 내려서서 오른쪽과 왼쪽을 차례로 보고 이러저러한 동작을 하며 안전하게 길을 건넌다. 놀랍게도 지친 모습의 부인은 어디론가 사라지고 없다. 풀리지 않는 수많은 삶의 신비에 이것도 추가해야 할 것 같다.

한편, 새 외투와 (기성복이지만 내 몸에 꼭 맞고 멋진 검정 스웨이드 벨트가 달린) 스커트를 고른 뒤 모자를 적어도 열여덟 개쯤 써 보는데 요령 없는 점원이 매번 굉장히 잘 어울린다고 한다. 우리

* 런던 도심부의 번화한 광장으로, 길이 복잡하게 얽혀 있다.
** 런던 웨스트엔드의 번화가로 피커딜리서커스와 인접해 있다.

둘 다 거짓말이라는 것을 뻔히 아는데 말이다. 내가 결국 테 있는 모자를 고르자 점원이 말하길, 지금은 이런 모자를 쓰지 않지만 나중에는 다시 유행할지도 모르죠. 그런 뒤 나는 피커딜리의 잭슨 슈퍼마켓에서 작은 푸아그라 한 병을 사서 로버트에게 보낸다.

10월 31일

여러 통의 편지가 진지하게 생각할 거리를 던져 준다. 로버트는 확실히 내가 돌아오기를 바라는 눈치고 심지어 플리머스 근처의 언덕에서 우리 집이 보인다는 사실을 발견했다며 나도 봤으면 좋겠다고 한다. 테니스장에 가면 힘들이지 않고도 쉽게 볼 수 있는 광경을 굳이 가까이서도 아니고 아주 멀리서 보는 게 무슨 의미가 있을까 싶지만 많은 문제들이 그렇듯 남자의 관점에서 보면 이 문제도 내 관점과는 다르게 보이는 모양이다. 어쨌든 나를 생각해 주는 마음이 무척 고맙다.

교구 목사님 아내가 링컨 성당*의 사진이 담긴 엽서를 보냈다.

---

* 잉글랜드 링컨주에 있는 성당.

뒷면에는 내가 다음 주 목요일에 열리는 월례회를 잊지 않았길 바란다고 적혀 있다. 계속해서 내가 떠난 지 오래된 것 같지만 즐겁게 지내고 있길 바란다며 우편배달이 곧 출발하니 이만 줄이겠지만 혹시 세인트폴 대성당 쪽에 가게 되면 그 근처에 있는 작은 안뜰 모퉁이에 작은 서점이 있는데 여름에 그곳에 목사님의 소책자가 몇 부 있었으니 잠깐 들러서 여전히 진열되어 있는지 봐달라고 한다. 그렇다고 일부러 찾아가라는 뜻은 절대 아니라고 덧붙인다. 엽서의 맨 위쪽 여백에는 이렇게 적었다. 혹시 존 바커 상점 근처에 가게 되면 그 상점에 들러 필레 레이스 가격을 알아봐 줄 수 있을까요? 너무 무리하지는 말고요. 그러더니 주소 위쪽에 로버트가 '무척 외로워' 보인다고 적고는 밑줄을 긋고 느낌표를 세 개나 찍었다. 놀라움을 표현한 것 같은데 대체 왜?

11월 2일

런던을 떠나 집에 돌아가려고 결심하는 순간 흥미로운 초대가 쏟아져 들어오는데, 이제는 내가 이런 상황에 놀라지도 않고 냉소적으로 반응한다는 사실이 씁쓸하다. 어쨌든 정해진 날짜를 바꿀 수는 없다. 로버트는 이미 수첩을 뜯어 다음 주 화요일 4시 18분에 역에 도착하는 기차를 마중 나오겠다고 약속했다.

내가 없는 동안 가구를 덮어 놓으려고 (아주 저렴한, 노란색과 흰색의 체크무늬) 먼지막이 커버 두 장을 산다. 가게 주인은 미심쩍은 얼굴로 묻는다. 그걸로 되겠어요? 나는 그럼요, 집에 더 많이 있어요, 한다. 왜 이런 쓸데없는 거짓말을 했을까 생각하니 얼굴이 화끈거린다.

11월 3일

또다시 패멀라 프링글의 전화를 받는다. 하지만 저번처럼 선정적인 용건은 아니다. 그저 안개 때문에 심한 자살 충동에 시달리고 있으며 브리지 놀이에서 연패하는 바람에 이틀 동안 23파운드를 잃었다면서 이렇게 묻는다. 상황이 이 정도면 화끈하게 기분 전환을 해야 하지 않을까? 나는 자신 있게 그야 물론이지, 하고 대꾸한다. 그런 뒤 속으로 재치 있게 덧붙인다. 나는 우리 마을 연례 휘스트 대회에서 패할 때마다 서머싯 경계를 넘어야 한다고 주장하거든. 하지만 다른 수많은 재담처럼 이 재담도 입 밖에 내지 않는다.

패멀라에게 화끈하게 기분 전환을 하기 위해 어디로 가려 하냐고 묻자 그녀는 놀라운 대답을 내놓는다. 바하마에 다녀오려고. 뭐, 워델이 동의한다면. 그런데 그이는 피레네산맥을 가자고 고집을 부리네. 나는 머뭇거리며 묻는다. 피레네산맥도 나름대로 훌륭하지 않나? 그러자 패멀라는 충격적이라는 듯이 어머, 얘는! 하고 소리친다. 피레네산맥은 턱도 없는 모양이다. 이윽고 그녀가 덧붙이길, 사실은 바하마에 '아주' 좋은 친구가 있는데 그는 내가 오기를 목이 빠져라 기다리고 있거든. 런던 생활이란 게 때론 아주 골치 아프잖아. 그래서 가끔은 그냥 훌쩍 떠나야 한다니까. (그건 확실하지만 그래도 바하마는 좀 과한 것 같다.) 그나저나 혹시 언제 오후에 시간 내줄 수 있니? 아주 용한 점쟁이가 있다는 소문을 들었는데 워델에게 절대 말하지 않을 만한, 정말 믿을 만한 사람과 함께 가고 싶거든. 그 말을 듣고 나는 이제 그녀가 하는 모든 행동은 워델에게 얘기해선 안 된다는 걸 당연하게 여긴다고 대꾸하고 싶지만 꾹 참고 나도 용한 점쟁이를 찾아가 내 문제를 상담하고 싶다고 말한다. 약속을 정하고 나자 나는 그 전에 내 클럽에서 함께 점심을 먹자고 제안한다. 패멀라는 호들갑을 떨며 좋다고 한다.

오후 내내 괜히 그랬다는 후회에 시달린다.

11월 6일

패멀라 프링글과 아주 기이한 오후를 보냈다. 내 클럽에서 먹은 점심은 딱히 성공적이라 말할 수 없다. 알고 보니 패멀라는 살을 빼는 중이라 메뉴에 있는 음식을 아무것도 먹을 수 없다. 하지만 오렌지에이드만 마시면서도 내가 닭고기와 파인애플 파이를 먹는 동안 함께 앉아 멋진 남자의 얘기를 다정하게 들려준다. 오래전부터 헌신적으로 그녀를 사랑한 (야생동물에 관해 잘 아는) 사람이라고 한다. 꼭 소설처럼 말이야, 하고 패멀라는 말한다. 오늘 아침에 그 남자한테서 편지가 왔는데 나도 답장을 쓰는 게 좋을까? 난 지금껏 남자를 유혹하는 여자가 돼본 적이 없거든. 그것만큼은 할 수 없었어. 어느새 내가 멍하니 중얼거린다. 우리를 유혹에 빠지지 않게 하소서. 너무 비정하고 불경했나 싶지만 패멀라는 내 말을 귀담아듣지 않았고 딱히 서운한 기색 없이 계속해서 다른 멋진 친구 얘기를 꺼낸다. 외교부에서 일하는 남자인데, 오늘 아침 그가 헤이그에서 전화해 다음 주에 비행기로 온다고 했다면서 아무래도 자기와 함께 저녁을 먹고 버클리에서 춤을 추기 위해 오는 것 같다고 한다.

내가 점심 값을 지불한 뒤 패멀라를 좁고 붐비는 파우더실로 안내하는 통에 골치 아픈 일이 벌어진다. 패멀라가 거기서 주황색 립스틱을 바른 뒤 세면대에 반지를 놓고 오는 바람에 택시를 불러 놓고 기다리게 한 채 다시 황급히 안으로 들어간다.

다시 출발하려 하는데 급사가 달려와 혹시 프링글 부인이냐고 묻더니 전화가 왔다고 하고 패멀라는 전화를 받으러 달려간다. 10분 뒤에 나타난 그녀는 정말 미안하다며 아주 훌륭한 친구가 점심시간에 통화하고 싶어 해서 이곳 전화번호를 알려 주었다고 둘러댄다. 숨길 게 있어서 그런 게 아니라 슬론 가 아파트의 전화가 자주 끊기는데 사람들은 자꾸 이상한 생각을 한다고, 오해받는 게 지긋지긋하다고 덧붙인다. 나는 그래, 믿어 줄게, 해놓고 너무 냉정했나 생각하지만 솔직히 말하면 후회하지 않는다.

소호의 이름 모를 거리에 도착하자 패멀라가 고집을 부려 막대한 택시비를 지불한다. 택시가 가고 나자 우리는 몹시 지저분한 계단을 올라 3층으로 향한다. 가스 냄새가 진동한다. 패멀라가 괜찮을까? 하고 묻자 나는 아주 자신 있게 당연히 괜찮지, 한다. 안으로 들어가자 곱슬머리의 창백한 청년이 우리를 흘끗 보곤 초록색 우단 커튼 뒤로 사라지더니 금세 다시 나타나 마담 이네즈가 기다리고 있는데 한 사람씩 들어가야 한다고 이른다. 패멀라는 나더러 먼저 들어가라고 한다. 그건 놀랍지 않지만 그래도 의미심장한 눈빛을 보여 주는데 그녀가 그것을 감동의 뜻으로 오해하지 않기를 바란다.

나는 유쾌하지 않은 표정의 점쟁이를 마주한다. 그녀는 커다란 유리구슬을 들여다보면서 내가 큰 슬픔을 잘 알고 있고(그러지 않은 사람이 어디 있을까?) 아내이자 엄마라고 한다. 이 두 가지 진술을 연이어 얘기한 건 의도한 일은 아닐 것이다. 예언이 마구 떠오르는 듯 장광설이 이어지지만 귀담아들을 만한 얘기는 거의 없다. 그나마 몇 가지를 추려 보면 아래와 같다.

ⓐ 가까운 미래에 골치 아픈 일이 생긴다. (요리사가 또 바뀌는 거라면 확실히 골치 아픈 일이다.)

ⓑ 자식 중 하나가 언젠가 유명해질 것이다. (그렇다면 틀림없이 비키일 듯.)

ⓒ 3년 뒤 나는 현재의 삶을 박차고 새로운 분야를 개척하며 파격적인 행보를 이어 갈 것이다.

셋 다 현실성은 없어 보이지만 나는 고맙다고 인사한 뒤 패멀라에게 차례를 넘긴다. 한참 기다리는 동안 커튼 뒤에서 적어도 세 번 패멀라의 비명 소리가 또렷하게 들린다. 마침내 몹시 흥분한 모습으로 나타난 그녀는 지폐를 던
지다시피 하더니 빨리 가자고 재촉
한다. 우리는 마치 살인이라도 저지른
듯 서둘러 그곳을 빠져나와 숨을 몰
아쉬며 눈에 보이는 택시를 바로 잡아탄다.

패멀라는 나를 붙잡고 흐느껴 울며 마담 이네즈의 말을 전한
다. 그 말에 따르면, 패멀라는 트로이의 헬레네가 환생한 사람이라
서 평생 조용히 살 수 없다. (이 두 번째 내용은 내가 공짜로 예언해
줄 수 있었을 텐데.) 마담 이네즈는 또한 곧 패멀라의 삶에 유례없
을 만큼 엄청난 사랑이 찾아와 인생을 완전히 바꿔 놓을 거라 했
단다. 이 말에 나는 경악하며 빨리 어딘가로 가서 차를 마시자고
제안한다.

자리를 잡고 차를 마시면서 패멀라는 마담 이네즈가 자기 과
거에 대해 해준 얘기도 마음에 들지 않는다고 털어놓는다. 어련
하실까.

슬론 가에서 그녀와 헤어지고 나는 내 아파트로 돌아가 오랫
동안 짐을 싼다.

11월 7일

도리 가를 떠나는 날. 노란색과 흰색의 체크무늬 먼지막이 커버는 아파트 전체를 덮고도 남는다. 로버트가 역으로 마중 나온다. 나를 보고 반가워하는 것 같지만 별다른 말은 하지 않는다. 그런데 저녁을 먹고 응접실에 앉아서 대뜸 말하길, 보고 싶었어. 놀랍기도 하고 기분이 좋기도 해서 그 얘기를 좀 더 이어 가려 하지만 로버트는 좀처럼 협조하지 않고 결국 우리는 라디오와 〈타임스〉의 일상으로 돌아간다.

4월 13일

어째서인지 아주 오랫동안 일기장을 건드리지 않았는데 지난 5개월을 돌아보니 특별한 일이 없었다. 굳이 꼽자면, 그동안 미루고 방문하지 않은 사람들을 1월과 3월 사이 그들이 마당에 나와 있을 법한 화창한 오후에 방문했고, 서신 교환으로 열두 시간의 요리 수업을 받으려 했지만 딱히 성공하지 못했다.

자금 사정이 빠듯한데 하필 이럴 때 세금 청구서가 날아와 그늘을 드리운다. 그러나 남편이 5월 28일까지 내면 된다고 하자 터무니없게도 마음이 놓인다. 의문: 왜일까? 이에 대한 답은 예전에도 그랬듯 미카버 씨*에게서 찾아야 할 듯.

4월 15일

펠리시티 페어미드가 우리 집에 며칠 다녀가도 되겠냐는 편지를 보냈다. 정확한 기차 시간은 나중에 알려 줄 것이고 18일이나 19일을 생각하고 있는데 혹시 불편하다면 27일로 변경할 수도 있다고, 다만 이 경우에는 대서부 철도가 아니라 남부 철도를 이용할 거라고 한다. 나는 언제든 환영이지만 27일은 로버트가 크레디턴**으로 차를 몰고 가야 하기 때문에 어려울 것 같다. 기차는 아무거나 편한 것을 타면 되지만 우리에게 가장 편리한 건 남부 철도다, 등등의 내용으로 무려 다섯 장의 답장을 쓴다.

　어쩐지 앞으로 일정이나 시간에 관해 한참 이런 편지를 주고받을 거라는 예감이 든다. 정오에 펠리시티의 전보가 도착하면서

---

* 　찰스 디킨스의 소설 《데이비드 코퍼필드》에 등장하는 낙천적 인물.
** 　잉글랜드 데번주의 도시.

나의 예감은 현실이 된다. 거기엔 이렇게 적혀 있다. 어제 보낸 편지는 무시해. 괜찮다면 21일에 갈 수 있음. 자세한 사항은 오늘 밤에 보낼게.

로버트에게는 아무 얘기도 하지 않았는데, 하필이면 미안하지만 계획이 바뀌었으니 다시 알려 주겠다는 새 전보가 전화로 들어와 로버트가 이를 전달해 준다.

그는 아무 말도 하지 않고 7시에 재향 군인회 모임에 가더니 자정까지 돌아오지 않는다. 나는 카사비앙카와 단둘이 마주앉아 저녁을 먹으며 개의 번식과 E. F. 벤슨*의 소설, 영국 성공회에 관해 얘기를 나눈다. 내가 보기에 카사비앙카는 영국 성공회에 대해 낙관적인 것 같다. 우리가 응접실로 가서 라디오를 듣기 시작하자 로빈이 잠옷 차림으로 나타나더니 자기 방 창밖에서 도둑의 소리를 분명하게 들었다고 한다.

나는 (카사비앙카가 허락하지 않을 테니 그의 눈을 피해) 녀석에게 오렌지 하나를 쥐여 준다. 벽난로 앞에서 잠시 타이르고 나자 로빈은 돌아가고 도둑의 소식도 들려오지 않는다. 이상하게도 그 후 저녁 내내 응접실 구석구석에서 오렌지 냄새가 진동한다.

---

* 영국의 소설가 겸 전기 작가.

4월 19일

펠리시티는 아직 오지 않았고 편지만 끊임없이 오가고 있어서 남편에게 정확히 언제 기차역으로 나가야 할지 알려 줄 수가 없다.

나와 친분이 없는 유명한 여성 작가가 다정한 편지를 보냈다. 우리가 함께 아는 친구가 많은 것 같으니 다음 주에 점심을 먹으러 오라면서 원하는 사람을 데려와도 좋다고 한다. 어쩐지 우쭐한 기분이 들어 펠리시티와 함께 가겠다고 한다. 메모 펠리시티가 계획을 짜는 데 도움이 되도록 특별한 일이 있다고 엽서를 보낼 것. 프리피 앤드 콜먼 상사에서 아주 간결한 지급청구서와 그보다 훨씬 더 장황한 편지를 보냈다. 곧 열리는 자선 바자회에 관해 내가 잊었을까 봐 공지문을 첨부한다고 적혀 있다. (이 자선 바자회는 확실하게 기억하고 있을 뿐 아니라 모자 두 개와 가터벨트 세 개, 망가진 벽난로용 철망, 좀먹은 풋스툴을 기부하기도 했는데 말이다.) 예전 요리사에게서 추천서를 한 통도 아니고 두 통이나 요청하는 편지가 오기도 했다.

날이 무척 춥고 비가 와서 카사비앙카와 아이들이 산책을 가도 좋을지 아닐지를 놓고 평소처럼 토론이 벌어진다. 결국 로빈과 비키가 제각기 자전거를 끌고 언덕을 올라갔다가 타고 내려오는 것으로 타협을 본다. 그사이 카사비앙카는 방수 재킷을 눈썹까지 올리고 혼자 우울하게 터벅터벅 아이들 뒤를 따라 걸어 내려온다. 창문으로 이 부자연스러운 광경을 보고 있자니 영 마음이 불편해서 아무래도 로빈의 양심에 호소해야겠다고 생각한다. 비키에게는 그렇게 해봐야 괜한 헛수고가 될 테니 하지 않으련다.

이유도 영문도 모르지만 주인 없는 주간 삽화지가 복도를 굴러다닌다. 로버트가 이 쓰레기는 어디서 났어? 하더니 점심을 먹고 한 시간 동안 꼼짝없이 붙들고 있다. 뒤이어 주간지가 비키의 손에 들어가더니 비키가 하는 말, 와, 여기 홀딱 벗은 여자가 나와요. 그러곤 요란하게 웃어 댄다. 나중에 보니 비키의 설명은 딱히 명예훼손이라고 할 수 없다. 홀딱 벗었다는 묘사의 대상은 커다란 깃털이 달린 머리 장식과 보석 박힌 가슴 가리개, 한쪽뿐인 가터 벨트, 짧은 망사 스커트 차림을 한 패멀라 프링글의 전면 사진이다. 영국 성공회 인도 규방 전도회의 주최로 최근에 열린 '시대를 뛰어넘는 미덕' 가장 행렬에서 순결을 상징하는 인물로 나섰을 때 찍힌 사진이다.

나는 남편에게 주간 삽화지를 정기 구독할까? 하고 비꼬듯 물어본다. 당황스럽게도 그가 대답하길, 응, 저거 말고 다른 걸로. 그러더니 마시가 글을 쓰는 주간 삽화지를 구독하자고 한다. 마시?

내가 묻는다. 응, 마시. 마시는 괜찮은 사람이잖아. 책도 잘 알고. 그럼 당신한테도 좋을 텐데. 거기엔 나도 동의하지만 마시가 누구인지 도통 모르겠다. 짧은 토론이 이어지고 로버트는 나뿐 아니라 누구나 마시를 아주 잘 알고 있으며 일주일에 한 번씩 책에 관해 글을 쓰는 사람이라고 한다. 순간 내가 퍼뜩 깨닫고 소리친다. 아, 리처드 킹! 로버트는 동의하는 소리를 내며 내가 그 사람을 알 줄 알았다고, 누구나 아는 사람이라고 하더니 정원으로 나간다.

메모 아내의 직관은 아주 독특하고 흥미로우며 좁은 식견으로는 이해할 수 없는 법칙을 따르는 것 같다. 이에 관해 아주 심오하고 과학적인 글을 쓸 수 있을 듯. 윤곽을 잡아 보고 싶지만 때마침 세탁소에서 찾아오는데 세탁물 바구니에 손수건 서른네 장과 작은 수건 한 장을 제외하곤 아무것도 없는 게 아닌가. 글은 연휴가 지난 뒤에야 다시 생각할 수 있을 것 같다.

에설이 오후에 외출하고 나자 늘 그렇듯 달갑지 않은 사람들이 찾아오고, 요리사는 누가 찾아왔어요, 하며 적절한 예의를 갖추지 않고 그들을 안내한다. 알고 보니 잘 모르는 포핑턴 부인이 내가 자기를 찾아갔다고 착각해서 답방을 왔고 막 성인이 된 여자를 '우리 딸'이라며 데려왔다. 포핑턴 부인이 창가 의자에 앉으려 하는 통에 나는 곰 인형과 공작용 점토, 먹다 만 초콜릿 두 조각을 황급히 치운다. 딸은 팔걸이의자에 기대앉아 처음부터 끝까지 줄곧 〈펀치〉를 읽는다.

포핑턴 부인과 나는 하인들과 차가운 동풍, 주목나무 산울타리 가지치기에 관해 얘기를 나눈다. 그러다가 그녀가 대뜸 요크셔 아시죠? 하고 묻고 내가 모른다고 하자 우리는 할 말을 찾지 못한다. 안타깝게도 나는 문득 떠오른 생각을 조심스레 내뱉는다. 아, 물론 브론테 자매가 있긴 하죠. 이 말을 듣고 포핑턴 부인은 놀라며 서둘러 떠난다. 딸은 질색하는 얼굴로 〈펀치〉를 집어던지고 작별 인사를 한다. 포핑턴 부인이 자기 딸의 예절을 어떻게 생각하실지 모르겠다고 다정하게 말한다. 나는 아주 쉽게 말해 줄 수 있고 그러고 싶기도 하지만 딸이 당장 시동을 걸더니 어머니를 태우고 떠나 버린다.

4월 21일

마지막 몇 통의 편지와 두 장의 엽서, 한 번의 전보가 오간 뒤에 펠리시티의 도착 일정이 정해진다. 하지만 정해진 기차로 오지도 않았고 짐도 빼놓고 와서 나중에 로버트가 다시 한 번 역으로 나간다. 그럼에도 로버트는 펠리시티를 반기는 것 같아서 마음이 놓인다. 사교계의 공기를 조금이나마 마시는 것이 지방 사람들에게 이롭다는 사실을 머리에 새긴다.

4월 22일

펠리시티에게 훌륭한 글을 많이 써서 양 대륙에서 유명한 소설가와 점심을 먹는 자리에 데려가겠다고 하자 묘한 반응을 보인다. 말로는 정말 고맙다고 하지만 딱히 고마운 말투가 아니다. 그러더니 하는 말, 그냥 아이들과 집에 있으면 안 될까? 나는 절대 그럴 수 없다고 우긴다. 우리는 잠시 말없이 서로를 노려보다가 펠리시티가 (겁먹은 말투로) 웅얼웅얼 말하길, ⒜ 옷이 없고, ⒝ 무슨 얘기를 해야 할지 모르겠으며, ⒞ 누군가의 책에 등장하고 싶지 않다고 한다.

나는 ⒜와 ⒝에 대해선 그저 못마땅한 얼굴로 아무 말도 하지 않고 ⒞에 대해선 터무니없는 망상이라고 한다. 그러자 펠리시티는 대체 무슨 뜻이냐며 날카롭게 쏘아붙인다.

다시 교착 상태에 빠진다.

이윽고 내가 카사비앙카와 아이들은 플리머스의 치과에 가야하고 로버트도 외출할 예정이라 하인들에게 점심을 차리지 말라했다고 하자 그제야 우리의 논의가 종결된다. 펠리시티가 누그러지는 모습에 내가 재빨리 그럼 다 그만두자고 하자 그녀는 그런 뜻은 아니라고 하고, 결국 우리는 각자의 방으로 들어가 옷을 갈아입는다.

이런 상황에서 떠오르는 의문: 왜 내 옷장에는 극지방에나 어울릴 법한 두툼한 옷 아니면 열대 지방에서 입을 법한 아주 얇은 옷만 있는 걸까? 도무지 적당한 옷은 존재하지 않는다.

갈색 트위드 외투와 스커트, (외투 속에 입기엔 소매가 영 불편한) 노란 양모 스웨터로 최대한 꾸미는 수밖에. 목에는 노란 손수건을 두른 뒤 예쁜 매듭을 만들고 머리에는 옷차림에 비해 여름 분위기가 물씬 나는, 반짝이는 리본이 달린 갈색 밀짚모자를 쓴다. 펠리시티는 흰색과 검은색 체크무늬 옷과 짧고 매력적인 조랑말가죽 재킷, 옷과 잘 어울리는 검정 펠트 모자 차림을 하고 한층 나은 모습으로 나타난다.

친절하게도 카사비앙카가 오늘 오찬을 위해 닦아 놓은 차를 문 앞으로 가져오는데 아무래도 자동 시동 장치가 제대로 작동하지 않는 것 같다며 비탈을 내려갈 수는 있지만 방금 요란하게 털털거렸으니 괜히 시동 장치를 건드리지 않는 게 좋겠다고 한다. 마치 우리가 노후 자동차가 아니라 위험한 날짐승을 다루고 있는 것 같다.

나는 카사비앙카에게 고맙다고 한 뒤 아이들에게 작별 인사를 하고 차의 시동을 걸지만 엔진이 금세 꺼진다. 출발이 썩 좋지 않은 것 같은데, 그렇지? 하고 펠리시티가 괜한 말을 한다.

카사비앙카와 로빈, 비키가 마음을 내서 힘차게 차를 밀어 차도로 내보내자 그제야 마침내 다시 시동이 걸린다. 400미터쯤 갔을 때 펠리시티가 내게 귀띔하길, 아무래도 아이가 차 뒤에 매달려 있는 것 같은데. 차를 세우고 확인한 나는 로빈을 발견하고 호되게 꾸짖는다. 녀석은 몹시 당황한 얼굴이 된다. 내가 누그러진 목소리로 됐어, 한 번만 봐줄게, 하자 로빈은 금세 기분이 좋아진 산울타리 위로 고개를 내밀고 활짝 웃으며 우리에게 손을 흔든다.

15킬로미터쯤 갈 때까지 활기찬 대화가 이어진다. 펠리시티는 이름이 기억나지 않지만 이상한 망토를 쓰고 책을 많이 읽는 그 특이한 여자는 어떻게 지내냐고 묻는다. 나는 금세 미스 팬커톤을 떠올리곤 다행히 몇 주 동안 마주치지 않았다고 대꾸한다. 뒤이어 우리는 여름옷과 펠리시티의 결혼한 여동생의 아이들, (지금은 지중해를 항해하고 있는) 레이디 복스, 펠리시티와 나의 까마득한 학창 시절 따위를 화제로 삼는다.

잠시 대화가 끊어지더니 펠리시티가 사뭇 다른 목소리로 거의 다 왔느냐고 묻는다. 그런 것 같아서 나는 모퉁이를 돌기 전에 화장을 고치려고 차를 세운다. 그런 뒤 우리는 말없이 작고 아름다운 앤 여왕 양식의 집 앞에 도착한다.

어째서인지 이 무렵 나는 펠리시티 못지않게 긴장해선 대체 여기에 왜 오려고 했을까 자문한다. 아름다운 뜰의 한쪽 구석에 차를 세우고(그러고 보니 차가 유난히 더 지저분하고 후져 보인다) 연보라색과 흰색의 드레스와 모브 캡*을 차려입은 우아한 하녀의 안내를 받아 패널을 두른 복도를 지나고 디자인과 가구의 비용 따윈 전혀 고려하지 않고 꾸민 듯한 응접실로 들어간다.

마님은 정원에 계세요. 하녀는 이렇게 말하곤 여주인을 찾아나선다. 펠리시티가 내게 프랑스어로 말한다. (왜 영어로 하지 않고?) "디트 크 제 느 쉬 파 리테레르 뒤 투."** 내가 열심히 고개를 끄덕이고 있을 때 여주인이 나타난다.

그녀는 상냥한 데다가 말주변도 좋아서 펠리시티와 나는 점차 생기를 되찾는다. 파란 드레스를 입고 코안경을 쓴 여자가 나

---

* 18~19세기에 여자들이 쓰던 면으로 된 실내용 모자.
** 나는 문인이 아니라고 얘기해.

타나자 여주인은 '나'와 함께 사는 '내 친구 미스 포스트먼'이라고 소개한다. '내 사촌 미스 크럼프'라는 또 다른 사람이 나타나자 우리는 모두 함께 점심을 먹으러 간다. 나는 여주인 옆에 앉는데 그녀는 현대 시에 대해 능숙하게 얘기하지만 나는 모호하게 얼버무리며 짧게 대꾸한다. 펠리시티는 미스 포스트먼과 얘기를 나누는데, 안타깝게도 이 여자가 펠리시티의 책을 아주 재미있게 읽었다는 상냥한 말로 대화를 시작하는 소리가 들린다. 펠리시티가 어떤 효과적인 표현으로 자기는 책을 쓰지 않았다고 주장할지 듣고 싶지만 내 코가 석자라 그럴 수가 없다. 존 메이스필드°에 관해 그럴듯한 얘기를 해야 하는데 그의 작품이 하나도 기억나지 않는다.

얼마 후 여주인이 자기 책 얘기를 꺼내고 미스 포스트먼이 지적인 칭찬의 말을 쏟아 놓자 나는 옆에서 거든다. 펠리시티와 사촌은 아무 말도 하지 않고 그저 관심 있는 얼굴로 지켜본다.

이런 얘기를 하며 우리는 안전하게 발코니에서 커피를 마시는데 갑자기 펠리시티가 눈앞에 보이는 모든 관목과 식물의 영어 이름과 라틴어 이름을 일일이 얘기하며 주목을 끈다.

그러고 나자 그녀는 여주인에게 이끌려 정원을 크게 한 바

● 영국의 시인 겸 소설가.

퀴 돌면서 정원 가꾸기에 관한 대화를 나눈다. 미스 포스트먼과 나도 따라가지만 우리는 꽃에 영 관심이 없다. 미스 포스트먼은 내게 카리나가 아주 훌륭한 사람이라고 말한다. (여주인의 이름은 샬럿 볼리인데 애칭이 카리나인 모양이다.) 그녀의 작품도 훌륭하고 방법론과 인품도 훌륭하며 활기가 넘치고 매력적인 사람이란다.

나는 번번이 맞장구치지만 카리나가 왜 미스 포스트먼과 함께 사는지 알 것 같다. (내 친구 펠리시타나 로즈는 이와 비슷한 상황에서 손님들에게 그 정도로 나를 칭찬하진 않을 게 분명하다.)

미스 포스트먼이 계속 말하길, 카리나와 저는 수년 동안 친구로 지냈어요. 카리나가 아파서 제가 간호를 하고 있죠. 건강이 좋지 않은데 도무지 쉬질 않네요. 그러더니 그녀는 절망스럽게 덧붙인다. 가끔 쉬어야 할 텐데. 항상 베풀기만 한다니까요. 사람들이 어찌나 카리나를 성가시게 하는지. 이거 해달라, 저거 해달라……

그 말에 나는 괜히 찔려서 그만 가겠다고 한다. 미스 포스트먼은 아니라고 하지만 그리 완고하게 말리지 않는 걸로 봐선 내심 우리가 가주길 바라는 것 같다. 카리나에게 얘기하자 그녀는 어머, 무슨 말씀이에요, 하며 차도 마시고 가라고 한다. 미스 포스트먼이 열성적으로 속삭이자 카리나는 아니야, **그건** 중요하지 않지, 한다. 펠리시티와 나는 발밑에 있는 작고 볼품없는 노란 식물에 열중하는 척한다. 나중에 미스 포스트먼이 내게 털어놓길, 카리나는 매일 오후에 적어도 한 시간은 **꼭** 쉬어야 하는데 그렇게 하기가 얼마나 어려운지 모르겠다니까요. 오늘 오후에 쉬지 못한 건 우리의 책임이 분명하고, 그래서인지 미스 포스트먼은 우리가 떠날 때까지 의기소침해 있고 조금 화가 난 것 같기도 하다.

마침내 우리가 떠나려 하자 카리나는 끝까지 다정하게 굴며 우리가 차에 타는 모습을 보려다가 결국 **그** 문은 열리지 않으니 다른 문을 열어 보라는 말을 듣고 다른 문을 열었다가 얼른 닫으며 **조만간** 또 오라고 신신당부한다. 우리는 미스 포스트먼의 어깨에 팔을 두르고 열심히 손을 흔드는 그녀를 뒤로하고 떠난다. 나는 곧바로 펠리시티에게 묻는다. 저 사람 어떤 거 같아? 그러자 펠리시티는 씁쓸하게 대꾸한다. 지금은 이렇다 저렇다 말할 수가 없어. 방금 카리나가 차 문을 너무 세게 닫아서 발을 찧었거든.

위로의 말이 오간 뒤 집으로 오는 내내 우리는 카리나와 미스 포스트먼, 사촌, 집, 정원, 음식, 대화에 관해 얘기를 나눈다. 저녁에 로버트에게 다시 한 번 이 모든 얘기를 들려주려고 마음의 준비를 하는데 그는 그 집에 남자가 있더냐고 묻더니 정원사밖에 없다고 하자 더는 관심을 보이지 않는다.

4월 23일

펠리시티와 함께 부츠*에서 카리나의 작품을 있는 대로 가져
와 부지런히 읽는다. 그중 가장 유명한 작품에는 사랑하는 친구
D. P.에게 바친다는 헌사가 찍혀 있다. 우리는 P가 미스 포스트먼
을 지칭하는 게 틀림없다고 넘겨짚는다. 펠리시티는 D가 데이지의
약자일 거라고 주장하고 나는 도리스일 거라고 우긴다. 결국 우리
의 대화는《고독의 우물》얘기로 음란하게 마무리된다.

4월 26일

펠리시티가 세 번의 변덕 끝에 서머싯주에 사는 결혼한 여동생의
집으로 떠나기로 했다. 로빈과 비키가 서운해하고 내가 우리 모
두 보고 싶어 할 거라고 하자 펠리시티는 즐겁게 지내다 간다고,
여태 가본 집들 가운데 목욕수건이 정말 **큰** 집은 우리 집밖에 없
다고 대꾸한다. 나는 이 칭찬에 기분이 좋아져서 로버트에게 전

---

* 영국의 유명한 약국 및 잡화점 체인인 부츠는 1898~1966년에 순회도서관을 함께 운영
했다.

하며 내가 살림에 완전히 젬병은 아닌 모양이라고 하자 로버트는 너그러운 얼굴로 얼마 전 연휴 직전에 밀가루가 떨어지지 않았냐고 묻는다. 나는 대꾸하지 않는다. 그럴듯한 대답이 떠오르지 않아서다.

레이디 프로비셔가 전화해서 주말에 블러밍턴 부부가 오기로 했다며 토요일 만찬에 우리를 초대한다. 내가 블러밍턴 부부요? 하고 묻자 그녀는 그렇다고, **그**는 18년 전에 나를 잘 알았고 무척 좋아했다고 대꾸한다. (이런 얘기를 들으니 우리가 다시 만나 봐야 18년의 세월이 낳은 개탄스러운 변화를 마주하게 될 텐데 만나지 않는 편이 낫지 않나 하는 의문이 든다.)

하지만 레이디 프로비셔는 나를 초대하겠다고 약속했다며 물론 로버트도, 하고 황급히 덧붙인 뒤 **꼭** 와야 한다고 신신당부한다. 블러밍턴 부부가 몹시 기대하고 있다면서. (쓸데없이 그녀의 옆에서 블러밍턴 부부가 소리를 지르고 춤을 추며 나의 결정을 기다리는 광경이 그려진다.)

레이디 프로비셔가 계속 말하길, 그런데 **그 시절**에는(적어도 구석기 시대 이전을 말하는 듯) 아마 빌 랜섬으로 알고 있었겠죠? 블러밍턴 작위를 물려받은 지 얼마 안 됐거든요. 내가 소리친다. 아! **빌 랜섬**. 그러곤 말문이 막힌다. 레이디 프로비셔는 계속해서 빌이 아주 예쁘고 지적이며 매력적이고 부유하기까지 한 여자와 결혼했고 그들의 결혼 생활이 아주 성공적이라고 떠들어 댄다. (이런 건 확인해 보지도 않고 바로 인정할 수 없는 법이다.)

레이디 프로비셔는 빌과 내가 재회하기 전까지는 자기나 블러밍턴 부부 모두 이 동네를 벗어나지 않겠다고 굳건하게 다짐하고 내가 별수 없이 이 말도 안 되는 계획에 동의하면서 대화가 마무리된다.

전화를 끊은 뒤에도 10분쯤 그대로 수화기를 붙잡고 앉아 빌과 내가 만나면 서로를 어떻게 생각할지, 나는 왜 이런 터무니없는 짓을 하겠다고 했는지 고민해 본다.

남편에게 초대받은 얘기를 하자 그는 이렇게 대꾸한다. 잘됐네. 그 집에 훌륭한 클라레*가 있거든. 하지만 블러밍턴 부부에 대해선 아무런 반응도 보이지 않는다. 나는 (부당하게도) 괜히 부아가 나서 빌 랜섬이 한때 나를 무척 좋아했다고 날카롭게 말한다. 남편은 별생각이 없이 그렇군, 하더니 라디오를 켠다. 『스트리탐의 퍼트리샤 트랩스에게로 돌아가는 즐거운 여정』이 나오자 나는 그보다 크고 거친 목소리로 말한다. 빌은 내게 몇 번이나 청혼

---

* 프랑스 보르도산 적포도주.

을 했었다니까. 그러자 남편은 고개를 끄덕이더니 창문을 넘어 정원으로 나간다.

헬렌 윌스와 아이들이 문으로 달려 들어오면서 외풍이 불어 커다란 화병이 넘어지고 실내는 온통 물바다가 된다. 믿을 수 없을 만큼 많은 까치밥나무 꽃잎들이 사방에 흩어지는 통에 쓸고 닦고 아이들에게 깨진 유리에 베지 않도록 조심하라고 이르며 한바탕 소동이 벌어진다. 그러고 나자 '행복한 가족' 카드놀이가 이어지고 곧바로 비키를 목욕시킨 뒤 두 아이의 저녁을 차려주느라 나와 빌 랜섬의 아득한 스캔들은 까맣게 잊어버리지만 한참 뒤 아이들이 잠자리에 들고 카사비앙카는 조용히 혼자 중얼거리며 크로스워드 퍼즐을 품고 로버트는 〈타임스〉에 몰두하자 다시 떠오른다.

책 한 권을 집어 들고 여러 장을 읽지만 도무지 무슨 내용인지 이해하지 못했다는 사실을 깨닫고 처음부터 다시 읽는다. 여전히 이해가 되지 않는다. 갑자기 카사비앙카가 그 책을 어떻게 생각하느냐고 묻는다. 내가 황급히 아주 좋다고 대꾸하자 자기도 그렇게 생각한단다. 계속 책 얘기가 이어질까 봐 나는 크로스워드 퍼즐을 도와주겠다고 제안한다.

토요일 전에 미용실에서 샴푸 서비스와 머리 손질을 받으려면 시간을 어떻게 쪼개야 할지 생각해 보고 드레스를 한 벌 살까 고민하기도 하지만 자금 사정을 생각하면 그럴 수 없다는 것을 잘 알고 있다.

한참 뒤 남편이 혹시 아프냐고 묻는다. 내가 아니라고 하자 빨리 자라고 재촉한다. 한동안 자려고 노력했는데도 잠이 들지 않았으니 대꾸할 필요도 없을 것 같다.

메모 자제력은 반드시 필요한 자질이고 특히 공상이 날뛸 때는 더더욱 그럴 테니 자제력을 키우려 노력해야 할 듯.

4월 30일

내가 플리머스의 미용실에 다녀오겠다고 말하는 순간, 식구들에게서 믿을 수 없이 많은 요구가 쏟아져 나온다. 갑자기 카사비앙카까지 가세해서, 혹시 괜찮으시다면 3실링 10.5페니짜리 우편환을 사다 주실 수 있을까요? 하고 묻는다. 동네 우체국에서도 구할 수 있을 거라고 퉁명스럽게 말하지만 그가 힘없이 그렇죠, 죄송합니다, 하자 후회가 밀려든다.

(왼쪽 뺨을 맞고는 오른쪽 뺨도 마저 내미는 그의 태도는 언제나 나의 화를 돋운다. 성경 말씀에 어렴풋이 회의가 들지만 얼른 떨쳐 낸다.)

버스를 타고 플리머스로 간 나는 잡화점에서 힘겨운 시간을 보낸다. 이런 쇼핑은 전혀 즐겁지 않고 오히려 몹시 피곤할 뿐이다. 비키의 양말과 로빈의 바지, 요리사가 부탁한 짧은 털의 솔을 찾아다닌다. 대체 이걸로 무얼 하려는 건지, 왜 짧은 털을 원하는지 모르겠다. 게다가 플리머스까지 나오지 않으면 구할 수 없다는 모호한 식료품을 잔뜩 적어 주었다. 카운터에 물어보니 전부 다 위층이나 아래층에서 가져와야 한다. 어릴 때 유행하던 코믹한 노래가 떠오른다. 저쪽으로 가보세요, 쭉 가서 계단을 올라가요. 반백의 가게 주인도 이 노래를 기억할 것 같아서 물어보니 그는 그저 네, 부인, 하고는 더 얘기하지 않고 나와 헤어진다.

뒤이어 피클을 담당하는 청년과 한참 실랑이한다. 그는 내가 달라고 한 피클이 없다면서 아마도 나는 그보다 훨씬 더 비싼 상표의 처트니*를 원할 거라고 설득하려 든다. 다른 건 됐다며 딱 잘라 버려야 한다는 걸 알면서도 어째서인지 도무지 그럴 수가 없

● 과일, 채소, 식초, 향신료 등을 넣어 버무린 새콤달콤한 인도식 소스.

고 우리의 대화는 끊임없이 원점으로 돌아온다. 하지만 딱히 서로에게 나쁜 감정을 갖진 않는다. 어쩌다 보니 우리는 결국 찜찜한 결과에 이른다. 내가 처트니를 아예 포기하고 작은 병에 든 모르는 상표의 치즈를 사버리는 것이다. 그러고 나자 청년은 좀 더 가벼운 대화를 유도하며 자기가 좋아하는 영화에 대해 떠들어 대고 우리는 찰리 채플린을 따라갈 사람은 아무도 없다고 입을 모은다. 앞으로도 그럴걸요, 하고 청년은 단호하게 결론을 내리며 끈을 우아한 리본 모양으로 묶어 준다. 어차피 밖으로 나가는 순간 풀어질 텐데 말이다. 어쨌든 나는 청년의 말에 맞장구치며 고맙다는 인사를 주고받는다. 그제야 미용실 예약 시간에 늦겠다는 생각이 퍼뜩 떠오른다.

로빈과 비키가 애절하게 부탁한 과자가 담긴, 유난히 후줄근한 종이봉투를 포함해 작은 꾸러미 여러 개를 손가락마다 하나씩 걸고 있는 꼴이 마치 너저분한 크리스마스트리 같다. 여기에 도서관 책들까지 겨드랑이에 끼우곤(자꾸 미끄러져서 우스꽝스러운 동작으로 뒤에서 밀어 넣어 안전하게 고정한다) 거리로 나선다. 거울 앞을 지나다가 무심코 내 모습을 보니 모자가 머리뿐 아니라 내 얼굴도 절반쯤 집어삼켰다. 문득 떠오르는 불편한 의문: 아마도 이게 최선이겠지? 게다가 집을 나설 때만 해도 그럭저럭 잘 어울렸던 모피 깃의 파란 외투가 이제는 마치 중고 의류점에서 구입한 것처럼 보인다. 샴푸 서비스와 머리 손질을 받은 뒤 저녁에 옷을 적절히 골라 입고 파우더와 (필요하다면) 볼연지까지 두둑이 바르고 나면 누구에게도 뒤지지 않을 만큼 아름다운 모습이 될 거라며 나를 다독인다.

포목점 진열장에서 내게 꼭 맞는 아름다운 파리 스타일의 드레스가 49실링 6페니라는 말도 안 되는 가격으로 할인하는 광경을 상상하는 찰나, 크고 다정한 인사 소리에 퍼뜩 현실로 돌아온다. 목사님 아내가 목숨을 걸고 위험하게 차들 사이로 뛰어들더니 어제도 만났고 내일도 만날 텐데 여기서도 만나다니 이게 무슨 기막힌 우연이냐고 떠들어 댄다. 그러곤 베갯잇에 쓸 단추를 골라야 하는데 같이 가서 도와달라고 부탁하지만 그러면 잡화점에 다시 가야 할 테니 거절한다. 내 얼굴에 안타까운 표정이 느러났기를 바라며.

내 머리를 손질해 준 미용사가 아직도 단발머리를 하고 다니는 사람은 나밖에 없을 거라고 한다. 다시 버스를 타는데 우체국의 미스 S를 마주친다. 그녀도 쇼핑을 했단다. 우리는 하루 종일 쇼핑하는 일이 몹시 피곤하고(발이 얼마나 아픈지, 하고 미스 S가 말한다) 버스 시간도 불편하다고 입을 모은다. 하지만 세상 모든 일이 원하는 대로 될 수는 없는 법. 미스 S는 집에 가면 따뜻한 차를 한 잔 마시고 누워야겠다고 한다. 전에도 생각했지만 확실히 독신으로 살면 좋은 점이 많은 것 같다. 안타깝게도 나는 적어도 열네 번쯤 방해 받지 않고 혼자 편히 누워 본 적이 언제였는지 모르겠다.

집에 도착해서 식구들이 부탁한 물건을 풀어서 나눠 준 뒤 포장지와 끈을 접어 치우고 카사비앙카가 자기를 얼마나 많이 걷게 했는지 모른다며 손목이 아프다고 징징거리는 비키를 달래느라 한참 시간을 보낸다. 많이 걸은 것과 손목의 통증이 무슨 상관이 있나 싶지만 어쨌든 소파에 앉아서 《닥터 두리틀 이야기》를 읽으라고 토닥이자 비키는 지친 모습으로 알겠다고 한 뒤 나와 눈이 마주칠 때마다 더 지친 척 엄살을 부린다.

얼마 후 카사비앙카는 추위에 새파랗게 질린 얼굴로 나타나 곧장 벽난로로 향하면서 아이들과 즐겁게 산책을 했고 덕분에 모두 기분이 한결 나아졌다고 한다. 비키가 들으라고 하는 말이라는 걸 나도 알고 비키도 알기에 우리는 뜨뜻미지근하게 반응하고 내가 쇼핑에서 쓴 돈 가운데 10실링 3페니의 행방을 추적하면서 대화는 끊어진다. 로빈이 창문을 넘어 들어오고(나는 신발 벗어야지! 하지만 이미 늦었다) 하필 이런 순간에 남편이 나타나 이 집에는 공부방이 없느냐고 묻는다.

이제 축제 분위기는 영 글렀고 나는 축 늘어진 채로 프로비셔 부부에게(더 정확히 말하면 블러밍턴 부부에게) 가기 위해 옷을 갈아 입으러 올라간다.

뜨거운 목욕을 하고 나자 조금 기운이 나지만 중요한 어깨끈 이 끊어져서 꿰매야 하는 신세가 되자 다시 의기소침해진다.

초록색 드레스를 입은 내 모습이 마음에 들지 않아서 한 번 더 옷장을 샅샅이 뒤진다. 그렇게 하면 이미 속속들이 알고 있는 옷장의 내용물이 기적처럼 불어나기라도 할 것처럼.

당연히 그런 일은 일어나지 않고 (칙칙하고 촌스러워 보이는) 검 정 드레스와 (다음 자선 바자회에 내놓을 유력한 후보인) 파랑 드레스 를 잠시 고려해 보다가 초록색 드레스 차림으로 다시 한 번 거울 앞에 가서 진지하게 나를 바라본다.

^{의문} 이런 행동은 내 모습이 갑자기 바뀌기를 바라는 터무니없는 희망을 품고 있다는 뜻일까? 만약 그렇다면 그토록 열렬한 믿음 이 별다른 보상을 받지 못한다는 사실이 놀라울 따름이다.

애석하게도 현재 보석함에는 장신구가 많지 않지만(부디 미국 에서 책이 많이 팔려서 다음 달에는 보석의 일부라도 되찾아올 수 있기 를) 다행히 대고모의 다이아몬드 반지가 아직 우리 곁에 있어서 왼쪽 네 번째 손가락에 끼운다. 빌이 남편에게 받은 반지라고 생

각하길 바라며. 정확히 어떤 동기로 이런 희망을 품게 되는지는 너무 복합적이라 분석하기 어려울 것 같다. 이 문제는 접어 두고 어쨌든 로버트는 형편이 되었다면 틀림없이 이런 반지를 사줬을 거라고 중얼거린다.

사향쥐 모피 외투보다는 야회용 망토가 더 세련돼 보여서 그 것을 걸친다. 로버트가 말하길, 정신 나갔어? 그 집에 갈 때쯤엔 꽁꽁 얼어 있을 텐데? 잠시 실랑이가 벌어지지만 그의 말이 옳고 내가 틀렸다는 것을 잘 알고 있기에 결국 온전한 인간의 모습으로 그 집에 도착할 수 있도록 모피 외투를 입고 망토는 들고 가기로 타협한다.

집에서 나갈 때면 자주 그렇듯 퇴장 장면이 여러 번 되풀이된다. 출발하려는 찰나에 두 번이나 불려 들어가는데, 한 번은 에설이 10시에 문을 잠그면 안 되겠죠? 하고 쓸데없이 확인하느라 불렀고 또 한 번은 로빈이 불러 저만치 데려가더니 정말 죄송하지만 자기 방 창문을 깼다고 실토한다. 그저 축구공을 찼을 뿐인데 그렇게 되었다며 단순한 사고였다고 주장한다. 나는 그런 성격의 사고는 충분히 피할 수 있는 것이라고 짧고 상냥하게 지적한 뒤 애정을 담아 작별 인사를 한다. 분을 참는 표정으로 운전석에 앉아 있는 로버트를 보니 어쩐지 오늘 저녁이 그리 순조롭지 않을 거라는 예감이 든다.

도착해 보니 응접실에는 아무도 없고 집사는 못마땅한 얼굴로 주위를 둘러본다. 마치 레이디 프로비셔나 윌리엄 경이 가구 밑에 조용히 숨어 있기라도 한 것처럼. 당연히 그들은 보이지 않고 집사는 레이디 프로비셔에게 알리겠다고 하며 우리를 두고 떠난다. 나는 얼른 거울을 들여다본다. 그러고 보니 그 거울은 오래된 이탈리아 보물인데, 내게 창백하고 누런 몰골과 높낮이가 짝짝이인 두 눈을 보여 준다. 손쓸 새도 없이 레이디 프로비셔와 윌리엄 경이 나타나고 블러밍턴 부부도 등장한다. 앞으로 어떻게 될지는 전혀 알 수 없지만 빌이 머리가 벗어졌을 뿐 예전과 조금도 달라지지 않았으며 그의 아내가 마음에 들지 않는다는 건 확실하게 말할 수 있다. 빌의 아내는 사랑스러운 헤어스타일을 하고 파리풍의 드레스를 입었으며 우아하게 화장했다.

우리는 모두 날씨 얘기를 한참 떠든다. 평소처럼 추운 날씨가 이어지고 있다. 어느새 내가 윌리엄 경에게 우리 집 철쭉은 아직 꽃망울이 하나도 맺히지 않았다고 말하는 소리가 들린다. 윌리엄 경은 놀라움을 표한다. 사실은 우리 집에 철쭉이 한 그루뿐이며 이러저러한 집안일로 내가 몇 주 동안 쳐다보지도 못했다는 사실을 알면 기절할지도 모를 일이다. 이윽고 우리는 저녁을 먹으러 들어간다. 나는 윌리엄 경과 빌 사이에 앉고, 빌이 나를 보며 그래, 그래, 하더니 햄스테드 시절과 그때 우리가 함께 알았던 친구들 얘기를 꺼내면서 그 가운데 지금도 만나는 사람이 있느냐고 묻는다. 나는 아니, 몇 년째 못 만났어, 하고 대꾸한다. 빌은 어색한 분위기를 무마하기 위해 이렇게 아름다운 곳에 살다니 내가 행운아라고 점잖게 말한 뒤 아주 예쁜 집에 살겠지? 하고 묻는다. 그 말에 나는 심술궂게 대꾸한다. 아니, 그냥 평범한 집에 살아. 우리는 둘 다 웃음을 터뜨린다.

그러고 나자 대화가 한층 편해지고 빌이 아들 하나, 딸 하나를 두었다는 얘기를 듣는다. 나도 그렇다고 하고는 어느새 내 입에서 이런 말이 나온다. 어머나, 정말 굉장한 우연의 일치네. 지나치게 호들갑을 떤 것 같아서 황급히 윌리엄 경을 돌아보며 항공술 얘기를 꺼낸다. 윌리엄 경은 항공술에 관해 할 얘기가 아주 많아서 나는 가끔 그저 네, 네, 하고 맞장구치며 빌의 아내가 로버트에게 무슨 얘기를 하는지 엿듣는다. 그녀가 노동당의 정책이 자멸적이라고 하자 로버트는 진심으로 동조하고 레이디 프로비셔와 빌은 노르웨이에 관한 견해를 주고받는다.

얼마 후 모두가 함께 대화를 나누면서 정당 정치가 화두로 떠오른다. 나를 제외하곤 모두가 보수주의 견해를 갖고 있고 당연히 문명사회에는 다른 견해가 있을 리 없다고 생각하는 것 같다. 나는 조용히 입을 다문다.

^{의문} 좀 더 용기를 냈다면 보수당과 다른 당에 대한 내 견해를 솔직하고 허심탄회하게 밝히지 않았을까? ^답 그야 당연히 그렇지만 그런 솔직한 태도는 참혹한 결과로 이어질 수도 있고 지금과 같은 사교 모임에서는 확실히 득 될 게 없다.

남아프리카산 배로 훌륭한 저녁식사가 마무리되고 레이디 프로비셔가 응접실에서 커피를 마실까요? 하고 묻는다. 하지만 어차피 그녀가 결정할 일이니 형식적인 절차일 뿐이다.

15분쯤 의례적인 대화가 이어지고 그러는 사이 나는 빌의 아내를 보며 더욱더 질색한다. 특히 그녀가 레이디 프로비셔와 미용실에 관한 얘기를 나누면서 파마를 화제로 떠올리자(아마도 일부러 그랬을 듯) 더욱 얄미워진다. 그녀는 자기 파마가 아주 자연스럽게 나왔다고 떠드는데 인정하고 싶진 않지만 부인할 수도 없다.

알고 보니 그녀는 패멀라 프링글을 알고 있고 얼마 후 빌에게 내가 패멀라 프링글과 절친한 친구 사이라고 얘기하며 이렇게 덧붙인다. 굉장해! **무슨** 뜻인지 몰라도 어쩐지 기분이 상한다.

브리지 놀이가 이어진다. 나는 윌리엄 경과 한편이 되어 승승장구하지만 로버트가 크게 패해서 집안 경제에는 큰 도움이 되지 않을 것이다. 저녁은 그렇게 마무리된다.

로버트가 차를 가지러 간 사이 홀에서 빌과 짧은 대화를 나눈다. 그는 런던에 차를 타고 가게 되면 길목에 세븐오크스*가 있으니 들러서 하루 이틀 묵어가라고 한다. 우리는 절대 차로 런던에 가지 않을 것이며 설사 그런다고 해도 그 길로 가지 않을 테지만 그저 알겠다고 대꾸한다. 그런 뒤 우리는 그럴 일이 없으리라는 것을 둘 다 알면서도 약속을 한다. 로버트가 다시 나타나고 모두가 작별 인사를 나눈다.

차가 출발하자 오만 가지 감정이 밀려들고 집으로 가는 내내 줄곧 침묵이 이어진다.

5월 1일

로버트에게 레이디 블래밍턴이 괜찮아 보이더냐고 묻자 그는 그렇게 말할 수는 없다고 대꾸한다. 그럼 뭐라고 말할 수 있을까? 하고 묻자 그가 말하길, 글쎄, 그보다는 굉장히 매력적이지. 그러더

● 잉글랜드 남동부 켄트주의 도시.

니 장담컨대 두 사람의 1년 수입이 적어도 2만 파운드는 될 것이며 프로비셔 씨에 따르면 켄트에 있는 두 사람의 집이 명소라고 한다. 빌은 어때? 하고 묻자 괜찮은 것 같단다. 마지막으로 어젯밤에 **내** 모습은 어땠어? 하고 묻는다. 18년이면 사람의 겉모습이 많이 달라질까?

남편은 현명하게도 두 번째 질문은 무시하고 (잠시 생각한 뒤) 첫 번째 질문에 내가 평소와 똑같았다고, 하지만 자기는 그 초록색 드레스가 썩 마음에 들지 않는다고 대꾸한다. 내가 생각 없이 계속 캐묻자 로버트는 곤란한 표정을 짓더니 결국 솔직하게 털어놓는다. 자기가 보기에 그 초록색 드레스를 입으면 야해 보이는 것 같다고.

그의 표현이 몹시 당황스러워서 하루 종일 다른 일을 하다가도 불쑥불쑥 그 말이 떠오른다.

종일 주로 학교에서 입을 옷을 챙기는데, 로빈은 여러 학교 행사 때문에, 비키는 쑥쑥 크고 있어서 둘 다 옷이 많이 필요하다. 가계에 미치는 타격이 엄청나다. 다락에서 로빈의 여행 가방을 내려 오고 침대 밑에서 비키의 여행 가방을 꺼낸다. 카사비앙카와 정원사는 어마어마한 크기와 무게 때문에 다락 계단참에 간신히 넣어 놓은 카사비앙카의 여행 가방과 씨름한다.

^{아주 사적인 의문:} 왜 카사비앙카는 다른 사람들처럼 적당한 짐을 갖고 여행할 수 없을까? 살해한 시체나 꼭 갖고 다녀야만 하는 범죄 증거물을 숨기고 있는 걸까? ^도 절대 알 길이 없을 것이다.

두 번째 우편배달로 놀랍게도 마드무아젤의 깜짝 편지가 도착한다. 지금 잉글랜드에 있는데 우리를 무척 만나고 싶다고, 비키("스 프티 탕주."*)와 로빈("스 장티 고스."**)이 학교로 돌아가기 전에 만나도 될까요? 하고 묻는다. 허락해 준다면 기꺼이 에섹스에서 데번주까지 "쿠리르 뉘피에"*** 하겠다면서. 바로 이틀을 묶어 가라는 전보를 보낸다. 부디 맨발로 마라톤을 하진 말라고 덧붙이고 싶지만 열두 단어 안에 넣기 어려울뿐더러 프랑스인들의 유머 감각을 도무지 헤아릴 수 없어서 그만두기로 한다. 아이들에게 곧 마드무아젤이 온다고 알리자 내가 예상한 그대로 반응한다. 로빈은 (이번 방학 내내 매일 거의 한 시간씩 하던 대로) 한 손가락으로 아주 느리게 피아노를 치며 "존 브라운의 유해"라는 곡을 해석하다가 아, 하더니 바로 하던 일로 돌아가고 비키는 무표정한 얼굴로 요리사에게 선물 받았다는 연보라색의 불량 식품 같

---

* 꼬마 천사.
** 착한 녀석.
*** 맨발로 달려오다.

은 사탕을 먹는다.

^{메모:}요리사에게 넌지시 그러나 단호하게 얘기할 것. 단, 미리 확실한 계획을 세울 것.

어린 비키의 헌신적인 친구이자 후견인이었던 마드무아젤이 온다는 소식에 로버트는 더없이 뜨뜻미지근한 반응을 보인다.

5월 3일

마드무아젤이 예상보다 이른 기차로
도착하는 바람에 우리가 한참 점심을
먹고 있을 때 택시를 타고 현관 앞에 나타난
다. 끈으로 묶은 등나무 바구니와 작은 여행 가방,
커다란 가죽 해트 박스[●], 격자무늬 돗자리, 미국산 방수포로 싼
꾸러미, 두 개의 핸드백을 들고 왔다.

우리는 모두 달려 나가(나중에 보니 헬렌 윌스는 혼자 남아서 보조 식탁에 놓인 버터를 핥아먹고 있지만) 야단법석을 떤다. 마드무아

● 모자를 보관하거나 넣어 다닐 때 사용하는 원통 모양의 가방.

젤은 "아, 메 스 킬 종 그랑디르!"*를 서른네 번쯤 되풀이한다. 나에게는 "본 민."** 하며 꼭 스무 살처럼 보인다는 터무니없는 인사치레를 한다. 로버트와 악수를 나누며 "아! 켈르 본 푸아녜 드 맹 앙글레즈!"*** 하고 소리치지만, 카사비앙카를 소개하자 둘 다 냉랭하게 그저 고개를 까딱일 뿐이다. 나는 얼른 식당으로 가자고 제안한다.

점심 식사가 다시 시작된다. 마드무아젤 앞으로 구운 양고기와 민트 소스가 나오는데 다행히 그럭저럭 괜찮은 상태라서 마음이 놓인다. 코티지 파이나 아이리시 스튜였다면 그렇게 멀쩡하지 않았을 테니까. 우리는 식사를 하며 소식을 주고받는다. 마드무아젤은 런던 외곽에 있는 어느 의사의 집에 들어가게 되었다는데 아마도 런던 남서부의 퍼트니를 말하는 것 같다. 뭉클하게도 새로운 곳에서 일을 시작하기 전에 이틀 동안 시간을 내서 우리를 찾아온 것이다.

내가 무척 반갑다고 하자 그녀는 한 번 더 아이들이 많이 컸다고 하며 두 손을 천장 쪽으로 휙 올리고 고개를 젖힌다.

- 아, 이 녀석들 정말 많이 컸네!
- 얼굴이 좋아 보이네요.
- 참으로 다정한 영국식 악수네요!

남편이 로빈과 비키는 오렌지를 갖고 정원으로 나가는 게 좋겠다고 하자 카사비앙카가 아이들을 데리고 나간다.

마드무아젤이 득달같이 묻는다. "케스 크 세 크 스 프티 죈 옴?"* 복도에서 덧신 문제로 옥신각신하고 있는 비키와 카사비앙카에게 확실히 들릴 만큼 큰 목소리로. 내가 보기엔 일부러 그런 것 같다. 나는 꾸짖듯 낮은 목소리로 카사비앙카가 우리 집에서 무얼 하는 사람인지 짤막하게 설명하지만 솔직히 마드무아젤은 이미 잘 알고 있을 게 분명하다. 그녀는 냉소적으로 대꾸한다. "티앵, 세 드롤."** 말투나 표현이 모두 지나친 것 같다. 이 대화로 봐서 앞으로 48시간이 과연 무사히 지나갈 수 있을까 하는 의문이 싹튼다.

마드무아젤이 짐을 풀러 가는데, 비키가 안내를 자처한다. 그저 고마움과 애정이 어린 행동이라고 생각하고 싶지만 어쩐지 아닌 것 같다. 카사비앙카는 로빈을 혼내는 듯 잔디밭을 왔다 갔다 걷게 한다. 틀림없이 그럴 만한 이유가 있을 테지만 조금은 화가난다. 현관 앞에 멍하니 서 있다가 로버트가 외바퀴손수레를 밀고 지나가며 놀란 표정을 하자 그제야 ⓐ 편지를 써야 하고 ⓑ 오

---

* 저 청년은 대체 누구예요?
** 어머, 재밌네요.

기로 해놓고 오지 않은 빵집에 전화해야 하며 ⓒ 학교에서 필요한 옷을 마저 챙겨야 하고 ⓓ 비키의 새 스타킹에 이름을 수놓아야 할 뿐 아니라 ⓔ 놀이방 커튼을 세탁소에 보내야 한다는 사실이 떠오른다.

문득 기이하고 쓸데없는 생각이 머릿속을 스친다. 만약 내가 소설의 여주인공이었다면 최근에 일어난 빌과의 재회가 긴장 넘치는 서정적 이야기로 발전했을 테고 결국 체념하거나 (현대 소설이라면) 관습에 도전장을 내미는 쪽으로 결말이 났을 거라고 말이다.

늘 그렇듯 현실은 소설과 너무도 동떨어져 있기에 나는 잔뜩 쌓여 있는 집안일을 처리하기 위해 서둘러 안으로 들어간다.

얼마 후 두 번째 우편배달이 오자 다시 어렴풋이 낭만적 상상의 나래를 펼친다. 내 앞으로 런던 소인이 찍힌 편지가 왔는데 낯설지만 점잖은 필체가 적혀 있다. 그 순간 나는 파리로 날아가 빌을 만나고 그에게 영원히 작별을 고하는 상상에 젖는다. 아니, 혹시 그와 함께 남쪽바다의 섬으로 떠난 뒤 로버트에게 이혼을 당하고 훗날 두 아이가 죽었다는 소식을 듣게 되는 건 아닐까? 막상 편지를 열어 보니 전혀 모르는 군대의 고관이 쓴 것으로, 혹시 신(新)경제에 관심이 있느냐며 자기가 염분을 줄인 햄을 아주 저렴한 가격에 팔고 있다고 한다.

5월 5일

걱정했던 대로 마드무아젤과 카사비앙카 사이가 꽤 위태롭다. 그나마 내일이면 모두 흩어진다고 생각하니 마음이 놓인다. 아이들은 방학의 마지막 날이면 늘 그렇듯 활기가 넘치지만 막판에 걱정스러운 반응을 보이리라는 것을 경험을 통해 알고 있다.

마드무아젤을 위해 피크닉을 가기로 하는데 남편이 나를 슬쩍 불러내더니 카사비앙카는 두고 가는 게 좋겠다고 한다. 나도 전적으로 같은 생각이라 한참 고심한 끝에 카사비앙카에게 우아하고 다정하게 에둘러 얘기하지만 성공하지 못한다.

카사비앙카는 이렇게 대꾸한다. 아닙니다. 정말 감사하지만 저도 피크닉을 좋아하고 혼자 오후를 보내고 싶지 않습니다. 마땅히 편지 쓸 곳도 없고요. 배려해 주셔서 정말 감사합니다. 게다가 그는 역시 고맙지만 정원에서 조용히 하루를 보내고 싶지도 않다고 한다. 나는 절박한 마음에 그렇다면 자유롭게 원하는 것을 하면서 하루를 보내면 어떠냐고 제안하지만 다시 한 번 대단히 감사하다면서 하루 휴가를 받아도 자기는 무얼 해야 할지 모르겠다고 해서 도무지 반박할 수가 없다.

결국 체념하고 로버트에게 카사비앙카가 피크닉을 가고 **싶어**

하더라고 전한다. 로버트는 도무지 이해할 수 없다고 생각하는 것 같다. 3시가 다 되어 비가 그치자 우리는 돗자리와 비옷, 바구니, 보온병 따위를 차 뒤칸에 싣고 출발한다.

마드무아젤이 "아, 콩비앙 사 므 라펠 르 파세 크 누 느 르베롱 플뤼!"* 하며 카사비앙카 쪽을 흘깃거린다. 나는 그의 프랑스어 실력이 매우 서투르다는 사실을 떠올리며 안도한다. 하지만 어째서인지 그가 마드무아젤의 눈초리에 담긴 의미를 정확하게 이해했다는 느낌을 지울 수 없다.

다시 빗방울이 듣기 시작하더니 우리가 가려고 했던 아름다운 지점에 도착하자 제법 힘차게 쏟아진다. 비키의 강요에 못 이겨 집을 나선 로버트는 갑자기 불굴의 의지를 보이며 언덕 꼭대기까지 개를 산책시킬 것이니 아이들도 함께 가야 한다고 선언한다. 마드무아젤은 커다란 격자무늬 망토를 두른 채 평소와는 사뭇 다른 태도로 열의를 보이며 자기도 함께 가겠다고 한다. 그렇게 된 이상 나 역시 원치 않아도 나서지 않을 수가 없다. 모두가 흠뻑 젖은 데다 비키는 산울타리에 나 있는 이상한 틈 속으로 넘어져 물을 뚝뚝 떨어뜨리며 나온다. 온몸에 검댕을 뒤집어썼는데

---

* 아, 우리에게 다신 없을 과거를 떠올리게 하네요!

알고 보니 타르다.

마드무아젤이 말하길, "몽 디외, 일 니 아 동 플뤼 페르손 푸르 소쿼페 드 세트 말뢰뢰즈 프리트?"* 마드무아젤이 가정교사일 때에도 비키는 비슷한 불행을 무수히 많이 겪었다고 말해 주고 싶지만 당연히 참는다.

가뜩이나 분위기가 팽팽한데 카사비앙카가 하필 이런 순간에 비키를 호되게 야단치며 긴장을 더한다. 이를 보고 마드무아젤이 흥분하며 외친다. "아 마 본 생트 비에르주, 에이예 피티에 드 누!"** 그 말에 우리는 모두 입을 굳게 다문다.

비가 억수같이 쏟아져서 나는 차 안에서 다과를 먹자고 제안하지만 우리 모두가 타면 차가 너무 좁아서 다과를 꺼내 놓기는커녕 바구니를 열 수도 없는 형편이다. 차라리 집에 가서 식당에 앉아 먹는 게 어떨까? 하고 로버트가 해결책이랍시고 내놓자 카사비앙카는 이를 조용히, 그러나 끈질기게 지지한다. 그러자 마드무아젤은 얼른 "욍 구테 앙 플랭 에르"***를 강조한다. 마치 우리가 퐁텐블로처럼 태양이 작열하는 곳에 와 있기라도 한 듯.

---

* 세상에, 이 가엾은 꼬마를 돌봐 줄 사람이 이제는 없나요?
** 아, 성모시여, 우리를 불쌍히 여기소서!
*** 피크닉.

갑자기 로빈이 기지를 발휘해 멀지 않은 곳에 불 앨리 장원이 있는데 현재 비어 있으니 정원사가 닭장에서 피크닉을 즐기도록 허락해 줄 거라고 한다. 모두가 되묻는다. **닭장?** 비키는 황홀한 얼굴로 소리를 지르고 마드무아젤은 악취가 날 거라고 소리를 지른다. 로빈은 닭장이 불 앨리 테니스장에 있는 별장이며, 네트 때문에 닭장처럼 '보일' 뿐 진짜 닭장은 아닐 거라고 설명한다. 그러곤 거기에 우리가 앉을 수 있는 벤치가 있다고 의기양양하게 덧붙인다. 로버트는 마지막으로 한 번 더 집에 가서 차를 마시자고 자신 없게 애원하지만 우리는 결국 약 15킬로미터를 달려 불 앨리 장원으로 가선 로빈의 지휘 아래 마치 옛날 학교 축제에서처럼 모두가 긴 목제 의자에 일렬로 앉아 피크닉을 즐긴다. 나는 그러고 보니 《데이지 체인》*이 떠오른다고 하지만 아무도 이해하지 못하는 탓에 나의 인유는 허공으로 사라지고 우리는 그저 통조림 고기 샌드위치와 씨가 잔뜩 든 레모네이드를 먹는다.

6시 30분쯤 집에 돌아오자 말할 수 없이 피곤하다. 저작권 대리인이 이제 내 펜 끝에서 새로운 걸작이 나올 때가 된 것 같은데 조만간 새 원고를 기대해도 되겠냐는 편지를 보냈다. 극심한 피로

● 원제는 《The Daisy Chain》. 19세기 영국의 소설가 샬럿 메리 용거의 작품으로 가정생활과 여성의 교육을 다루었다.

때문일 테지만 이 물음에 아주 솔직하게 대답하면 어떻게 될까 궁금해진다. 아이들과 집안일, 바느질, 편지 쓰기, 여성회 모임, 매일 밤 여덟 시간을 꼭 자야 하는 생체 리듬 때문에 문학 작품을 쓰는 건 생각하지도 못한다고 답장한다면?

아무래도 도티 가에 다시 가야 할 것 같아서 로버트에게 머뭇거리며 자신 없게 말한다. 런던에서 1, 2주 지내면서 글을 마무리해도 될까? 이 말을 듣고 마드무아젤이 잘난 체하며 쓸데없이 내가 전달하려는 의도와는 전혀 다른 얘기를 지껄인다. "마담, 데지레 스 디스트레르 드 탕 장 탕."* 로버트는 아무 말도 하지 않고 그저 한쪽 눈썹을 치켜올린다.

5월 6일

로빈과 비키가 지난 방학 이후 처음으로 곧 학교에 돌아가야 한다는 사실을 깨달은 듯 30분쯤 가슴 아픈 상황을 연출한다. 로빈은 말이 없어지면서 얼굴이 점점 파리하게 변하고 비키는 집을 떠

---

* 마담도 가끔 즐기고 싶으시겠죠.

나면 바로 죽어 버릴 것 같다고 우긴다. 나는 현대적인 엄마이니 씩씩하게 행동해야 한다고 다짐하지만 목이 메어 견디기 힘들어지자 아이들에게 정원사한테 가서 인사하고 오라고 한다.

이론상으론 분명 아주 좁은 공간에 보관해 놓았던 짐들이 현관을 채우고 바깥으로 넘쳐흐른다. 카사비앙카의 여행 가방은 차한 대를 전부 차지할 것 같다. 그것을 보고 마드무아젤이 못마땅한 투로 말하길, "시엘! 옹 디레 투 텅 데메나주망."* 그래도 작별의 순간이 오자 한층 누그러져선 카사비앙카에게 손을 내밀며 이렇게 말한다. "상 랑퀸, 엥?"** 다행히 카사비앙카는 알아듣지 못해서 대꾸하지 않고 그저 허리부터 우아하게 굽히며 냉랭하게 인사한다. 마드무아젤은 갑자기 울음을 터트리며 두 아이와 내게 입을 맞추곤 말하길, "옹 스 르베라 오 파라디, 오 무앵."*** 그래도이 정도면 낙관적인 편이다. 로버트가 그녀를 역까지 태워다 준다.

의례적인 칭찬이 오간 뒤 빌린 차가 카사비앙카를 태우고 떠나지만 로빈과 비키는 유난히 적나라하게 관심 없는 태도를 보인다. 내가 아이들을 환승역으로 데려가자 잘 모르는 로빈의 학교

• 세상에! 이사라도 하는 모양이네.
•• 나쁜 감정은 없는 거예요, 알았죠?
••• 어쨌든 천국에서는 다시 만날 수 있겠죠.

친구의 처음 보는 부모가 다른 사내아이 여섯 명과 함께 로빈을 이끌고 간다. 내 눈에는 소년들이 모두 똑같아 보인다.

비키가 울어서 나는 아이스크림을 주고 다시 역까지 데려가 안내인에게 맡기는데 그를 보자마자 비키가 대뜸 하는 말, 화물칸에 같이 타도 돼요? 그가 허락하자 둘은 손을 맞잡고 사라진다.

집으로 돌아와선 하루 종일 아이들 방을 피해 다닌다.

5월 10일

도티 가 아파트에 다시 가기로 굳게 마음먹고 그것이 장기적으로 보면 더 경제적이라고 로버트를 설득하기로 한다. 머릿속으론 멋들어진 근거를 줄줄이 떠올리지만 막상 얘기하려고 하니 금세 잊어버리곤 어느새 횡설수설하고 있다. 게다가 그렇게 오래 있을 것도 아니지 않느냐는 무의미한 말을 끊임없이 되풀이하지만 로버트는 처음부터 그 말을 분명히 듣고도 딱히 반응하지 않았다는 것을 잘 알고 있다. 내가 식당에서 옥스퍼드 사전을 가져오는데 그게 1929년판이라는 것을 깨달으면서 대화가 마무리된다.

5월 17일

도티 가 아파트로 돌아왔다. 노란색과 흰색의 체크무늬 먼지막이 부터 모든 것이 그대로 남아 있는 광경을 보고 터무니없게도 몹시 놀란다. 감상에 빠져 오후와 저녁 내내 꽃병 두 개에 꽃을 꽂고 짐을 푼 뒤 그레이스인 가*에서 차와 비스킷을 사다가 하마터면 전차에 깔려 생을 마감할 뻔한다.

그러고 보니 나만 빼고 세상 사람 모두가 긴 스커트를 입고 머리 뒤쪽에 아주 작은 모자를 얹었으며 주홍빛 립스틱을 발랐다. 거울로 내 모습을 보곤 무엇보다도 당장 미용실과 피부 관리실, 인익스펜시프 스몰 레이디스라는 백화점에 가기로 한다.

로즈에게 전화하자 어머, 돌아왔어? 하며 (너무도 뻔한 사실을) 묻고는 내가 만났으면 하는 친구가 둘 있으니 다음 주에 함께 저녁을 먹자고 한다. 그러곤 오찬 모임도 있는데 내가 와서 도와달라고 상냥하게 제안한다. 어쩐지 우쭐해져선 물론이지, 어떻게 도우면 돼? 하고 묻자 로즈는 뜻밖에도 일찍 가달라고 한다. 그러면 다른 사람들도 함께 일어날 거라면서.

- Gray's Inn Road. 런던 블룸즈버리의 거리.

(모임을 여는 주인들의 속마음이 모두 공개된다면 이른바 접대라는 명목 아래 얼마나 많은 의도가 숨어 있는지 드러날 것이다. 오찬을 하는 날 3시에 멀리서 약속이 있다는 로즈의 설명을 듣고도 이 생각이 머릿속을 떠나지 않는다. 약속 시간에 늦을까 봐 걱정이라는 로즈의 말에 나는 그렇다면 2시 30분에 내가 먼저 일어서겠다고, 그러면 다른 손님들도 따라 일어설 거라고 무덤덤하게 약속한다.)

그런 뒤 로즈는 쓸데없이 웃으면서 내 친구 패멀라 프링글과 뭔가를 할 거냐고 묻는다. 나는 아직 별다른 계획이 없다고 대꾸한 뒤 잘 자라고 인사하곤 전화를 끊는다. 그런데 웬 우연의 일치인지, 5분 뒤에 패멀라 프링글이 전화해선 어쩐지 내가 런던에 다시 와 있다는 "느낌이 들었다"고 한다. 나는 그녀의 놀라운 혜안 앞에서 속수무책이 되어 패멀라의 런던 아파트에서 열리는 칵테일파티에 참석하고 그녀의 클럽에 가서 회포를 풀고 하루 날을 잡아 오전에 왕립 미술원에도 함께 가기로 열성적으로 약속한다. 그 모든 일을 할 생각을 하니 어처구니가 없어서 멍한 기분으로 잠자리에 든다.

자정 직전에 패멀라가 다시 전화하더니 잠을 깨웠다면 정말 미안하지만 깜빡 잊고 말하지 못한 게 있다고 한다. 내가 절대 오해하지 않으리란 걸 잘 알고 있고 실제로 오해할 만한 것도 없지만 혹시라도 내 아파트에 자기 앞으로 된 편지가 오면 우리가 만날 때까지 보관해 줄 수 있느냐고 묻는다. 그런 게 올 가능성은 희박하지만 혹시 온다면 소문내지 말고 그냥 보관해 줘. 사람들은 아무것도 아닌 일로 오해하곤 하잖아. 해줄 수 있지? 이 무렵 나는 침대에서 다시 나오지 않게만 해준다면 무엇이든 할 수 있다는 마음이 되어 다 들어주겠다고, 당연히 이해한다고 대꾸하곤 패멀라에게 넘치는 감사 인사를 들은 뒤 전화를 끊는다.

5월 21일

패멀라 프링글의 칵테일파티에 참석하지만 그전에 이런 파티에는 어떤 옷을 입고 가야 할까 한참 고민한다. 펠리시티에게 (엽서로) 상의하자 자기는 전혀 모르겠다고 (엽서로) 답한다. 에마 헤이도 모른단다. (에마에게 물어볼 생각은 눈곱만큼도 없었지만 첼시의 킹스 가에서 우연히 그녀를 만났다.) 에마는 파자마를 입고 가면 되겠네, 하고 가볍게 대꾸한다. 나는 그녀를 바라보며 그런 자리에 파자마 차림으로 나타날 생각을 한다는 사실에 경악한다. 그녀는 이 문제가 전혀 중요하지 않다고 생각하는 듯 손을 내젓곤 다시 묻는다. 그나저나 다음 주에 블룸즈버리에서 아주 멋진 야회가 열리는데 같이 갈래? 런던의 중요한 사람들이 다 모일 거야. 나는 유머 감각을 발휘해 그 사람들이 다 모이려면 대영 박물관을 예약했겠네, 하고 말하지만 에마는 전혀 재미있지 않은 듯 그저 이렇게 대꾸한다. 아니. 리틀제임스 가의 아파트 지하실에서 열리는데 어딘지 알지? 내 아파트에서 걸어서 2분 거리라 당연히 알고 있다. 에마가 데리러 올 테니 함께 가자고 해서 그러기로 한다.

그녀는 내게 G. B. 스턴의 신작 소설을 자기가 신랄하게 공격해서 런던 전체가 떠들썩한데 어떻게 생각했느냐고 묻는다. 그 신랄한 공격을 어디서 볼 수 있느냐고 묻자 에마가 소리친다. 이번 달 〈햄스테드 클라리넷〉 정말 못 봤어? 나는 아주 침착하게 진실을 전혀 따지지 않고 답한다. 그렇다면 틀림없이 그 잡지는 이미 품절됐을 거라고. 그 말에 에마는 여전히 충격 받은 얼굴로 아마도 그럴 거라고 대꾸한다. 그런 뒤 우리는 다정하게 헤어진다.

막판까지 무얼 입고 갈까 고민하다가 결국 검정 실크 드레스와 새로 산 모자를 선택하는데 꽤 잘 어울리는 것 같다.

평소처럼 19번 버스를 타고 슬론 가로 가서 6시 30분에 건물 문 앞에 도착한다. 수많은 안내인 가운데 하나가 나를 승강기에 태우고 올라가면서 내가 1등으로 왔다고 일러 준다. 그 말에 나는 다시 내려가 홀에서 기다리게 해달라고 애원하지만 그는 어차피 누군가는 1등을 할 수밖에 없잖아요, 아가씨, 하고 꽤 설득력 있게 얘기한다. 아가씨라는 호칭에 기분이 좋아져서 결국 패멀라 프링글의 집 앞에 내리고, 안내인이 내가 초인종을 못 누른다고 생각했는지(솔직히 말하면 그렇다) 직접 초인종을 눌러 주자 나는 패멀라의 응접실로 살금살금 들어간다. 패멀라가 연분홍색 꽃무늬 시폰 드레스를 입고 백금발의 아주 새로운 모습으로 나타나는 바람에 나는 또 한 번 충격에 휩싸인다. 그동안 단련한 침착함으로 간신히 버티고 있는데 패멀라가 자기 머리가 어떠냐고 열의 있게 묻자 다시 무너져 내린다. 나는 사랑스럽고 전체적으로 잘 어울린다고 어느 정도는 진심을 담아 대답한다. 일찍 와서 미안하다고 하자 패멀라는 오히려 잘됐다고 하며 자기는 침실 시계가 한 시간 빠르지 않았다면 이렇게 일찍 나오지 않았을 거라고 덧붙인다. 그러곤 그동안 어떻게 지냈느냐고 묻는다. 그러더니 자기가 그동안 어떻게 지냈는지 떠들어 대는데 주로 워델의 이해할 수 없는 태도에 관해 얘기한다. 그는 아흔 살 밑의 남자들이 패멀라를 **보기만** 해도 경련을 일으킨다는 것이다. (이게 사실이라면 워델이 아직 살아 있다는 게 기절초풍할 일이 아닐까 싶다.)

패멀라의 파티에 와본 경험을 바탕으로 오늘 워델도 참석하느냐고 묻자 패멀라는 놀란 표정으로 답한다. 응, 아마 그럴 거야. 나름대로 손님 대접을 하는 편이니까. 그러더니 어쨌든 그가 나를 보고 싶어 할 거라고 한다.

(워델과 나는 딱 한 번 만났고 얘기를 나누지도 않았으니 그가 나를 다시 본다고 해도 알아보지 못할 게 분명한데 말이다.)

초인종이 울리더니 새파란 청년들이 줄지어 들어온다. 패멀라는 모두에게 인사를 건네며 내게 팀과 니키, 그리고 쌍둥이를 소개한다. 내 이름은 끝까지 소개되지 않은 채 패멀라는 내가 아주 똑똑하고 문학에 조예가 깊다고 장황하게 떠들어 댄다. 이런 얘기를 하면 늘 그렇듯 새파란 청년들은 내게서 최대한 멀찍이 떨어져서 이따금 진저리나는 표정을 띤 채 어깨 너머로 나를 힐끔거릴 뿐이다.

뒤이어 워델이 들어오는데, 내게는 무척 다행스럽게도 로즈와 친한 여자작을 데리고 온다. 내가 오랜 친구로 인사를 건네자 여자작은 조금 놀란 얼굴을 하면서도 다정하게 받아 준다. 나이 지긋한 대머리 미국인도 함께 들어온다. 미국인이 내 옆에 앉더니 기(旗)의 날*에 관해 설명해 달라고 한다. 새파란 청년 하나가 내

---

* 거리에서 특별 모금을 하고 참가자들에게 작은 깃발을 달아 주는 영국의 행사.

게 냉랭하게 건네준 작은 유리잔의 내용물을 마시고 나자 갑자기 나는 이 주제에 대해 매우 구변 좋게 지식을 나눠 준다.

내가 얘기하는 동안 나이 지긋한 미국인은 사려 깊게 내 눈을 보며 경청하는 태도로 기운을 북돋워 주고(이런 부분에서 미국인과 영국인은 사뭇 다르고 당연히 미국인이 훨씬 더 낫다) 이따금 내가 들려주는 정보가 자기에게 대단히 의미 있다고 말해 준다. 사실, 나에게는 그리 큰 의미가 없는데 말이다. 이 주제에 관해 아직 할 얘기가 많이 남았는데 패멀라가 아주 간단하고 편리하게 그에게 와달라고 하자 그는 순순히 그렇게 한다. 그래도 떠나기 전에 내게 사과의 의미로 허리를 숙인다.

뒤이어 워델이 아무 말 없이 내 잔을 채워 주고 로즈와 친한 여자작은 내게 〈시간과 조수〉 얘기를 꺼낸다. 우리는 유쾌하게 5분쯤 대화를 나누다가 결국 한번 찾아가겠다고 약속하곤 서로 이름을 부르기로 한다. 혹시 술이 불러온 호의일까? 이에 대한 답을 찾는 건 나중으로 미루는 편이 좋을 듯.

이제 실내는 사람들과 담배 연기, 대화로 가득 차 있다. 워델은 내가 아니에요, 정말 괜찮아요, 그만 마실게요, 하고 두 번이나 말했는데도 무시하고 계속 잔을 채워 주고 결국 나는 다 마시고 만다. 그러고 나자 흥분과 무모함, 감상적인 우울감이 뒤섞여 나를 덮친다. 아찔한 기분이 들기도 하는데 일어서면 분명히 더 심해지리라는 것을 알고 있다.

가까이 앉아 있던 아주 매력적인 모르는 남자가 낮에 일어난 기이한 사고에 관해 내게 들려주기 시작한다. 아니, 글쎄, 그가 애서니엄 호텔 앞에서 생판 모르는 여자를 지팡이로 세게 때렸다는 것이다. 저런, 내가 걱정하는 투로 말한다. 그런데 정말 사고였어요? 그럼요. 전적으로 사고였다니까요. 듣자 하니 그는 친구에게 골프 시범을 보이고 있었고 바로 뒤에 여자가 있다는 사실을 몰랐다고 한다. 안타깝게도 이 사고로 여자의 안경이 부러지고 사람들이 모여들었으며 그는 그녀를 데리고 택시로 ⓐ 병원과 ⓑ 안과, ⓒ 그녀의 남편에게로 먼 길을 오가야 했다. 남편은 리치몬드에 살고 있었다. 나는 열성적으로 공감해 주며 여자뿐 아니라 남편도 평생 들여다보라고 한다. 그는 자기도 그렇게 생각했다고 대꾸한다.

우리 둘 다 갑자기 어색해져서 칵테일을 한 잔씩 더 마신다.

패멀라가 그렇게 매력적인 남자를 왜 여태 내게 양보했을까 하고 문득 깨달은 듯 우리의 다정한 대화에 끼어들더니 누구든 나를 독차지하는 사람은 워델이 가만두지 않을 거라고 한다. 그러곤 워델에게 의상실 청구서 얘기를 해야 하니 내가 워델을 기분 좋게 해달라고 부탁한다. 그녀가 유쾌한 남자를 데려가 버리자 나는 멍하니 혼자 남는다. 워델이 패멀라에게 강요받은 듯 마지못해 내 옆으로 오자 우리는 요즘 볼만한 연극이 없다는 얘기를 서로에게 되풀이한다. 그러나 워델이 영화 말고는 아무것도 즐기지 않으며 나는 무려 8개월 반 동안 런던의 극장에 발을 들이지 않았다는 사실이 드러나면서 이 절충적인 대화의 효과도 사그라진다.

얼마 후 라디오를 켜고 오락 프로그램을 듣는 워델과 소파에 앉아 청년에게 손금을 보게 하는 패멀라, 그 뒤에 매달려 열심히 그의 얘기를 듣는 두 사람을 제외하곤 내가 이 파티에 마지막 남은 사람이라는 사실을 깨닫는다.

나는 아주 평범하고 상투적인 인사말을 중얼거린 뒤 떠난다. 확실하진 않지만 안내인이 동정어린 눈으로 나를 본 것 같다. 하지만 우리는 그저 말없이 무거운 미소를 주고받을 뿐이다.

내가 내 다리를 통제할 수 없을 거라는 두려움 때문에 택시를 타고 도티 가로 돌아간다.

집에 도착하자마자 곧장 침대로 가지만 잠들기 전까지 한동안 방 안이 빙글빙글 돌아가는 고통을 맛본다.

5월 25일

한바탕 환락을 즐긴 뒤 목사님 아내의 편지를 받자 심한 죄책감이 밀려든다. 내가 새 책을 열심히 쓰고 있을 거라 확신하며 어떤 내용이고 제목은 뭔지 무척 궁금하다고, 이런 걸 알려준다면 부츠의 여직원에게 얘기해서 조금이라도 보탬이 되겠다고 한다. 자기는 무척 바쁘게 살고 있으며 정원은 그럭저럭 괜찮아 보이지만 올해는 모든 게 늦게 피는 것 같단다. 추신에는 이렇게 적었다. 블렌킨솝 노부인이 본머스에 간다는 소식 들었어요?

길고 재미있는 답장을 쓰려고 마음먹지만 막상 자리에 앉으니 지각없는 행동이나 과시하는 내용, 선정적인 사건만 떠올라서 아무것도 쓸 수가 없다. 리틀제임스 가에서 열릴 에마 헤이의 파티에 다녀오면 쓸 얘기가 생길 테니 그때까지 미루기로 한다.

메모: 생각해 보면 목사님 아내는 내가 에마를 통해 소개받게 될 사람들의 기이한 언행을 알고 싶어 하거나 그런 걸 즐길 가능성이 희박하니 이런 판단은 확실히 자기기만으로 봐야 할 것 같다.

버스를 타고 (한 시간 30분 걸려서) 비키를 보러 미클럼에 간다. 비키는 생기와 애정이 넘치고 아주 건강해 보이지만 자기가 혹사당하고 있다고 주장한다. 무엇 때문에? 하고 묻자 율동 체조 때문이란다. 알고 보니 율동 체조는 일주일에 한 번 겨우 한 시간 하는 활동이다. 비키는 다른 수업은 모두 좋아하며 아주 잘하고 있다고 하는데 나중에 교사들에게 들으니 확실히 그런 것 같다. 다시 버스를 타고 (이번에는 한 시간 45분 걸려서) 런던으로 돌아온다. 야간 기차 삼등칸에 꼿꼿이 앉아 스코틀랜드까지 달린 기분이다.

5월 26일

에마가 유행 지난 창문 커튼 같은 초록색의 가운 스타일 드레스 차림으로 샌들을 신고 발톱을 칠한 채로 내 아파트로 찾아와 나와 함께 리틀제임스 가로 간다. 내가 어떤 사람들이 오냐고 묻자 에마는 평소처럼 뭉뚱그려 전부 다 온다니까, 할 뿐 이름이나 인원은 알려 주지 않는다.

리틀제임스 가의 파티 장소에 가보니 그 많은 사람을 수용할 수 있을까 하는 의문이 든다. 에마를 따라 아주 작은 집 안으로 들어가면서 의심은 더욱 깊어진다. 비좁은 돌계단을 한 층 내려가자 검은 벽과 노란 천장으로 에워싸인 길고 비좁은 공간이 나온다. 가구는 전혀 없는 것 같다. 기이하지만 확실히 흥미로워 보이는 사람들이 모두 선 채로 서로에게 소리를 질러 대고 있다.

에마는 즐거운 얼굴로 자기가 전부 다 올 거라고 하지 않았냐며 저기 저 남자는 지금 흑인 여자랑 살고 있는데 기회를 봐서 내게 데려오겠다고 한다.

(대체 무엇을 위해 그를 데려오겠다는 건지 모르겠다. 내가 유일하게 알고 싶은 건 대놓고 물어볼 수 없을 것 같은데.)

얼빠진 표정의 턱수염 사내가 에마를 보더니 멍한 투로 자기, 하고 부른다. 그러곤 곧장 어디론가 가버리고 에마도 결의에 찬 얼굴로 그를 따라간다.

뿔테 안경이 수없이 많이 보이고 야회복을 입은 사람은 거의 없는 데다 이상하게도 거의 모든 이들의 머리카락이 부자연스러우리만치 곧거나 부자연스러우리만치 곱슬거린다. 가까이 있는 사람들과 대화를 나누는데, 주로 벽에 걸린 이상한 그림이 화제가 된다. 나는 죄를 짓기 전의 아담과 이브를 상징한다고 생각하지만 확신이 서지 않고 사람들의 얘기를 엿들어도 전혀 힌트를 얻지 못한다. 게다가 머릿속으로 '템포'와 '브리오', '아파시오나토', '콜로라투라' 같은 음악 용어들이 미술에 적용됐을 때 정확히 어떤 의미를 갖는지 진지하게 고민하느라 정신이 없다.

모르는 남자가 내게 말을 걸지만 내가 아담과 이브를 언급하자 진저리를 내며 가버리고 어느새 (이유를 알 수 없지만) 그 그림이 사실은 레스보스섬의 사포를 상징한다는 정보가 머리에 남았다. 의문: 사포는 누구이고 레스보스섬은 뭐라고 했더라?

에마가 쭈뼛거리는 빨간 머리 여자를 데리고 나타나더니 내 면전에서 그녀에게 내가 시골쥐라고 소개하며 짜증을 돋운다. 그러곤 우리 둘 다 열등의식을 갖고 있으니 함께 어울려야 한다고 덧붙인다. 빨간 머리 여자와 나는 서로를 보고 질색하며 가급적 빨리 떨어지려 하지만 그 전에 아담과 이브 그림에 관해 짧은 대화를 주고받는다. 그녀는 그 그림이 1890년대의 〈옐로북〉*과 연관이 있다고 생각하는 것 같다.

이 집의 주인은 있는지, 그렇다면 대체 어떤 사람인지 알아보려 하지만 별다른 성과를 얻지 못하고 의자를 찾아보려고도 하지만 역시 헛수고다. 결국 전혀 즐겁지 않고 피곤하기도 해서 그만 가는 게 좋겠다고 마음먹는다. 에마가 붙잡으려 하는데 딱히 진심이 아니라는 것을 우리 둘 다 잘 알기에 나는 적당히 무시하고 나갈 준비를 한다. 그런데 마지막 순간에 에마가 이렇게 물으며

* 1894년부터 3년 동안 발행된 영국의 계간지로, 황색 바탕에 먹으로 그린 그림과 삽화가 퇴폐를 상징하는 것으로 간주되었다.

나를 무너뜨린다. 현대인들의 섹스에 대한 태도를 전형적으로 보여 주는 저 훌륭한 풍자화 습작을 어떻게 생각해?

6월 1일

언제나 그렇듯 삶은 양극단의 대조로 가득 차 있다. 진탕 마시고 노는 사교 모임이 끝나자 흰 장갑과 실크 스타킹을 세탁해 전기난로 앞에서 말리는 데 꼬박 하루를 허비한다. 이런 방법은 장갑에 좋지 않은 것 같은데, 일간 삽화지의 여성 코너 기자가 그렇게 하지 말라고 권고한 사실이 뒤늦게야 떠오른다.

배터시 교* 근처에 사는 로버트의 메리 고모를 방문해 친척들 얘기를 주고받는다. 윌리엄과 앤젤라 부부는 요즘 어떤 것 같아? 하고 묻기에 혹시 추문이라도 나오려나 싶어 잔뜩 기대하고 있는데 부부 사이에 관한 얘기

---

* 런던의 첼시와 배터시를 잇는 템스 강의 다리.

는 전혀 없고 그저 최근에 그들이 양봉을 시작했다고 한다. 윌리엄과 앤젤라는 아직 흥미진진한 얘깃거리를 만들어 내지 않은 것 같다.

메리 고모가 아이들 안부를 묻더니 딸을 학교에 보내는 건 큰 실수라고 지적하고 로빈은 운동을 잘했으면 좋겠다고 한다. (실제로 로빈은 그렇지 않다.) 그러곤 집안에 남자가 있어도 괜찮으냐고 묻는다. 나는 로버트를 말하는 거라고 생각했는데 지금 다시 생각하니 카사비앙카를 말한 것이다.

씨앗이 든 케이크와 차가 나와서 먹고 있는데 메리 고모가 말한다. 글 쓰는 일이 가정생활과 그에 따르는 많은 의무를 방해하지 않았으면 좋겠다고. 나 역시 같은 생각이지만 우리는 똑같은 것을 바라는데도 어쩐지 서로를 못마땅해하는 것 같다. 나는 한심한 인간이 된 기분으로 그 집을 나온다. 메리 고모도 스스로를 한심하게 여기면 좋으련만 우리 윗세대는 좀처럼 그러지 않는 것 같다.

집에 돌아오자 특이한 봉투가 나를 기다리고 있다. 북부 공업도시에 살고 있는 어떤 사람이 최근에 진기한 문헌을 확보했는데 내가 관심이 있을 거라고 단언하는 책자가 담겨 있다. 관심이 있다면 그 문헌의 일부 또는 전부를 티 나지 않게 감쪽같이 포장해서 보낼 수 있다고 한다. 이에 관해 자세한 설명을 적었는데 태형의 역사 삽화에서부터 무삭제판 성애물까지 아우른다.

런던 경찰국에 신고해야 하나 한참 고민하다가 그렇지 않아도 할 일이 많은 경찰을 평화롭게 두는 편이 나을 것 같아서 그저 봉투와 내용물을 쓰레기통에 던져 넣는다.

6월 9일

〈시간과 조수〉 편집장이 전화해서 '우리'가 6월 16일에 최신식의 민던 끄크레이 호텔에서 파티를 연다고 한다. ^{의문} 여기서 **우리**는 〈시간과 조수〉 편집자들을 말하는 것일까, 아니면 자기와 나를 말하는 것일까? 두 번째라면 현재 자금 사정을 고려해 당장 못 한다고 얘기해야 한다. 위원회에 들어와서 도와주실 거죠? 하고 편집장이 묻는다. 그럼요, 그래야죠. 또 누가 참여하나요? 그러자 편집장이 말하길, 아, 엘런 윌킨슨도 위원회인데 아마 회의에 참석하지 못할 거예요. 나는 예의상 이 파티가 문학의 발전을 위해 꼭 필요하고 유익한 행사라고 생각하는 척하며 이렇게 묻는다. 또 누가 있죠? 편집장은 우리 미스 루이스도 함께할 거예요,

하고 대꾸한 뒤 내가 더 물어볼세라 전화를 끊는다. 미스 루이스에게 바로 연락해 보니 젊고 활동적인 여자다. 나는 주로 그녀가 힘든 일을 대부분 도맡도록 몇 가지 제안을 하고 그녀는 기꺼이 받아들인다. 내가 맡은 일은 딱 하나, 아주 저명한 교수를 설득해 파티의 하이라이트가 될 토론회의 의장을 맡게 하는 것이다.

6월 11일

저명한 교수는 내 예상보다 훨씬 더 완고해서 별수 없이 편집부에 도움을 청한다. 그 과정에서 저명한 교수가 나를 싫어한다고 했다는 사실을 알게 된다. 이런 행동은 점잖지도 학구적이지도 않을뿐더러 도덕적이라고 할 수도 없다.

이를 제외하면 모든 준비가 순조롭다. 나는 이번 행사를 위해 새 드레스를 마련한다.

6월 16일

4시에 호텔에 도착한다. 날씨가 화창하고 드레스도 성공적이며 모든 것이 장밋빛이다. 안내원에게 〈시간과 조수〉 행사에 왔는데요, 하고 조그맣게 속삭이자 그는 옆에 있는 조수에게 이 부인을 스패니시 그릴로 안내하라고 지시한다. (그 말을 듣는 순간 터무니없게도 종교재판의 고문이 연상된다.) 스패니시 그릴 주위에는 〈시간과 조수〉 사람들이 가득하다. 편집장이 검은 옷을 입고 아름다운 모습으로 나타나 오싹하게도 마침 내가 일찍 왔다고 하며 자기와 함께 손님들을 맞이하자고 제안한다. 벌써 사람들이 들어오고 있다면서. (어쩐지 이런 상황이 마음에 들지 않는다는 말투다.) 누군가가 작은 이름표를 내준다. 〈시간과 조수〉 독자들에게 알려진(바라건대) 내 필명이 적혀 있다. 그것을 드레스에 꽂자 마치 마담 투소 밀랍 인형 박물관에 전시된 볼품없는 인형이 된 기분이다.

저명한 교수는 내게 따뜻한 인사를 건네지도 않고 쓸데없이 내가 의무를 다해야 한다고 고집하며 손님을 대접하는 자리에 서게 한다. 그러고 나자 많은 사람이 호텔로 쏟아져 들어와 편집장과 나와 악수를 한다. 사회자는 놀랍게도 사람들의 이름을 모두 알아듣고 반복해 외친다. 열 번에 한 번씩은 마치 고대 그리스의 합창 가무단처럼 반음쯤 낮춰 "지금 편집장님과 인사하는 분은……" 하고 변화를 시도하기도 하는데 그 모습이 무척 인상적이다.

이따금씩 반가운 얼굴이 나타나기도 한다. 내 친구 로즈가 아름다운 옷을 입은 미국 출신의 매력적인 의사 친구와 조카를 데리고 오고(조카도 나도 여성회 일은 얘기하지 않는다) 미클럼 학교의 교장도 도착한다. 나는 기회를 놓칠세라 서둘러 비키의 안부를 물은 뒤 아주 잘 있다는 소식을 듣고 마음을 놓는다. 하필 내가 이런 학부모의 역할을 하고 있을 때 앤젤라가 거만한 모습으로 나타난다. 이렇게 지체 높은 사람들이 모인 자리에서 레이디 복스가 나를 보게 된다면 얼마나 좋을까 하는, 한심하지만 지극히 인간적인 바람이 머리를 스친다. 하지만 그런 일은 일어나지 않는다. 틀림없이 내가 자전거에 짐을 잔뜩 매달고 마을로 나갈 때나 그와 비슷하게 꼴사나운 모습일 때 마주칠 것이다.

5시가 지나자 나도 함께 들어가서 차를 마시며 처음 보는 여러 다정한 사람들과 얘기를 나눈다. 누군가가 내게 혹시 프랜시스 아일스도 왔느냐고 묻는다. 나는 잘 모르겠다고 솔직하게 대답하는데 모르는 여자가 갑자기 끼어들더니 프랜시스 아일스가 사실은 올더스 헉슬리 씨라는 사실을 우연히 알게 되었다고 내게 귀띔한다. 나는 내부 정보를 안다는 것을 과시하려고 놀라운 소식을 여러 사람에게 되풀이하지만 당황스럽게도 낯선 신사가 내게 진지하고 비판적인 말투로 잘못 알았다고, 자기가 알기로 프랜시스 아일스는 이디스 시트웰이라고 한다. 그 뒤로 나는 프랜시스 아일스에 관한 얘기를 완전히 접는다. 곧이어 누군가가 내게 무대에 올라가 토론석에 앉으라고 한다.

발언자들의 이름을 모자에 넣고 무작위로 뽑는 뻔한 장치가 마련되어 있다. 그러니까 발언자들은 자기의 발언 순서를 전혀 모른다는 뜻이다. 그러나 한 남자가 아주 침착하게 기차표를 사놓았다고 해서 가장 먼저 불려 나간다.

의장은 의무를 훌륭히 이행하며 내 고집이 정당했음을 여러 번 보여 준다. 발언자들은 멋진 연설을 하고 관중도 집중해서 경청한다.

의장은 후반부 발언자로 내 이름을 뽑는데(복수하려고 일부러 그랬을까?) 경험 많고 존경 받는 연설자들이 이미 할 얘기를 다 해 버렸다. 기절하는 척할까 진지하게 고민하다가 양심에 찔려 결국 자리에서 일어난다. 다행히 신의 가호가 있었는지 일어날 때 내가 잘 알고 좋아하는 미국인 출판인과 눈이 마주친다. 그는 격려하는 눈빛을 보내고 그러고 나자 신기하게도 말이 술술 나온다. 다

끝내고 나니 깊은 안도가 밀려든다.

〈시간과 조수〉 편집장의 짧은 연설은 우레와 같은 박수를 받고 마지막으로 의장이 토론을 마무리한다.

파티는 확실히 성공적이고 나는 〈시간과 조수〉 독자들이 훌륭한 예절과 지성, 멋진 외모, 굉장한 매력을 겸비했다는 사실에 감탄한다. 처음 보는 매혹적인 여자가 내게 다가오더니 다짜고짜 로버트는 어떻게 지내요? 하고 묻는다. 기분이 무척 좋아서 오늘 밤엔 남편에게 엽서로 이 얘기를 들려줘야 할 것 같다.

이런 기분에 찬물을 끼얹기라도 하듯 또 다른 낯선 이가 차갑게 나를 보며 내가 이루 말할 수 없이 웃긴 것 같다고 한다. 내 모자를 말하는 건지 나의 외모와 전반적인 옷차림을 말하는 건지 모르겠다. 혹시 〈시간과 조수〉에 쓴 글을 말하는 걸까? 부디 그렇길 바라는 수밖에.

아주 유명한 소설가가 고맙게도 나를 택시로 집까지 바래다주겠다고 한다. 나는 내심 되도록 많은 사람이 내가 그와 함께 떠나는 광경을 목격하기를, 그리고 그가 누구이며(이건 대부분 알 테지만) 나는 누구인지(이건 대부분 모를 거다) 알기를 기도한다.

저녁 내내 생각나는 사람 모두에게 일일이 전화를 걸어 오늘 파티가 어땠는지 물어본다.

6월 18일

무더위가 이어지고 있다. 사람들은 시골에 살면 얼마나 좋겠냐고 하지만 솔직히 나는 런던이 좋아서 지금 더없이 행복하다.

로버트에게 런던으로 와서 함께 비키를 데리고 6월 25일에 열리는 로빈의 학교 운동회에 가면 좋지 않겠냐고 설득하는 편지를 쓴다. 로버트가 동의할 거라고는 딱히 기대하지 않지만.

이제 앤이라는 이름으로 부르기로 한 로즈의 친구 여자작이 전화해서 일요일에 로즈와 함께 차를 타고 버킹엄셔에 있는 어딘가로 와줄 수 있느냐고 묻는다. 전화로는 정확한 장소를 알아들을 수가 없다. 어쨌든 그곳에 쾌적한 호텔이 있고 그 호텔에 눈부시게 아름다운 정원이 있는데 거기서 흥미로운 문학계 친구들과 함께 점심을 먹자는 것이다. 나를 다시 만난다면 정말 반가울 거라는 말에 기분이 한껏 좋아진다. 나도 비슷한 인사치레를 건네려 하는데 적당한 표현이 얼른 떠오르지 않아서 포기한다. 그저 일요일을 고대하겠노라 하곤 전화를 끊는다.

늘 그렇듯 옷장에 마땅한 옷이 없어서 무얼 입고 갈까 고민하다가 날이 추우면 초록색 외투와 스커트를, 더우면 새로 산 꽃무늬 실크 드레스를 입기로 한다.

(그러고 보니 모자도 걱정이다. 꽃무늬 실크 드레스에 어울리는 모자는 차를 타고 갈 때 너무 크고 치렁치렁할 테고 좀 더 작은 다른 모자들은, 그래 봐야 두 개뿐이고 하나는 챙 있는 모자이지만, 어쨌든 드레스 색과 전혀 어울리지 않는다.)

저작권 대리인이 나를 데리고 나가 훌륭한 점심을 사주며 내가 일을 좀 더 하면 좋겠다고 넌지시 얘기한다. 나는 그러겠다고 하고 저녁 내내 앉아서 열심히 글을 쓴다.

6월 19일

그리 성공적인 인생 경험으로 칠 수 없는, 아주 이상한 하루를 보냈다. 로즈가 차를 몰고 나를 데리러 와선 무릎 위에 지도를 펼쳐놓고 있으라고 한다. 나는 그렇게 하지만 그런데도 우리는 여러 번 길을 잃고 자꾸 챌폰트라는 이름이 들어간 여러 마을*을 빙빙 돈다. 나는 다른 사람들도 늦을 테고 어쨌든 아직 시간이 있다는 말을 되풀이하다가 변화를 주는 게 좋을 것 같아서 이렇

---

* 버킹엄서에는 챌폰트 세인트 자일스, 챌폰트 세인트 피터, 리틀 챌폰트가 있다.

게 묻는다. 멀지 않은 것 같은데 물어보면 어떨까? 로즈는 마지못해 그러자고 하고 우리는 세 사람에게 물어본다. 그중 두 사람은 이곳에 처음 왔고 나머지 한 사람은 미안하지만 전혀 모르겠다고, 좀 더 가야 할 수도 있고 이미 지나쳤을 수도 있다고 한다. 로즈는 가벼운 욕을 중얼거린다. 아무래도 나는 조용히 있는 편이 좋을 것 같다.

얼마 후 보이스카우트 소년 셋이 보이자 로즈는 다시 차를 세우고 길을 묻는다. 소년들은 의욕적으로 지도를 꺼내더니 저희끼리 한참 키득거린다. 나는 그중 한 아이가 로빈과 닮았다는 생각을 하느라 아이들의 말에 집중하지 못한다. 그래도 로즈가 다시 속도를 내기에 이제 됐나 보다 생각하며 안도하는데 잠시 후 그녀는 과격하게 소리친다. 같은 교회 탑을 벌써 세 번이나 지나쳤다니까! 나는 경악한다. 가장 큰 이유는 내 관찰력이 너무도 형편없어서다. 나는 이번 생에서 교회 탑을 한 번도 본 적이 없으니까. 흥분한 나는 아무래도 우회전을 해야 할 것 같다고 제안한다. 로즈는 몹시 절박했는지 내 말대로 우회전을 하고 우리는 불과 3분도 안 되어 기적처럼 목적지에 도착한다. 시각은 오후 2시. 식당을 찾아가니 이미 점심 식사가 한창이고 당연히 사람들은 우리를 보고 조금도 반가워하지 않는다. 그도 그럴 것이, 중간에 다른 손님

이 오면 가뜩이나 일관성 있게 이어 가기 어려운 대화가 더욱더
힘들어진다. 모두들 우리가 몹시 시장하겠다고 수선을 피우며 계
란 요리를 내오라고 지시한다. 내겐 계란이 맞지 않아서 별수 없
이 사양하는데, 옆에 앉은 사람이 어머, 왜요? 하고 묻는다. 왜 이
런 쓸데없는 질문을 한담? 우리는 서둘러 차가운 닭고기와 딸기
까지 먹은 뒤 정원으로 나간다. 정원은 끝없이 펼쳐져 있고 나를
제외하곤 모두가 열의를 보인다. 나는 어차피 앤을 보러 왔으니
그녀의 옆에 있는 안락의자에 앉으려 하는데 생판 모르는 부부
가 난데없이 나타나 알아들을 수 없는 소리로 세인트 어쩌고 장
군과 그 부인이라고 소개한다. 그러더니 장군이 곧바로 내게 묻
는다. 같이 정원을 돌아보실까요? 아뇨, 싫어요, 하고 대꾸할 용기
가 나지 않아서 결국 그에게 이끌려 계단을 올라갔다 내려오고
오솔길을 왔다 갔다 하며 이따금씩 와, 저기 루핀 좀 보세요! 저긴
색이 아주 잘 어울리네요, 하는 말을 주고받는다. 하지만 그럴 때
를 제외하곤 주로 그가 내게 로더미어 경* 얘기를 한다. 나는 아
직 로더미어 경과 비버브룩 경**을 구분하지 못한다는 사실을 숨

---

* 〈데일리 메일〉, 〈데일리 미러〉 등의 대중신문을 최초로 창간한 영국의 신문 경영자.
** 〈데일리 익스프레스〉를 매수하고 〈선데이 익스프레스〉를 창간한 캐나다 태생 영국의
신문 경영자 겸 정치가.

기려고 애쓴다. 세인트 어쩌고 장군은 둘 다 못마땅하게 여기는 것 같아서 나는 그저 동의하는 소리를 내며 속으로는 앤의 무리가 내 상황을 재미있어 하고 있다고 확신한다. 정원 곳곳에서 요란한 웃음이 터져 나오고 있으니 말이다. 모르긴 해도 이 정원은 햄프턴코트 궁전만 할 것 같다.

주목나무 산울타리 뒤에서 불쑥 로즈가 나타나자 나는 그녀에게 눈빛으로 신호를 보내며 알아듣기를 기원한다. 우리는 다시 루핀을 지나 야외용 의자가 있는 곳으로 나아간다. 앤은 더없이 즐거운 얼굴로 여전히 그 의자에 앉아 있다. 그런데 그때, 세인트 어쩌고 장군이 자기 아내가 나와 책 얘기를 하고 싶어 한다고 하더니 어느새 그 아내가 그의 옆에 나타나 내게 정원을 보여 주겠다고 한다. 나는 벌써 둘러봤으니 괜찮다며 사양하지만 그녀는 두 번을 봐도, 아니, 몇 번을 봐도 좋다고, 자기는 이런 색의 향연이 도무지 질리지 않는다고 가볍게 단언한다.

결국 우리는 색의 향연을 탐험하러 나선다. 세인트 어쩌고 부인은 자기가 좋아하고 나는 좋아하지 않는 시와, 우리 둘 다 좋아하는 샴 고양이, 레이스 제조업 등에 대해 얘기를 나눈다.

이제는 정원이 적어도 동물원만한 것 같다. 나는 다시 앉을 수 있으리라는 희망을 접는다. 멀리서 앤이 로즈에게 얘기하는 모습이 보이는데 둘 다 즐겁게 웃고 있는 것 같다.

먼 시계가 4시를 알리는데 솔직히 나는 8시가 되었다고 해도 놀라지 않으리라. 나는 불쑥 시골 지역의 자전거들은 미등을 켜지 않는다는 사실을 막 깨달은 척하며 그만 가야 할 것 같다고 말한다. 예의를 갖춰 아쉬움을 표하는 인사말이 오간다. 내 경우에는 전적으로 거짓이고 틀림없이 그녀도 그럴 것이다. 우리는 400미터쯤 걸어와 로즈를 마주한다. 세인트 어쩌고 부인이 사라지자 (틀림없이 정원을 한 번 더 둘러보러 갔을 듯) 나는 내 평생 이런 날은 없었다며 불같이 화를 낸다. 다른 사람들은 모두 한껏 웃고 있고 이 오후의 모임이 아주 성공적이라고 생각하는 것 같다. 로즈는 앤에게 우리를 초대해 줘서 고맙다고 열성적으로 인사한다. 나는 거드는 시늉도 하지 않는다. 집으로 돌아오는 길은 가는 길보다 훨씬 더 짧지만 어쨌든 나는 도움이 되거나 상냥하게 굴려고 노력하지 않는다.

6월 23일

놀랍게도 그리고 기쁘게도 로버트가 내 제안을 받아들이고 런던 아파트로 와선 나와 비키를 데리고 로빈의 학교 운동회에 가기로 한다. 그 전에 그는 머리를 자르고 싶다고 한다. 내가 사우샘프턴 가 근처에 좋은 곳이 있다고 하자 로버트는 어이없다는 표정으로 본드 가가 가장 가깝다고 한다. 그러더니 세인트제임스*에 있는 자기 클럽에서 12시에 만나자고 하곤 본드 가로 떠난다. 내가 알기로 로버트는 몇 년 동안 세인트제임스의 클럽 근처에도 가지 않았는데 태연하게 도시 생활을 이어 가는 그의 모습에 내심 감탄하다.

나와 로버트의 이런 사례는 남녀의 차이를 잘 보여 주는 것 같다. 로버트는 클럽 안내인이 자기를 모를 것이며 나를 들여보내 주지 않을지도 모른다고 걱정해야 마땅하지만, 오히려 처음부터 끝까지 클럽 안내인을 완전히 무시할 것이고 안내인은 과장을 보태면 그의 앞에서 설설 길 게 분명하다.

실제로 내가 그의 클럽에 도착해 위압적인 홀에 들어서서 더

●　런던의 중심 지구.

욱 위압적인 제복 차림의 안내인을 마주하자 막연하게 생각한 이 흥미로운 추측이 여실히 확인된다. 나를 제복 차림의 안내인에게 데려간 사환은 내가 위축된 것을 알아차린 듯 온정적인 얼굴을 하고 있다. 한쪽 구석에서 얘기를 나누는 나이 지긋한 두 신사도 도움이 되지 않는다. 그들은 둘 다 의심 가득한 얼굴로 나를 보면서 내가 무슨 꿍꿍이를 품은 모양이라고 생각하는 것 같다. (내 옆에 높게 설치된 클럽 조각상을 노린다고 생각했을까? 아니면 혹시 자기들을 유혹하려나 보다고 생각했나?) 사환이 지시를 받고 로버트를 찾으러 가자 내 유일한 친구마저 잃은 기분이 든다. 나는 완전히 얼어붙은 채로 꼼짝없이 기다린다. 느끼기엔 꼬박 하루가 지난 것 같다. 마침내 기다림이 끝나고 로버트를 만나러 가는데 뜬금없고 터무니없는 인용구가 들려온다. "아무리 궂은 날이라도 시간은 가는 법."* 그러고 보니 내가 잠꼬대를 하듯 중얼거리는 말이다. 로버트는 (아주 현명하게도) 못 알아들은 척하며 그저 놀란 표정으로 나를 바라본다. 그러곤 사환 아이가 대관식 예복과 홀을 내주듯 건네는 모자와 외투를 받아 든다. 클럽을 나서자 그제야 정신이 돌아오는 것 같다.

---

* 셰익스피어의 희곡 《맥베스》의 대사.

햇볕이 내리쬐는 날이라 거리는 사람들로 북적거린다. 피커딜리를 걷다가 로버트가 심슨스인더스트랜드*에서 점심을 먹자고 해서 그러자고 하고는 이렇게 덧붙인다. 우리가 부자라면 참 좋겠지? 그러고 나자 익숙한 대화가 이어진다. 학교 등록금 청구서와 은행의 완고한 태도, 앞으로 몇 주 뒤에 새로 온 하녀가 사직서를 낼 거라는 추측, 올해 정원에 딸기가 열리지 않을 거라는 예상 등이 오간다. 로버트가 하는 말이라곤 주로 차들 때문에 큰소리를 내는 게 전부다. 대체 거리가 어떻게 되려는지 모르겠지만 이렇게 돼선 안 된다고 한다. 그러더니 머지않아 우리 모두가 구빈원에 살게 될 거라고 퉁명스럽게 단언한다. 심슨스인더스트랜드에 도착하자 그는 뭐라도 마시는 게 좋겠다고 하고, 실제로 그렇게 하자 기분이 한결 나아진다.

이 식당에는 처음 와봤는데 식사가 꽤 훌륭하다. 식사 도중 패멀라 프링글을 발견한다. 그녀는 옛날 알약 상자와 비슷해 보이는 흰색과 검은색의 작은 모자를 쓰고 역시 작고 아주 인상적인 검정 드레스를 입었다. 팔찌는 다이아몬드 아홉 개가 박혀 있는 것 같은데, 틀림없이 진짜 다이아몬드일 것이다. 아니나 다를까 이번

---

* 런던의 주요 거리인 스트랜드에 위치한 유서 깊은 잉글랜드 식당.

에도 젊은 신사를 끼고 있지만 주변 풍경과는 어울리지 않는 행색의 청년이다. 구레나룻을 기른 얼굴은 퍼렇게 질렸고 전반적으로 어쩐지 최근 나온 대중가요 "내 카나리아의 눈 밑이 불룩해졌네"*를 연상케 한다.

패멀라는 대화에 빠져 있다가 문득 나와 눈이 마주치자 미소를 짓는다. 무척 슬픈 미소인 것으로 봐선 아마도 슬픈 얘기를 하고 있는 모양이다. 하지만 이윽고 그녀는 로버트를 발견하곤 좀 더 생기 넘치는 얼굴로 일어나 우리에게로 다가온다. 그러는 동안 눈 밑이 불룩한 카나리아는 몹시 의기소침하고 절망한 모습으로 탁자에 빵부스러기를 흐트러뜨린다.

내가 로버트를 소개하자 패멀라는 눈을 크게 뜨며 얘기를 많이 들었다고 하더니(나는 얘기한 적이 없는데 누구한테?) 그와 악수를 한다. 표정만 봐도 로버트가 패멀라의 빨간 손톱을 어떻게 생각하는지 알 것 같다. 패멀라 프링글은 자기 집에 한번 놀라오라고 한다. 오늘 저녁을 함께 먹으면 어떨까요? 워델도 집에 있을 테고 한두 사람 더 올지도 모르는데. 우리는 미안하

● 원제는 "My Canary Has Circles Under His Eyes". 빠르고 세속적으로 변해 가는 런던의 삶을 집에서 키우는 카나리아의 행동 변화에 빗대어 풍자하는 내용.

지만 그럴 수 없다고 한다. 그러자 패멀라는 여기 이 예쁜이에게 (나를 지칭하는 게 분명하지만 딱히 마음에 들지 않는다) 전화하겠다며 지금은 그만 가봐야 한단다. 함께 점심을 먹는 저 청년은 힙스라는 예술가라고 한다. 로버트는 계속 무표정한 얼굴이지만 나는 속내와는 달리 흥미로운 표정을 지으며 아, 정말? 하고 되묻는다. 마치 내가 힙스를 아주 잘 아는 것처럼. 패멀라가 덧붙이길, 안됐어. 퇴폐적이고 예민해서 여기에 오면 도움이 될 줄 알았는데 아무래도 저 친구에겐 파리만한 곳이 없는 것 같아. 그녀는 로버트에게 왼손을 내밀고 오른손으로는 내게 키스를 날리며 이제는 두 팔에 얼굴을 묻고 있는 카나리아에게로 돌아간다. 로버트가 아이고, 하고 탄식하더니 묻기를, 저 여자는 손톱에 묻은 저걸 왜 씻어 내지 않는 거야? 당연히 수사적인 질문이라 나는 대답하지 않고 그저 패멀라가 예쁘냐고 묻는다. 로버트는 기이하게도 차! 하는 소리를 내는데 아마도 예쁘지 않다는 뜻일 것이다. 패멀라의 얼굴과 몸매를 생각하면 합당한 평가가 아닌 것 같지만 딱히 불편하진 않다. 로버트는 계속해서 눈 밑이 불룩한 카나리아에 대해 의견을 쏟아 내는데, 누가 들으면 풍기 문란으로 기소되거나 적어도 명예 훼손이 될 것 같아서 나는 쉬잇, 하고는 교구 목사님 부부의 안부로 화제를 돌린다.

로버트는 그러고 보니 생각이 났다고 한다. 다음 달에 지역 사회를 위해 매우 뜻깊은 마을 음악회가 열리는데 내가 공연하기로 약속해 달라는 부탁을 받고 그렇게 했다는 것이다. 여기엔 기혼여성재산법인지 뭔지 하는 죄가 적용될 수 있다고 확신하지만 정확한 명칭이 떠오르지 않고 로버트가 너무 자신만만해 보이기도 해서 그저 뭔가 해보겠다고 힘없이 대꾸한다. (그래 봐야 할 수 있는 게 거의 없을 테지만. 피아노 연주를 제대로 해본 게 언제인지 모르겠고 노래는 평생 해본 적이 없으며 지역 무대에서 가끔 강요에 못 이겨 낭송하던 시도 다 잊어버렸다.)

우리는 오후에 무얼 할까 의논한다. 로버트는 왕립 미술원에 가고 싶다며 메리 고모는 내가 얼마 전에 찾아뵈었으니 굳이 찾아갈 필요가 없다고 한다. (내가 보기엔 전혀 논리적이지도 않고 아주 부당한 얘기인 것 같다.) 그러곤 오늘 저녁에 내가 보고 싶은 연극을 함께 보자고 한다. 나는 잠시 고민하다가 제임스 애거트*가 언론에서 호평한 『뮤지컬 체어스』를 고른다. 로버트는 좋다고, 자기도 뮤지컬 공연을 좋아한다고 한다. 그러나 내가 뮤지컬이 아니라 그냥 연극인 것 같다고 하자 우리는 처음으로 돌아가 결국 시

---

* 영국의 일기 작가 겸 연극 비평가.

사 풍자극을 고른다. 왕립 미술원에 갈 것인가 말 것인가 하는 논의가 이어지지만 도무지 내키지 않아서 가고 싶지 않다고 최대한 상냥하게 얘기한다. 그런데 때마침 패멀라가 다시 우리 앞에 나타나 로버트의 어깨에 손을 얹더니(로버트는 화들짝 놀라며 움찔한다) 오늘 오후에 힙스의 그림 전시회에 꼭 와달라고 한다. 피츠로이 광장에 있는 시그넷 갤러리에서 열리는데 아무도 오지 않으면 저 가엾은 청년이 얼마나 상심하겠냐면서. 자기가 아는 한 그 전시회를 아는 사람은 아무도 없으니 우리가 꼭 가야 한다고, 부디 자기를 도와달라고 애원한다. 그러곤 5시에 그곳에서 우리를 기다리겠다고 한다.

정신을 차려 보니 우리는 5시에 시그넷 갤러리에 가기로 되어 있고 패멀라는 우리 둘 다 너무도 사랑한다고 (로버트만 보면서) 얘기한 뒤 가버린다. 이윽고 패멀라가 자기 식사비와 브랜디를 왕창 퍼마시고 있는 카나리아의 식사비를 지불하는 모습이 보인다.

로버트는 다시 한 번 욕설을 중얼거리고 우리는 그 식당을 나와 우리의 갈 길을 가지만 패멀라의 간청을 들어줘야 한다는 암묵적 합의에 얽매여 있다. 나는 그때까지 시간을 때우기 위해 비누 가게 쇼윈도에 산더미처럼 쌓인 채로 할인된 가격에 판매되는 비누와 토요일에 로빈에게 가져갈 간식, 차를 조금 산다. 로버트가 (마지못해) 리옹 식당에서 아침을 먹기 전에 평소처럼 이른 아침에 차를 마시고 싶어 할 테니까.

그런 뒤 도티 가로 돌아가 작은 주전자를 챙겨서 그레이스인가의 유제품 가게에서 우유를 사고 아침에 시간을 절약하기 위해 가방을 싸놓은 뒤 마침내 피츠로이 광장으로 가서 조금 헤맨 끝에 시그넷 갤러리를 발견한다. 광장이 아니라 그 옆의 작은 골목에 자리하고 있다.

로버트와 카나리아가 나란히 있는 모습이 어쩐지 무척 걱정스럽다. 벽에는 매우 난해한 그림들이 걸려 있다. 로버트와 내가 둘러보는 동안 카나리아는 미동도 하지 않고 성난 얼굴로 지켜본다. 패멀라 프링글은 보이지 않는다.

도무지 무슨 말을 해야 할지 떠오르지 않아서 이따금 아주 흥미롭네요, 따위의 말을 중얼거리다가 마침내 결혼식을 표현한 듯한 놀라운 군상화 앞에서 걸음을 멈춘다. 다른 그림들에 비해 의미가 좀 더 분명하게 드러나는 그림이다. 보이는 그대로 받아들여도 안전한 걸까 고민하고 있을 때 카나리아가 다가오자 나는 다시 침묵에 빠진다. 그런데 로버트가 불쑥 국제연맹을 표현한 거냐고 묻는다. 카나리아는 아주 냉랭한 목소리로 자기는 국제연맹에 대해 아무것도 모른다고 대꾸한다. 우리도 그림에 대해 아무것도 모르니 한시라도 빨리 헤어지는 편이 모두를 위해 좋겠다고 말하고픈 충동이 든다.

물론, 그럴 수는 없는 노릇. 패멀라를 기다려야 할 것 같아서 다시 한 번 최대한 천천히 둘러보지만 결혼식 그림은 피한다. 이 그림에 관해선 우리 모두 더 얘기하지 않는다. 시간이 얼마나 흘렀을까? 어디선가 전화벨이 울리고 카나리아가 마치 몸부림을 치는 듯 기묘한 걸음걸이로 전화를 받으러 가자 로버트가 말한다. 젠장, 빨리 여기서 나가자. 지금? 하고 내가 묻자 그가 대꾸하길, 응, 저 소름끼치는 자식이 돌아오기 전에 나가자고. 우리는 서둘러 소지품을 집어 들고 달려 나간다. 그런데 안타깝게도 카나리아가 아래층으로 내려가는 계단참의 중간에 기대서서 수화기를 귀에 대고 있다. 우리가 지나쳐 가자 그는 증오에 찬 표정으로 우리를 바라보고, 마지막으로 들려오는 것은 수화기에 대고 절박하게 외치는 그의 목소리다. 패멀라가 어떻게 그럴 수 있냐고, 어떻게 그를 버리느냐고, 그럴 수는 없다고 그는 소리친다. (솔직히 나는 패멀라가 충분히 그럴 수 있고 그렇게 할 거라고 믿는다.)

로버트와 나는 서로를 본다. 로버트가 이상한 목소리로 뭔가 마셔야겠다고 하자 우리는 마실 것을 찾아 나선다.

6월 25일

비키가 미클럼에서 그린 라인 버스를 타고 왔다. 엄청난 크기와 무게의 원형 해트 박스를 가져왔는데 고장 난 손잡이가 들기만 하면 떨어지는 바람에 어쩔 수 없이 택시를 탄다. 비키가 몹시 들떠 있어서 우유와 번빵 두 개를 먹여 진정시킨 뒤 역으로 가서 로버트를 만나 기차를 탄다.

평소처럼 도착하자마자 호텔에서 점심을 먹고 학교로 걸어간다. 그 사이에 로빈이 나타나자 비키가 엄청난 애정과 열성을 보이며 반겨 주고 로빈은 점잖게 받아 준다. (전에도 자주 생각했지만 이 부분은 크게 바뀐 것 같다. 이제 어디서든 남매는 서로에게 깊은 애착을 느끼며 그것을 인정할 준비가 되어 있다. 오, 시대여! 오, 관습이여!) 안내를 받아 운동장으로 들어가자 장애물 경주용 허들과 다른 운동기구들이 설치돼 있고 줄줄이 늘어선 의자들이 우리를 기다린다.

대부분 내가 이미 만났고 딱히 다시 보고 싶지 않은 학부모들이 곳곳에 보이는데, 영국 여자들이 하나같이 날씨에 전혀 어울리지 않는 복장을 하고 있다는 사실에 한번 더 경악한다. 흐물흐물한 외투와 스커트, 펠트 모자 차림이다. 이렇게 무더운 여름날에는 실크 드레스와 챙 있는 모자로 좀 더 시원한 차림을 해야 어울릴 텐데 말이다.

반바지와 러닝셔츠 차림의 어린 소년들은 모두 천사 같다. 로빈의 머리카락은 곧게 뻗었지만 그래도 안경을 쓰지 않았다는 사실이 위안이 된다.

교장이 내게 말을 걸더니 주로 날씨 얘기와 언제나 그렇듯 곧 부속 건물을 새로 짓는다는 얘기를 한다. 로빈의 담임 교사에게 다가가 로빈이 잘하고 있느냐고 묻자 담임 교사는 내 대담한 태도에 몹시 놀란 얼굴로 로빈이 크리켓에는 소질이 없지만 축구는 곧잘 하는 편이며 수영에 소질이 있다고 급하게 대꾸한다. 그러곤 등을 돌리지만 나는 고집스럽게 로빈의 학업은 어떤지 물어본다.

담임 교사는 나의 과도한 요구에 완전히 질린 듯하다. 그가 도주를 꾀하는 듯 한참 침묵이 흐르지만 나는 인간의 눈이 가진 힘을 이용해 최대한 그를 붙잡는다. 사실 이런 힘에 관해 쓴 글을 많이 읽긴 했지만 딱히 믿지 않았다. 그런데 이번만큼은 효과가 있는지 담임 교사가 마지못해 몇 마디를 건넨다. 2년 뒤 로빈이 치를 사립학교 입학시험을 걱정할 필요가 없다는 것이다. 이렇게 말한 뒤 그는 허들을 넘는 소년에게 곧 위험이 닥치기라도 할 것처럼 전속력으로 잔디밭을 가로질러 아이를 구하러 가고 그 뒤론 줄곧 내가 사정거리에 들어올 때마다 황급히 반대쪽으로 이동한다.

여러 경기가 진행되는데 모두 성공적이다. 로빈이 내게 속삭이길, 확실하진 않지만 **어쩌면** 높이뛰기에서 우승할지도 몰라요. 나는 우승하지 않아도 괜찮으니 절대 실망하지 말라고 다독이지만 사실 이건 새빨간 거짓말이다. 실제로 높이뛰기에서 로빈과 다른 소년이 모두를 이기고 동점이 선언되자 말할 수 없이 속이 상한다. (비키는 부당하다고, 로빈 오빠가 가장 높이 뛰었다고 우기다가 아빠에게 꾸지람을 듣는다. 스포츠 정신에 어긋날 뿐 아니라 사실이 아니기도 하니까.) 계속해서 로빈은 장애물 경기에서 2등을 하고 비키가 이인삼각 경기에 불려 나가지만 무한한 열정에 비해 요령은 전혀 보여 주지 못한다.

차와 아이스크림이 나오고 소년들은 옷을 갈아입으러 간다며 사라진다. 나는 학부모들과 주로 아름다운 날씨와 적절히 준비된 경기들, 건강해 보이는 아이들에 관해 얘기를 나눈다.

트로피가 수여되는데 로빈이 작은 은색 컵 두 개를 받으러 올라가자 창피하게도 눈물이 쏟아지려 한다. 사람들이 모두 서로를 위해 환호해 주고 우리는 로빈을 데리고 호텔로 간다. 무척 즐거운 저녁 시간을 보낸 뒤 학교로 돌아갈 로빈과 비키를 위해 9시쯤 하루를 마무리한다.

6월 27일

다시 런던. 비키는 그린 라인 버스를 타고 차장의 보살핌을 받으며 떠났고 로버트는 패딩턴 역에서 기차를 탄다. 며칠 뒤에 돌아가겠다고 하자 그는 음악회를 잊지 말라고 하며 떠난다. 오후에 패멀라가 전화해서 로버트와 함께 차를 마시러 오라고 하기에 나는 아주 통쾌하게 대꾸한다. 로버트는 데번주로 돌아갔다고. 그러나 이어지는 패멀라의 얘기에 허탈해진다. 조만간 차를 타고 데번주를 지날 텐데 그때 우리를 찾아오겠다는 것이다. 노를 젓는 아주 흥미로운 남자와 함께 가려고 하는데 우리도 그 사람과 친해지고 싶을 거라나. 예의상 당연히 그렇지, 하고는 데번주에 오면 노 젓는 친구를 점심때나 다과 시간에 데려오라고 덧붙인다.

그런 뒤 최근의 그 곤혹스러운 날 왜 시그넷 갤러리에 오지 않았느냐고 꿋꿋이 물어본다. 패멀라는 괴로운 목소리로 대답한다. 삶이 얼마나 복잡한지 넌 상상도 못 할 거야. 남자들이 도무지 가만두지 않는다니까. 한 친구가 다른 친구를 너무 싫어해서 내가 그 친구와 다시 어울리면 그를 총으로 쏴버리겠다고 하는데 어쩌겠니?

별수 없이 그런 친구가 있다면 정말 골치 아프겠다고 받아 주자 패멀라는 내가 정말 이해심이 많고 착하다면서 천사 로버트에게도 자기 사랑을 전해 달라고 한다. 그러곤 전화를 끊는다.

6월 29일

런던에서 보내는 마지막 며칠을 최대한 즐겁게 보내고픈 열망에 휩싸여 비키의 세면도구 주머니와 치약을 사러 가는 길에 눈에 들어온 실크 스타킹 두 켤레를 덜컥 사버린다.

의문 문명 세계 어딘가에는 확실하게 방수가 되고 조금만 쓰면 그 안에 들어 있는 크고 축축한 스펀지 조각들이 떨어지지도 않는, 완벽하게 보송한 세면도구 주머니가 존재하긴 할까? 부차적이지만 중요한 의문 하나 더: 세상 모든 아이들은 양치질에 원한을 품기라도 한 듯 치약을 기록적인 속도로 써버리는데 이런 태도와 타협할 방안이 있을까?

이후 펠리시티가 추천해 준 새로 생긴 작은 직업소개소에 가서 흰색 공단 블라우스를 입은 여자와 상담을 한다. 그녀는 시골에서 일할 하녀를 찾기란 불가능에 가깝지만(이건 나도 이미 알고 있는데) 최선을 다할 테니 경험 없는 사람도 개의치 말라고 한다.

나는 경험이 없으면 배우려 할 테고 임금도 쌀 테니 개의치 않겠다고 대꾸한다. 그러자 흰 공단 블라우스가 말하길, 그럼요, 배우려 하겠죠. 하지만 싸진 않아요. 싸지 않다는 임금은 주급 25실링 정도다. 내가 항의하자 우리는 새로운 조건을 토대로 처음부터 다시 논의한다. 마침내 그녀는 며칠 뒤에 연락하겠다는 낙관적인 태도로 나를 보내며 수수료를 요구하고 나는 돈을 지불한다.

도리 가로 돌아오자 주요 일간지에서 전화가 걸려와 "결혼 생활에서의 현대적 자유"를 주제로 글을 써줄 수 있느냐고 묻는다. 뭔가 잘못 안 것 같다고, 나를 더 유명한 사람으로 착각한 게 아니냐고 따지고 싶지만 꾹 참고 얼마나 길게 써야 하는지(즉, 받아줄 수 있는 최소 분량이 어느 정도인지), 원고료는 얼마나 줄 것인지 묻는다. 딱히 유쾌하지 않고 사무적인 전화 속의 목소리는 1,500단어를 제안한 뒤 꽤 큰돈을 제시한다. 나는 좋아요, 그럼 할게요, 하고 대답한 뒤 다시 묻는다. 언제까지 써야 하죠? 전화 속의 목소리가 다음 주 초까지면 괜찮을 것 같다고 하고 우리는 작별 인사를 나눈다. 나는 몹시 들떠서 이것저것 구상한다. 만찬 파티를 열고, 밀린 대금들을 지불하고, 아이들 선물을 사고, 여름방학엔 아이들과 해외여행을 가고, 로버트에게 은행을 달랠 만한 액수의 수표를 보내고, 내 모자를 하나 사면 어떨까? 그러다 아직 돈을 받기는커녕 글도 쓰지 않았다는 사실을 깨닫고 한시라도 빨리 결혼 생활에서의 현대적 자유에 관해 생각을 정리해야겠다고 다짐한다.

막 그렇게 하려고 준비하는 찰나, 위층 가정부가 찾아와 세탁소 장부를 봐야 할 것 같다고 한다. 나는 장부를 보곤 내가 몇 주 동안 세탁비를 까맣게 잊고 있었다는 사실을 깨닫고 적잖이 놀라며 필요한 돈을 내준다. 그러고 나자 웬 남자가 문 앞으로 찾아와선 내가 지저분하고 비위생적인 전화기 상태 때문에 자주 골머리를 앓을 거라고 단언한다. 그런 건 생각해 본 적도 없다고 말하고 싶진 않아서 일단 들어오라고 한다. 그는 전화기를 보곤 고개를 절레절레 흔들더니 세균에 관해 장황하고 놀라운 설명을 늘어놓는다. 그의 말이 끝나자 나는 이토록 흉포하고 어마어마한 위험 속에서 내가 살아 있다는 것이 행운이라는 사실을 깨닫고 그가 제안한 대로 정기적으로 전화기 소독 서비스를 받기로 한다. 필요한 문서를 작성하고 나자 남자는 떠날 준비를 하며 마무리로 내가 이런 결정을 내려서 정말 다행이라고, 많은 여성이 스스로 어떤 위험에 노출되어 있는지 전혀 모르고 있지만 알고 나면 몸서리칠 거라고 한다. 마치 인신매매의 위협이 닥치기라도 한 듯 얘기하지만 그가 말하는 위험은 기껏해야 세균이다. 내가 아침 인사를 건네자 그는 꾸짖는 말투로 오후가 되었다고 지적한다. 그러고 보니 그렇다. 내가 다시 오후 인사를 건네자 그는 아래층으로 내려간다.

다시 결혼 생활에서의 현대적 자유에 관해 쓰려고 준비하며 연필을 깎는데 연필심이 세 차례나 부러진다. 이윽고 요란하게 현관문을 두드리는 소리에 연필을 완전히 떨어뜨리고(네 번째이자 마지막으로 연필이 부러진다) 문을 열어 보니 무척 힘이 세 보이는 창문 청소부가 서 있다. 내가 들어오라고 하자 그는 사다리와 대걸레, 양동이 따위의 도구를 들고 아주 자유롭게 들어온다. 내가 침실부터 하겠냐고 묻자 그는 상관없다고 하더니 이윽고 방으로 들어가 시야에서 사라진다. 보이지 않는 곳에서 노랫소리가 들려온다. "난 왜 이렇게 당신을 사랑하는지 모르겠어요." (이 목가시의 나머지 가사는 모르는지 이 소절만 끊임없이 되풀이하지만 노래를 꽤 잘한다는 점은 인정해야 할 듯.)

다시 결혼 생활에서의 현대적 자유에 몰두한다. 압지에 풍차를 그려 본다. 그러곤 첫 문장을 아주 인상적으로 쓰는 게 중요하다고 되뇐다. 다른 건 중요하지 않다. 정말 인상적인 문장이 어딘가에 분명 있을 텐데 지금은 나타나지 않는다. ^{의문} 이중적인 도덕의 잣대에 관해 쓸까? 너무 식상한가? 잠시 생각의 끈을 놓치고 기억에서 끌어낸 코티지 로프*를 멋지게 표현한 스케치에 색을 칠하는 데 열중하는데…….

갑자기 침실에서 쿵 하는 굉음이 들리더니 난 왜 이렇게 당신을 사랑하는지 모르겠다는 노랫가락이 끊어지고 문득 창문 청소부가 와 있다는 사실이 떠오른다. 우리 사이를 갈라놓은 문을 열어 보니 그의 튼튼한 팔이 창문 유리창을 뚫고 나가 피를 철철 흘리고 있다. 다행히 카펫이나 가구에는 전혀 묻지 않았다.

나는 당황한 얼굴로 그를 바라보며 멍청하게도 아프냐고 묻는다. 그는 아니라고 하며 창문에 설치된 줄이 완전히 닳았다고, 내리닫이창이 오래되면 균형을 맞춰 주는 줄이 완전히 닳는 경우가 있다고 설명한다. 나는 그에게 빨리 부엌으로 와서 팔을 씻으라고 하지만 그는 내 제안을 무시하고 계속해서 줄이 완전히 닳았다는 말만 되풀이해서 기이한 이중주가 펼쳐진다. 한참 그런 상황이 이어지자 나는 잠시 단념하곤 줄을 보며 정말 완전히 닳은 것 같다고 맞장구쳐 준 뒤 마침내 (아직도 줄 타령을 하는) 청소부를 꾀어 싱크대로 따라오게 한다. 그는 팔에 찬물을 맞으며 내게 일러 준다. 집주인에 관한 한 자기네 회사의 책임은 매우 제한적이

● 크고 작은 둥근 반죽 두 개를 포개어 구운 빵.

며 내 경우에는 줄이 거의 완전히 닳아 버린 게 문제였다고.

내가 그에게 팔이 아프냐고 묻자 그는 사뭇 놀란 표정을 짓는다. 나는 벤 상처를 살펴보고 소독약을 발라 준 뒤 마침내 몹시 어수선한 기분으로 결혼 생활에서의 현대적 자유에 관해 쓰기 위해 다시 자리에 앉는다. 청소부는 하던 일로 돌아가지만 이번에는 노래를 부르지 않는다.

갈수록 영감은 떠오르지 않고 결혼 생활에서의 현대적 자유에 관해선 그저 지방에는 그런 게 존재하지 않는다는 사실 말고는 아무것도 생각나지 않는다. 결혼 생활에 대해선 충분한 의견을 갖고 있지만 그런 건 지구상의 어떤 신문에도 발표할 수 없고 어쨌든 내 손으로 기록하고 싶은 마음은 눈곱만큼도 없다.

때마침 전화벨이 울리자 아주 짧은 순간에 여러 가능성이 머리를 스친다.

ⓐ 로버트가 급사했다.

ⓑ 저작권 대리인이 내 책의 영화 판권을 달러도 아닌 파운드로 다섯 자리 수의 금액을 받고 판매했다.

ⓒ 로빈이 학교에서 큰 사고를 당했다.

ⓓ 패멀라 프링글이 또 다른 남자와 바람을 피웠고 내게 자기

행적을 감춰 달라고 부탁하려 한다.

^{메모} 인간의(특히 여자의) 상상력은 하늘을 가르는 별똥별의 속도를 능가하는 듯. 이런 현상을 짧은 시로 표현할 수 없을까? 지금은 결혼 생활에서의 현대적 자유에 관한 기사를 구상하는 것보다 그 편이 훨씬 더 쉬운 것 같다.

이 모든 상상은 전화벨이 겨우 두 번 울리는 사이에 일어난 것이다. 여보세요? 하고 전화를 받자 낯선 저음의 여자 목소리가 들린다. 나는 자기를 기억하지 못할 테지만(실제로 그렇다) 헬렌 드 리망 드 라 플루즈라고 하며 지난해 10월의 어느 날 패멀라 프링글의 집에서 점심을 먹을 때 나를 만났다고 한다. 나는 별수 없이 아, 그렇죠, 하고 대꾸한다. 마치 다 기억한다는 듯이. 어떤 면에서는 그렇기도 하지만 그저 그 자리에 있던 여자들이 모두 나보다 사교 능력이 뛰어나고 옷을 훨씬 더 잘 입었다는 사실 말고는 딱히 기억나지 않을뿐더러 헬렌 드 리망 드 라 플루즈라는 이름을 소개받은 적은 없는 게 분명하다. (바쁜 현대의 삶에서 이런 이름을 소개했다면 아주 오래 걸렸을 테니까.)

급하게 초대해서 미안하지만 오늘밤 만찬에 와서 한두 사람 만나 주실 수 있을까요? 하고 그녀가 묻는다. 모두 책에 관심이 있고 한 명은 자기 사촌인데 유명한 문학 비평가이니 만나 보면 좋을 거라면서. 여기엔 문학 비평가라는 사람들이 문학 작품을 미적인 측면이나 학문적 측면 이외의 다른 요소로 평가한다는 의미가 담겨 있는 것 같아서 찜찜하지만 어차피 그렇게 얘기할 수 없으니 기쁘게 초대를 받아들이고 시간과 장소를 물어본다. 그녀는 크고 값비싼 광장의 주소를 대며 8시 45분인데 너무 늦은 시각은 아니겠죠? 하고 묻는다. ^{의문} 만약 내가 네, 너무 늦은 시각이네요, 하면 어떻게 될까? 계획을 다시 잡으려나?

멍하니 이런 생각에 빠져 있는데 까맣게 잊고 있던 창문 청소부가 요란하게 집을 나서는 통에 퍼뜩 정신을 차린다. 그는 딱히 화난 기색 없이 경례를 한 뒤 줄이 다 닳았으니 손을 봐야 한다고 자상하게 일러 준다. 나는 압지에 그것을 메모한 뒤 결혼 생활에서의 현대적 자유에 관한 훌륭한 글을 담으려 기다리는 빈 종이를 다시 마주한다. 지금은 도저히 이런 글을 쓸 수 없을 것 같아서 좀 더 시급하고 개인적인 문제, 즉 오늘 저녁 만찬 문제에 집중하기로 한다. 드레스는 최근에 산 은빛 양단 드레스가 최선의 선택일 테고 머리는 다행히 사흘 전에 미용실에서 샴푸와 손질을 받은 덕분에 아직 훌륭한 상태다. 야회용 망토는 걸쳐 보니 잘 어울리고 어차피 복도나 여주인의 침실에 벗어 놓을 테니 안감 상태도 크게 문제될 게 없다. 그걸 신경 쓸 사람은 나와 그 집에서 나를 수행할 하인뿐인데, 하인은 이런 문제에 관해선 자기 생각을 드러낼 수 없을 것이다. 세탁소에서 당장 구두를 찾아와야 하지만 이건 쉽게 해결할 수 있다. 그보다는 부자들이 사는 그 큰 광장이 버스 정거장이나 지하철역과는 멀리 떨어져 있으니 택시를 타야 할 텐데, 택시비가 걱정이다. 은행 잔고가 바닥인 데다 최근 은행과의 교류로 봐선 아주 적은 액수의 당좌대월조차도 너그러이 봐줄 리가 없으니 수표를 쓰고 싶진 않고, 쇼핑하고 세탁비도 지불한 탓에 내 수중에 남은 돈은 단돈 5페니뿐이라는 것을 잘 알고 있다.

전에도 그랬듯 조금 어린애 같긴 하지만 결코 실패하지 않는 방안을 택한다. 지금보다 좀 더 풍족했던 순간에 여러 핸드백에 남겨 놓은 동전들을 뒤져 보는 것이다.

6페니 두 개, 0.5페니 몇 개, 2실링 하나, 2.5실링짜리 하나가 나온다. 이 정도면 오늘 저녁을 보내고 내일 리용에서 아침 식사도 할 수 있다.

그러고 나자 괜히 들떠서 오늘 저녁 대화를 통해 결혼 생활에서의 현대적 자유에 관한 글감을 얻을 수도 있으니 지금은 괜히 고민할 필요가 없다는 결론을 내린다.

예기치 않게 로즈가 찾아오고 바로 이어서 펠리시티 페어미드가 찾아오지만 둘이 서로를 좋아하지 않는 탓에 분위기가 영 살아나지 않는다. 돌발적으로 아이들 얘기가 오가고 『기적』*에 대해서도 얘기를 주고받는다. 우리 셋 다 오래전 올림피아**에서 본 것을 분명하게 기억하고 있지만 우리 모두 그때는 어린아이였고 그것을 이해하기엔 너무 어렸다고 제각기 단언한다. 이윽고 미국 정세가 화제로 올라오자 영국보다 훨씬 더 나쁘다는 데 모두가 동의한다. (뉴욕을 잘 알고 그곳에서 지내던 시절을 그리워하는) 로즈와 (최근에 저명한 미국인 출판인을 만나고 그를 무척 좋아했던) 나, (금주법이 말도 안 된다고 생각하는) 펠리시티 모두 노골적으로 아쉬움을 표한다. 여성의 사고방식은 기이하고 딱히 믿을 만하지 않다는 사실이 여기서 드러나는 것 같다. 내가 어떤 근거로 여성 운동가일까 자주 생각해 봤는데 안타깝게도 적절한 답을 찾을 수 없다. 이 문제는 시간이 허락할 때, 그럴 때가 있기나 하다면, 그때 다시 냉정하게 생각해 보련다.

차와 비스킷을 내오겠다고 하자 로즈와 펠리시티는 둘 다 사

● 원제는 『The Miracle』. 1912년 작 무성 컬러 영화.
●● 런던 웨스트켄싱턴 지역에 위치한 국제 전시 센터.

261

양하고(우유가 없는 게 거의 확실하니 다행스런 일이다) 서로 눈치를 보며 상대가 빨리 갔으면 하는 의향을 내비친다. 로즈가 먼저 포기하고 떠나자 혼자 남은 펠리시티가 대체 로즈의 어떤 점이 좋으냐고 묻지만 딱히 대답을 기대하진 않는다. 우리는 옷과 공통의 친구들, 빚에서 벗어날 수 없는 현실에 대해 얘기를 나눈다. 예전부터 지금까지 늘 물욕이 없고 너그러우며 아이처럼 순수하기도 한 펠리시티가 커다란 갈색 눈으로 나를 보며 진지하게 말하길, 이 세상에서 돈 말고 중요한 건 아무것도, 정말 **아무것도** 없어. 그러곤 떠난다. 재떨이들을 모두 모아서 비우다 보니 펠리시티는 담배를 피우지 않고 로즈와 나만 한 대씩 피웠는데 어째서인지 담뱃재가 엄청나다. 좀 더 먼 미래를 위해 침대를 정리하고 커튼을 치고 주전자에 물을 받아 탕파를 채우는 일련의 의무를 이행한 다음, 여전히 무서워하는 순간 온수 장치와 한바탕 씨름한 뒤 만찬에 갈 준비를 한다. 그러는 사이 결혼 생활에서의 현대적 자유에 관한 생각을 담으려 기다리는 종이를 여러 번 마주치지만 아무것도 하지 않고 그저 원고료를 어디에 쓸지 다시 정한다.

이번엔 일찍 도착하지 않기로 굳게 마음먹고 8시 30분까지 기다렸다가 택시를 부르려고 수화기를 들지만 통화 중이다. 교환원을 연결하지만("도움이 필요하면 0번을 누르세요.") 전혀 도움을 받지 못한다. 결국 황급히 거리로 달려 나간다. 머리가 금세 헝클어지지만 열쇠를 깜빡했다는 사실을 깨닫고 다시 올라간다. 한 번 더 전화를 시도하자 이번에는 성공한다. 머리를 매만지고 거울을 보니 놀랍게도 겨우 3분 동안 바람을 쐤을 뿐인데 파우더가 하나도 남지 않았다. 나는 다시 화장을 고치고 마침내 집을 나선다.

　이 모든 과정을 거치고도 언제나 그렇듯 가장 먼저 도착하고 만다. 현대 문명의 완성품 같은 여자가 등이 완전히 파이고 앞쪽도 깊게 파인 공단 드레스를 입고 나를 맞이한다. 무척 아름다울 뿐 아니라 최고급 다이아몬드와 진주를 주렁주렁 달았다. 아무래도 이 여자가 헬렌 드 리망 드 라 플루즈인 모양이다. 그녀는 느리고 인상적인 말투로 우리가 패멀라 프링글의 오찬에서 마주 보고 앉았다며 내 추측을 확인해 주더니 남편을 소개하겠다고 한다. 남편은 유대인인 것 같은데(그런데 왜 성이 드 리망 드 라 플루즈일까?) 생기 없고 지친 얼굴로 나를 보더니 떠들지 못하게 하려는 듯 셰리주 한 잔을 건넨다. 헬렌이 날씨 얘기를 꺼낸다. 5월에는 그렇게 비가 많이 오더니 6월은 엄청나게 뜨겁고, 영국 날씨는 정말 알 수가 없다니까요. 이제 남편이 끼어들더니 표현을 조금 바꾸어 똑같은 얘기를 되풀이한다. 그러고 나자 우리 셋은 서로를 보며 할 말을 찾지 못하고 결국 내가 문득 떠오른 얘기를 꺼낸다. 최근에 힙스라는 흥미로운 청년의 흥미로운 전시회에 다녀왔는데 작품들이 아주 흥미롭더라고. (내가 평소에 쓰는 말투와는 사뭇 다른데 문장 구성 방식이 문제인지 아니면 문장의 의미가 더 문제인지 모르겠다.) 이 실험적인 시도는 바로 성공을 거둔다. 부부가 모두 활기를 띠고 헬렌은 힙스가 오늘날의 젊은 풍자 화가들 중에서도 나이가 어린 축에 속하고 가장 신랄하지 않느냐며 그의 최근 작품은 확실히 **파틴**˚을 썼다고 한다. 나는 무모하게도 맞장구치지만 때마침 다른 손님들이 도착한 덕분에 더 큰 위증죄를 면한다. 전부 다 모르는 사람들이라 경악하지만 예쁘고 다정한 검은 옷의 여자가 다가와 내 옆에 선다. 우리는 《1066년과 기타 등등》˚˚에 관해 얘기를 나눈다. 나는 이 책의 두 저자가 학교 교사라는 걸 진작 알았더라면 무슨 수를 써서든 우리 아들을 그들의 학교로 보냈을 거라고 한다. 그러자 그녀는 어머, 아이들이 있어요? 하고 되묻는다. 혹시 아이들이 벌써 학교에 다닐 나이가 되었냐며 놀라지 않을까 막연히 기대하지만 딱히 그러진 않는다. 나는 네, 아이가 둘이에요, 하고는 집안 얘기로 돌아갈까 봐 얼른 화제를 바꾼다.

˚ 예술 작품에 고색의 느낌을 주기 위해 사용하는 녹청 기법을 뜻하는 프랑스어.

˚˚ 원제는 《1066 and All That》. 1066년 노르망디공 군대의 잉글랜드 상륙으로 벌어진 헤이스팅스 전투를 비롯해 그 밖의 중요한 영국 역사를 풍자적 유머로 재구성한 책.

식사 자리에서 나는 머리숱이 많은 노인과 선량한 얼굴로 내게 미소를 지어 주는 젊은 남자 사이에 앉는다. 그들 앞에 놓인 작은 명함의 이름을 읽으려고 무척 애를 쓰지만 실패한다. 사람들을 소개받을 때 침착하게 이름을 귀담아들을 수 있다면 얼마나 좋을까. 도무지 그럴 수가 없다.

노신사에게 힙스 얘기를 꺼내 본다. 그는 반응하지 않는다. 화제를 돌려 혹시 내 친구 프링글 부인을 아느냐고 물어본다. 그는 모른다고 한다. 그러자 정적이 흐르고 이번에는 그가 말을 걸 차례인 것 같은데 도통 입을 열지 않는다. 반대쪽 옆에 앉은 젊은 남자는 검은 옷의 예쁜 여자에게 열심히 떠들고 있어서 나는 다시 노신사에게 미국의 불황과 무역 침체에 관한 얘기를 꺼내곤 오늘 오후에 로즈와 펠리시티에게 들은 지적인 정보를 한껏 이용한다. 노신사는 여전히 미적지근한 태도로 후버 대통령을 비꼬는 말을 몇 마디 할 뿐이다. 이쯤 되자 그의 말에 무조건 반박하고 싶은 충동이 들어 후버 대통령을 옹호하고 싶지만 그럴 역량이 되지 않는다. 어차피 노신사는 거의 말을 하지 않고 놀랍도록 훌륭한 바닷가재 요리 '테르미도르'에만 열중하며 딱히 내게 기회를 주지도 않는다. 마지막으로 창문 청소부가 사고를 겪은 이야기를 꺼내 보는데, 온갖 양념을 가미해 재미있게 각색하지만 역시 실패

한다. 오히려 내 얘기가 끝나자 그는 마침내 입을 열더니 고용주의 책임이라는 게 일종의 폭력이라며 일장 연설을 늘어놓는다. 이번에는 내가 말없이 바닷가재 요리를 먹는다. 그의 생각에 전혀 동의하지 않지만 그렇게 말해 봐야 시간 낭비일 것 같아서 그저 무슨 말씀인지 알 것 같아요, 하고 만다.

그 뒤로 우리는 함께 즐기기를 포기하고 그러고 나자 마음이 한결 편안해진다. 내 반대쪽 옆에 앉은 남자가 내게 책 얘기를 꺼낸다. 그러곤 내 책을 읽었다면서 한 구절을 인용하기에 나는 그가 헬렌 드 리망 드 라 플루즈가 말한 저명한 비평가가 틀림없다고 단정한다. 그에게 창문 청소부의 얘기를 좀 더 맛깔나게 각색해서 들려주자 그는 몹시 즐거워하며 박장대소한다. 마치 내가 아주 재치 있고 성공적인 이야기꾼이 된 기분이다. 물론, 좀 더 제정신이었다면 아니라는 것을 아주 잘 알았을 테지만.

^{의문} 샴페인 때문일까? ^답 언제나, 거의 확실히 그렇다.

계속해서 이 유쾌한 남자와 단둘이 대화를 이어 나간다. 검은 옷의 젊은 여자가 나를 어떻게 여길까 하는 생각이 잠깐 스치지만 식사가 끝나고 응접실로 나가야 하는 상황이 오자 아쉬움이 밀려든다. 헬렌이 나를 걱정스럽게 바라보는데 아마도 서로 잘 아는 사람들 사이에 나를 끼워 넣지 말았어야 한다고 생각하는 것

같다. 나는 그저 나 혼자만의 생각일 거라고, 커피를 마시면 좀 더 편안해질 거라고 스스로를 다독인다. 커피가 나오면 일단 할 일이 생길 테고(이건 언제나 도움이 된다) 살짝 어지러운 머리도 맑아질 테니까.

헬렌 드 리망 드 라 플루즈가 패멀라 얘기를 꺼내자 방 안에 있는 사람들 모두가 패멀라와 가까운 친구인 듯 전반적으로 활기가 돈다. 패멀라는 정말 사랑스럽지 않아요? 아주 세련된 검은색과 흰색의 옷을 입은 여자가 이렇게 묻고 또 다른 누군가가, 새로한 은빛 머리가 무척 잘 어울리지 않나요? 하고 묻자 우리는 그럼요, 그렇다니까요, 하고 열성적으로 소리친다. 이윽고 헬렌이 나를 끼기끼러너 마침내 내가 이곳에 존재하는 이유를 찾은 듯 내가 아주 오래전부터 패멀라를 알았다고, 이곳에 있는 누구보다도 오래된 친구라고 소리친다. 순식간에 사람들의 관심이 내게 쏠리고 모두가 신나게 질문을 퍼붓는다.

혹시 **두 번째** 남편은 어떻게 됐는지 알아요? 이름이 템플러 어쩌고였는데. 그가 사라진 이유에 관해선 전혀 알려진 바가 없고 그 후 금세 새 남편을 만났다면서요? 혹시 패멀라의 진짜 나이를 알아요? 솔직히 정말 아름답긴 하지만 첫째가 적어도 열다섯 살은 된 것 같은데, 그 아이도 첫 번째가 아니라 두 번째 결혼에서 낳았잖아요.

혹시 패멀라를 죽자 살자 따라다니던 폴에 관해 뭔가 아는 게 있어요? 패멀라 프링글 때문에 파리에서 아내가 쏜 총에 맞았다고 하던데.

가엾은 남편 프링글이 더는 참을 수 없어서 패멀라를 알래스카로 데려가서 살겠다고 협박한다는 게 사실이에요?

아이고, 어쩌나. 그나저나 자기 절친한 친구의 두 번째 남편하고 아직도 재미를 보고 있대요?

나는 이 모든 질문에 최대한 대답하지만 그 영향에 대해선 딱히 신경 쓰지 않는다. 어차피 패멀라의 친구들은 내가 무슨 말을 하든 그저 가장 선정적이라고 느끼는 소문을 믿고 떠들어 댈 게 분명하니까.

그러고 나자 이번에는 그들이 내게 엄청난 정보를 퍼부으며 내 생각이 옳았음을 확인해 준다.

몸이 믿을 수 없이 가늘고 눈썹을 깔끔하게 정리한 여자가 말한다. 패멀라가 좀 더 조심하지 않으면 곧 난감한 상황에 빠질 텐데 혹시 알고 있었어요? 그게 패멀라의 문제라니까요. 눈썹을 정리한 여자는 확실하지도 않은 얘기를 대단한 사실인 양 계속 떠든다. **조심성**이 없다고요. 그 남미 백만장자하고 르 투케에서 어떻게 했는지 보면 알 수 있죠!

또 다른 사람이 입을 연다. 왕자와의 스캔들도 봐요. 무모하다 고밖에 달리 표현할 길이 없다니까요.

이런 대화가 계속되는 동안 조용히 립스틱을 바르고 있던 헬렌 드 리망 드 라 플루즈가 마침내 우리 모두에게 호소하길, 솔직히 패멀라에게 빠지는 남자들이 어떤 **유형**인지 생각해 봐요. 물론, 패멀라가 매력적이긴 하죠. 관능적이기도 하고요. 하지만 어차피 그런 건 영원하지 않고 그러고 나면 뭐가 남겠어요? 아무것도 안 남는다니까. 패멀라의 남자들은 헌신적인 유형이 아니에요. 그저 잠깐 불이 붙었다가 금세 더 젊은 여자를 좇는 사람들이죠. 다 똑같아요. 언제나 그렇다니까요.

나를 빼곤 모두가 맞장구치고 몇몇 사람들은 안도하는 듯 보이기도 한다. 계단에서 남자들의 목소리가 들리자 대화가 마무리된다. 헬렌은 패멀라가 우리에게 아주 소중한 친구이며 자기는 패멀라를 무척 아낀다고 모두에게 단언하고 다른 여자들도 비슷한 표현으로 그녀를 거든다. 그 후 나는 한동안 얼떨떨한 기분으로 우정에 관해 생각하며 내 옆에 서 있는 여윈 남자의 말에 (쳐다보려니 목이 아파서 그가 앉아 있다면 좋을 텐데 하고 바라며) 기계적으로, 그리고 아마도 틀림없이 그리 지적이지 않게 대꾸해 준다. 그는 〈펀치〉의 어떤 그림이 아주 훌륭하다고 생각했지만 그게 레이븐 힐의 그림인지 버나드 패트리지의 그림인지 기억나지 않고 그저 제네바와 연관이 있었다는 점을 제외하곤 무슨 그림인지도 생각나지 않는단다.

그 후 저녁 시간은 별다른 사건 없이 흘러가고 졸음이 쏟아지기 시작한다. 한참 지나서야 에메랄드와 백금으로 치장한 누군가가 가려고 일어선다. 저녁 식사 때 내 옆자리에 앉았던 유쾌한 남자는 상냥한 말투로 다시 만나길 바란다고 인사한다. 나도 그러길 바란다고 하지만 그럴 가능성이 희박하다는 걸 잘 알고 있다. 헬렌은 헤어질 때 내가 유명한 비평가인 자기 사촌을 만나서 무척 기쁘다고 한다. 사실은 그 문학계 인사가 누구인지 아직도 모른다는 사실을 밝히고 싶지 않아서 아무런 정보도 얻지 못한 채 그 집을 나선다. 저녁 식사 때 내 옆자리에 앉았던 사람일 수도 있고 아닐 수도 있다. 이제는 영영 알 길이 없지만.

7월 1일

또 한 번 런던을 떠날 준비를 하면서 옛날 유행가의 노랫말이 귓

가를 맴돈다. "이미 파리를 본 사람들을 어떻게 다시 농장에 붙잡아 두겠는가?"* 답은 떠오르지 않는다.

하루 종일 여러 가지 일을 하는데 그중 하나는 내가 지구상에서 가장 싫어하고 잘 못하는 일, 바로 짐 싸기다. 헬렌 드 리망드 라 플루즈에게 예의상 만찬이 즐거웠다는 편지를 쓰고 로즈에게 작별 인사를 하려고 전화한다. 언제나 그렇듯 잘 돌아다니는 로즈는 이번에도 외출하고 없어서 가정부에게 서운함을 담은 메시지를 남긴다. 그런 뒤 옷을 개어 항상 너무 크지 않으면 너무 작은 박엽지에 싸는 지겨운 일로 돌아간다.

여행 가방과 한참 씨름하며 열을 올린 뒤에야 간신히 닫는데, 그 순간 깔끔하게 갠 가운이 나를 마주한다. 빼놓고 넣지 않았다.

전화벨이 울려서 받아 보니 에마 헤이다. 자기가 쓴 풍자적인 글에 관해 몹시 흥분하며 런던 전체가 그 얘기를 하고 있다고 호들갑을 떤다. 그러더니 아주 중요한 사람 몇몇에게 그 글을 낭독해 준 뒤 자유롭게 토론하고 비평하려고 하는데 지금 올 수 있느냐고 묻는다.

---

* 1차 세계 대전 이후에 유행한 노래로, 유럽의 도시 생활과 파리의 문화를 경험한 병사들이 농장으로 귀향하고 싶어 하지 않는다는 내용.

나는 짐짓 안타까워하며 곧 시골로 돌아간다고 설명한다.

그러자 에마가 소리치길, 뭐? 런던을 떠난다고? 미쳤어? 정말 평생 부엌이나 드나들면서 로버트에게 하루 세끼를 꼬박꼬박 차려 주고 흙 묻는 신발을 신고 들어오는 아이들을 말리면서 살 거야? 나는 짧고 날카롭게 대꾸한다. 응, 그러려고. 그러곤 전화를 끊는다. 에마를 상대할 때는 이게 가장 빠르고 합리적인 방법인 것 같다.

7월 4일

집에 돌아오니 나름대로 좋은 점이 많다. 시골 풍경은 아름답고 꽃도 만발했는데 어째서인지 딸기는 영 시원치 않다. 로버트는 최근의 어린 암소 매매와 인근 가금류의 간 경화 의심 사례에 관해 흥미로운 정보를 들려주고, 저녁 식사를 하려고 자리에 앉자 헬렌 윌스가 탁자 밑에서 나를 할퀴며 존재를 알린다. 내가 곧 아이들이 집에 오겠다며 기쁘게 소리치는 결례를 범했는데도 평화로운 가정의 분위기는 크게 흔들리지 않는다.

덕분에 내 책상 위에 산더미처럼 쌓여 있는 편지들이 거의 모두 '하기 계좌'에 관한 내용이라는 걸 발견하고도 기가 죽지 않는다. 그래도 우유 대금과 빵집 대금, 이달의 식료품 대금은 알아서 처리할 수 있었을 텐데 요리사가 내게 이런 청구서들을 건네며 추가로 덧붙인다. 굴뚝 청소비 12실링 6페니, 지난 월요일에 온 편지에 2페니를 지불했는데 그 편지를 받은 게 잘한 일이겠죠?

로버트가 요즘엔 어떤 글을 쓰냐고 아주 상냥하게 묻기에 나는 가볍게 대꾸한다. 결혼 생활에서의 현대적 자유에 관한 기사를 쓰고 있다고. 그러고 나자 한 글자도 쓰지 않았다는 것을 문득 깨닫고 로버트에게 좋은 생각이 있느냐고 묻는다. 그는 몇 가지 의견을 내놓지만 정리하면 주로 이렇다. 사람들은 요즘 터무니없는 얘기를 너무 많이 하고, 미국에서는 이혼이 별것 아닌 듯하며, 여성들의 문제는 대개 할 일이 충분하지 않다는 것이다. 나는 로버트에게 대단히 고맙다고, 큰 도움이 되겠다고 한다. (글에는 도움이 되지 않아도 의기를 다지는 데는 도움이 될 테니까.) 하지만 그는 자기 논리에 완전히 빠진 듯 멈출 줄 모르고 오랫동안 떠들어 댄다. 러시아를 보라고, 시베리아로 보내진 아이들을 생각해 보라고. 인상적이긴 하지만 무슨 상관이 있는지 도통 모르겠다.

놀랍게도 10시가 되자 잠이 쏟아져서(런던에선 전혀 그런 일이 없었는데) 자러 올라간다.

이상하고 찜찜하게도 자주 창가에 앉아 나 자신에 대해 생각해 보게 된다. 하지만 그래 봐야 좋을 게 없고 차라리 얼른 일어나서 야회용 구두에 넣을 슈트리*를 찾아보는 편이 현명하다는 것을 잘 알고 있기에 결국 그렇게 한 뒤 곧 침대에 들어가 잠을 청한다.

7월 8일

오늘자 〈시간과 조수〉에서 백일몽에 관한 짧고 신랄한 기사를 발견한다. L. A. G. 스트롱이라는 서명이 적힌 이 기사는 신기하게도 바로 전 내 일기의 내용과 일맥상통한다. 특히 인상적인(하지만 썩 유쾌하지 않은) 문장은 다음과 같다. "자신의 삶을 둘러싼 상황과 정반대 상황을 자주 꿈꾼다면 현실을 개선하려는 노력을 하지 않기 때문에 해롭다."

이 문장은 분명 내 삶의 오랜 기간을 차지한 나의 정신 활동을 정확하게 요약한다. 스트롱 씨에게 그렇다면 그걸 어떻게 해결

---

* 모양을 유지하고 습기와 냄새를 제거하기 위해 신발 속에 넣는 기구.

해야 하느냐고 물어보는 편지를 쓸까 진지하게 고민하다가 생선 장사와 통화를 하고(중간 토막은 너무 비싼데 물 좋은 가자미는 있나요?), 스카버러* 풍경이 그려진 엽서 뒷면에 나와 아이들의 안부를 건성으로 물은 시시 크래브에게 답장을 쓰느라 오전이 다 지나간다. 그 밖에도 상인들에게 엽서를 쓰고 세탁소에 수표를 보내고 직업소개소와 지역 신문 가판대에도 수표를 보내느라 스트롱은 잠시 밀어 놓는다. 하지만 그러면서도 하루 종일 예기치 못한 순간에 문득문득 백일몽의 해로움이 떠오른다. 앞으로 평생 가끔씩 이런 상황을 겪을 것 같다.

점심시간이 가까워 올 때 교구 목사님의 아내가 와선 방해해서 정말 미안하지만 잠깐 들렀다가 바로 학교에 가야 하는데 음악회에 관해 논의하고 런던 얘기도 몹시 듣고 싶어서 왔다고 한다. 함께 점심을 먹느니 마느니 하는 따분하고 쓸데없는 실랑이가 벌어지다가 결국 언제나 예상했듯이 내가 종을 울려 점심 식사에 한 자리를 더 차리라고 지시하고 그와 동시에 요리사에게 미트파이만으로는 충분하지 않을 테니 첫 코스로 계란이나 치즈 요리를 더하라는 무언의 텔레파시를 시도한다.

● 잉글랜드 동북부의 항구 도시.

(나중에 보니 요리사는 나의 텔레파시를 조금 다르게 해석했다. 정어리를 살짝 구워서 토스트에 올렸는데 나는 영 아니라고 생각하지만 의도가 좋았으니 뭐라고 할 수는 없다.)

목사님 아내와 나는 곧바로 코앞으로 다가온 음악회에 관해 논의한다. 목사님 아내가 잔뜩 기대하는 얼굴로 묻는다. 무얼 할 거예요? 글쎄요. "존 길핀"을 낭송하면 어떨까요? ("존 길핀"은 이미 달달 외우고 있어서 새로 뭔가를 할 필요가 없으니까.) 좋죠. 아주 좋아요. 목사님 아내가 대꾸하지만 석연치 않은 말투다. 그러더니 계속해서 말하길, 그런데 크리스마스와 2년 전 교회 오르간 행사, 그리고 내가 착각한 게 아니라면 그 이전 겨울에 성 던스턴 행사에서도 "존 길핀"을 낭송하지 않았나?

그 말이 사실이라면 확실히 계획을 바꿔야 한다. "오스트리아 군대"는 어떨까요? "오스트리아 군대"? 목사님 아내가 되묻는다. 국제연맹인가요?

(낯선 이름이 나오면 무조건 국제연맹을 갖다 붙이니 기가 막힌다.)

나는 아주 흥미로운 대표적 두운시라고 설명하곤 잠시 생각한 뒤 이렇게 덧붙인다. "두운시는 두루두루 두운을 둔 시." 목사님 아내는 경악한 얼굴로 사람이 너무 똑똑해도 문제라고 중얼거린다.

잠시 대화가 끊어지고 나는 풀 죽어 있다가 종이 울리자 한 숨을 돌린다. 그런데 목사님 아내는 종소리를 듣고는 갑자기 다시 사양하며 정말 가야 한다고, 점심때까지 머물 생각은 정말 없었다고, 대체 자기가 정신을 어디에 두었는지 모르겠다고 수선을 피운다.

때마침 로버트가 들어오는데 예기치 못한 손님을 마주치고도 무표정을 유지하는 그의 모습에 나는 감탄을 금치 못한다. 그의 출현으로 상황이 완전히 바뀌고 우리는 자연스럽게 모두 식당에 자리를 잡는다.

음악회 얘기가 오간 뒤 근처 단층집에 새로 이사 온 사람들 얘기가 나오고 우리는 모두 한번 찾아가야겠다고 입을 모은다. 마을에서 일어난 불미스러운 사건도 화제로 올라오는데, 안타깝게도 결국 주빌리 코티지의 A 부인이 이웃 H 부인의 공격으로 소환되었다고 한다. 나는 이 얘기에 흠뻑 빠져서 더 자세히 말해 보라고 목사님 아내를 부추긴다. 그녀는 조심스레 얘기를 이어 가며 식사 시중 하녀가 들어올 때마다 프랑스어로 급히 바꾸거나 날씨 얘기로 화제를 돌린다.

손님이 오면 언제나 식후에 커피를 내오라고 확실하게 지시했건만 요리사가 커피를 빼먹는 바람에 별수 없이 담배로 대신한다.

하지만 목사님 아내는 담배를 피우지 않을뿐더러 한 번도 피운 적이 없다는 사실을 잘 알고 있다.

다시 음악회 얘기가 나오고 로버트는 강요에 못 이겨 사회를 보겠다고 약속한다. 목사님 아내는 예쁜 비키가 우리를 위해 춤을 취준다면 참 좋겠다고 상냥하게 말한다. 내가 비키는 학교에 가서 없을 거라고 하자 목사님 아내는 **그건** 알지만 그저 비키가 학교에 가지 **않았고** 우리를 위해 춤을 출 수 있다면 좋았을 거라는 뜻이었다고 한다. 고마워해야 마땅하지만 솔직히 그렇게 쓸데없는 말은 처음 들어 보는 것 같다.

목사님 아내가 대뜸 묻는다. 오늘 오후에 뭐해요? 말이 나온 김에 나랑 같이 단층집에 새로 이사 온 사람들을 찾아가 볼래요? 우리는 화기애애한 분위기로 길을 나선다. 내가 스탠더드 차를 운전하는 동안 목사님 아내는 그래도 차가 계속 굴러가니 **참 다행이라고** 굳이 말한다.

대화가 계속되지만 주로 이미 했던 얘기가 되풀이된다. 여기에 더해 나는 단층집 사람들이 모두 외출 중이라면 좋겠다고 하고, 목사님 아내는 그들에게 음악회 입장권을 팔고 싶다고 한다.

그 집 사람들이 없었으면 좋겠다는 바람은 대문 앞으로 다가가는 순간 물거품이 된다. 면 작업복을 입은 소녀와 엄마인 듯 보이는 안경 쓴 여인, 트위드 옷을 입은 남자가 모두 계단 위에서 열심히 정원을 가꾸고 있다. 하나같이 허리를 구부리고 있다가 모두 일어나서 옷에 손을 닦는 모습이 오싹하게도 마치 어설프게 연출한 시사 풍자극의 한 장면 같다. 그들은 우리를 보고 예의상 기뻐하는 척한다. 한참 동안 돌이 많은 정원에 관해 열성적으로 얘기하다가 주인이 들어가라고 해서 안으로 들어가는데, 작업복 소녀와 트위드 옷의 남자(알고 보니 잠시 다니러 온 친척이다)는 눈치껏 밖에 남아 정원 손질을 이어 간다.

우리는 음악회 얘기를 하고 1실링 6페니짜리 입장권 두 장을 파는 데 성공한다. 여주인은 아무래도 참새들이 배수관 안에 집을 싯는 싯 끝디고 한다 내가 맞아요, 참새가 원래 그런답니다, 하자 목사님 아내가 거든다. 얼마 후 우리는 그 집을 나선다.

다시 마을을 가로지르면서 목사님 아내가 미스 팬커톤에게도 들르면 좋겠다고 한다. 음악회에 관해 할 얘기가 있다면서. 나는 반대하지만 통하지 않고 결국 우리는 미스 팬커톤의 정원 오솔길을 걸어 올라간다. 안에서 바이올린 연습하는 소리가 들리더니 이윽고 미스 팬커톤이 1층 창문으로 고개를 내밀곤 연습을 이어 가며 어서 들어오라고 소리친다. 우리가 안으로 들어가자 그녀는 책과 악보, 신문, 라피아 공예 도구, 정원용 모자, 망치, 치즐, 비스킷

통, 바구니 여러 개가 잔뜩 쌓여 있는 소파에 바이올린까지 아무렇게나 집어 던지곤 두 손으로 우리와 악수를 한다. 그러더니 내게 말하길, 내가 자기 조언을 귀담아듣고 내 책에서 많은 제약을 벗어 낸 것을 알고 있다나. 나는 미스 팬커톤의 조언을 들은 적이 없고, 사실은 조언한 줄도 몰랐다고 펄쩍 뛰고 싶지만 그녀는 계속해서 내가 스타일에 좀 더 신경 써야 한다고 말한다. 글의 스타일을 말하는 건지 옷 스타일을 말하는 건지 모르겠다.

(만약 옷을 말하는 거라면 더없이 뻔뻔한 조언이다. 미스 팬커톤은 이 찌는 듯한 여름날에 군데군데 유리구슬로 장식한 벽돌색 드레스를 입고 촌스러운 벽돌색 삼단 망토를 턱밑까지 바싹 올려 묶었으니까.)

목사님 아내는 다시 음악회 얘기를 꺼낸다. 혹시 앙코르곡도 준비했나요? 그럼요. 필요하다면 두 번도 하죠. 그녀는 내게 내 책을 조금 낭독하면 좋을 것 같다고 상냥하게 제안하지만 내가 아니라고, 그런 건 꿈도 꾸지 않는다고 딱 잘라 대꾸하자 목사님 아내가 요령껏 끼어들어 음악회가 끝난 뒤 곧바로 런던에 간다면서요? 하고 묻는다. 그게 사실이라면 혹시 해러즈 백화점에서 세일을 한다던데 통조림 살구가 어떤지 봐줄 수 있어요? 혹시 대량으로 살 때 할인해 준다면 수송비는 얼마나 되는지 알아봐 줄래요? 그리고 거기까지 간 김에, 괜히 갈 필요는 없지만 혹시 가게 되면 풀럼 가에 작은 가게가 있는데, 아이고, 갑자기 이름을 까먹었네. 어쨌든 자전거 부품 파는 가게니까 보면 알 거예요. 우리 목사님 자전거의 너트 하나가 사라졌는데, 아주 작긴 하지만 중요한 부품이라 다른 건 안 된다고 하네요. 풀럼 가의 그 가게가 유일한 희망이에요.

미스 팬커톤은 (내가 생각하기엔 무모하게도) 전부 다 해주겠다고 약속하며 자신의 런던 체류지를 적어 주고 목사님 아내는 목사님의 작은 너트에 관해 기억나는 대로 적은 뒤 바로 옆에 "해덕 대구"라고 쓴다.

그러곤 다시 입을 연다. 정말 시간이 있다면 그리고 들고 올 수 있다면 부탁할게요. 직접 가져오지 않으면 신선하지 않을 테니까. 색다른 걸 먹고 싶은데 여기서는 단골이 아니면 구하기가 어렵다니까요.

이번에는 내가 끼어들어 목사님 아내를 집에 태워다 주겠다고 단호하게 제안한다. 그냥 두면 그녀는 미스 팬커톤에게 런던 동물원에서 살아 있는 악어를 구해 달라거나 그와 비슷한 난이도의 부탁을 할 것 같아서다.

우리는 음악회에서 다시 만나기를 가볍게 기원하며 헤어진다.

7월 10일

음악회가 하루를 통째로 잡아먹는다. 예전에 외운 시들 가운데 어렵지 않게 다시 외울 수 있는 시를 찾기 위해 적어도 한 시간쯤 《1001편의 보석 같은 영국 시》와 《응접실에서 낭송하는 시》를 뒤적거린다. 결국 《응접실에서 낭송하는 시》에서 오래전 학창 시절에 인기 있었던 딕 터핀에 관한 이야기 시를 찾아 그것을 낭송하기로 한다. 오전 내내 손에 책을 들고 집 안을 서성이다가 점심을 먹은 뒤 로버트에게 들어 보라고 하자 그는 세 차례나 힌트를 준다. 그러곤 너그럽게도 오후에 차를 마신 뒤 다시 해보라며 필요하다면 공연 중에도 잊어버린 부분을 일러 주겠다고 해서 그나마 마음이 놓인다.

끊임없이 방해가 이어진다. 어린아이들이 찾아와 중국과 관련된 물건이 있다면 빌려달라고 하기에 (버밍엄에서 만들었을 게 분명한) 종이부채 두 개와 (프리퍼 앤드 콜먼 상사에서 8실링 11페니에 산) 면 기모노 한 벌, 해군이었던 조상이 하와이 해변에서 주웠다고 어릴 때부터 수없이 들은 커다란 앵무조개 껍데기를 내준다.

아이들은 몹시 흡족해한다. 내가 사탕을 내주자 그것을 받아 들곤 신문지 꾸러미를 들고 떠난다. 얼마 후 교구 목사관으로부터 내가 맡기로 한 간식이 도착하지 않았다는 전갈이 오고 나는 얼굴이 화끈거리는 것을 느끼며 오늘 차를 마실 때 함께 먹으려고 만든 새 생강케이크를 보낸다.

마을의 사교 행사가 대개 그렇듯 음악회는 7시 30분에 시작하는데, 로버트는 입장객들을 받기로 약속했고 나는 무대 배치를 도와야 해서 우리는 저녁을 거르고 차를 마실 때 생선 튀김으로 요기를 한다. 로버트는 위스키소다를 마신다.

우리 지역 의원 부부가 음악회에 참석한다는 소문이 도는데, 좋은 사람들이라 꼭 왔으면 좋겠다고 하자 로버트는 고개를 저으며 사실이 아니라고 한다. 세상 사람이 다 와도 우리 의원 부부는 실내 놀기 않는다라 나는 체념하고 그저 우리 둘 다 미스 팬커톤 옆에 앉지 않기를 기원한다. 다행히 이 소망은 실현된다. 로버트는 무대에 자주 오르내릴 수 있도록 맨 앞줄 끝에 앉고 나는 그의 옆에 앉는다. 내 반대편 옆에는 목사님 아내가 앉는다.

목사님이 보이지 않는 이유를 묻자 고초열이 악화되어 집에 있으라는 권고를 받았다고 한다. 로버트가 무대에서 이에 관해 안타까움을 표한 뒤 여느 해처럼 가게의 미스 F와 대장간의 미스 W의 피아노 2중주로 음악회가 시작된다.

딕 터핀에 관한 시를 빨리 끝내 버리고 싶어서 순서를 앞쪽에 넣었는데 목사님 아내가 떨리느냐고 묻는다. 네, 떨리네요, 하고 대꾸하자 그녀는 따뜻하게 다독여 주며 관객들이 너그럽게 받아 줄 거라고 위로한다. 실제로 그렇다. 딱 한 번 로버트의 도움을 받는데, 안타깝게도 내가 감정이 벅차올라 극적인 휴지를 갖는 척하려는 찰나 로버트가 너무 큰 소리로 대사를 말해 버렸다. 어쨌든 안전하게 시 낭송을 끝낸 뒤 자리로 돌아와선 마음 편히 즐길 준비를 한다.

뒤이어 미스 팬커튼이 창백한 청년을 데리고 무대에 오르지만 청년은 두 번이나 틀리고 급기야 악보를 바닥에 떨어뜨렸다가 다시 주워 매만진다. 미스 팬커튼은 그를 노려보며 준비할 시간도 주지 않고 "원 페트 아 트리아농"*을 격렬하게 연주한다. 청년은 한동안 헤매다가 마지막에 이르러서야 연주를 따라잡으며 엄청난 승리감에 젖는다. 우리는 모두 진심으로 박수를 친다.

미스 팬커튼은 인사를 한 뒤 곧바로 앙코르 연주에 들어간다. 이렇게 되면 무대에 나오는 사람들 모두가 서운하지 않도록 앙코르 요청을 받아야 할 텐데. 마침내 그녀가 자리로 돌아가자 학생들의 촌극이 이어지고 내가 준 종이부채와 면 기모노도 등장한다.

● 트리아농의 축제.

아이들은 말쑥한 모습으로 즐겁게 공연을 이어 가고 관중도 모두 즐거워한다. 촌극이 뜨거운 박수갈채를 받자 미스 팬커톤은 거만한 얼굴로 내게 예전에 자기가 버밍엄 근처의 커다란 홀에서 아이들의 고전 무언극을 연출했다고 떠들어 대기 시작한다. 관중이 2천 명쯤 되었다나. 하지만 나는 반응하지 않고 그저 이렇게 대꾸한다. 저기 저 오리가 방앗간의 지미 H죠?

그 말에 미스 팬커톤은 눈썹을 머리까지 치올리더니 이번엔 이탈리아에서 본 아이들 촌극 얘기를 꺼내며 완전히 무리요*의 그림을 보는 것 같았다고 떠들어 댄다. 그러나 때마침 우리 정육업자의 아들이 우스꽝스러운 체크무늬 옷과 중산모자 차림으로 지밀이릴 든끄 무대에 오르면서 열렬한 박수갈채에 모든 게 묻히고 만다.

얼마 후 로버트가 중간 휴식을 알리자 우리는 모두 자리에서 몸을 돌려 실내를 훑어보고 뒷사람과 얘기를 나눈다. 누군가가 지금까지 들어온 입장료가 거의 3파운드에 이른다는 소식을 들고 오자 우리는 모두 무더운 날씨를 감안하면 훌륭하다고 입을 모은다.

● 17세기 에스파냐의 대표적인 바로크 화가 바르톨로메 에스테반 무리요.

잠시 후 로버트가 다시 무대에 오르고 음악회가 재개된다. 후반부를 장식하는 건 외국인이다. 우체국의 친구라는 키 큰 청년이 엉뚱하고 우스꽝스러운 노래를 불러 환호를 받는다. 목사님 아내는 나와 눈을 맞추더니 체념한 표정으로 고개를 절레절레 흔들며 정말 구제불능이라고, 어차피 앙코르를 해도 그보다 나빠질 수 없을 거라고 속삭인다. 실제로 앙코르는 그보다 더 우스꽝스럽지만 아주 나쁘지 않고 흥행에 크게 성공한다.

11시쯤 모든 프로그램이 끝나자 누군가가 "하느님, 국왕을 지켜 주소서" 노래를 시작하는데 첫 음을 너무 높게 잡는 바람에 모두들 올라가지도 않는 고음을 내느라 안간힘을 쓴다. 미스 팬커톤은 대담하게 2도 음정을 시도하려는 듯하지만 결과는 만족스럽지 않다. 그런 뒤 우리는 밖으로 나가 밤의 어둠을 마주한다.

로버트가 운전하는 차를 타고 집으로 향하면서 내가 묻는다. 아이들이 참 귀엽지 않아? 정말 재미있지 않았어? 로버트는 기어를 바꿀 뿐 딱히 대꾸하지 않는다. 우리 집이 있는 거리로 들어서자 나는 평소처럼 우리가 외출한 사이에 집이 불타 버린 건 아닐까 상상한다. 그러곤 역시 평소처럼 어쨌든 아이들은 학교에 있다는 사실을 떠올리지만 그 순간 집 전체에 불이 환하게 켜진 것을 보고 몹시 놀란다.

로버트가 소리치며 가속 페달을 밟고 대문으로 돌진하다가 하마터면 현관 앞에 서 있는 커다란 파란색 차와 부딪칠 뻔한다.

내가 현관으로 달려 들어가자 패멀라 프링글이 야회용 드레스와 커다란 깃이 달린 회색 모피 외투를 입고 응접실에서 달려 나오며 내 목을 끌어안는다. 나는 스스로도 이해할 수 없는 신비로운 방법을 사용해 내 뒤에 있던 로버트가 문지방에서 껑충 튀어 올라 차와 함께 차고로 사라지는 광경을 목격한다.

패멀라 프링글은 약 60킬로미터쯤 떨어진 유명한 호텔에 묵고 있는데 갑자기 내가 가까이 있다는 사실을 깨닫고 나를 찾아보기ㄹ 했으며 내가 밤에 외출했을 줄은 꿈에도 몰랐다고 한다. 나는 원래 그러지 않는다고 하며 그녀를 응접실로 데려가지만 그곳을 가득 메운 낯선 남자들을 보고 다시 충격에 휩싸인다. 패멀라는 아무도 소개하지 않고 그저 조니의 차를 타고 왔으며 플럼이 운전했다고 말할 뿐이다. 워델은 보이지 않고 내가 이전에 한 번이라도 만나 본 사람은 한 명도 없으며 모두 서른 살도 안 되어 보인다. 예외는 딱 두 명, 알퐁스 도테라고 불리는, 아주 키가 크고 머리가 벗어진 남자와 은퇴한 인도인처럼 보이는, 나이 지긋한 콧수염 사내뿐이다.

나는 마실 것을 내줘야겠다고 자신 없게 말하며 종을 울리려 하지만 일하는 사람들은 오래 전에 잠자리에 들었다는 것을 잘 알고 있다. 다행히 때마침 로버트가 나타나더니 모두에게 돌아갈 만큼의 위스키소다와 패멀라와 내가 먹을 셰리주와 비스킷을 내오는 기적을 만들어 낸다. 그러고 나자 우리 모두가 오래 전부터 알고 지낸 듯한 분위기가 흐르고 플럼은 피아노로 가더니 에드워드 시대에 인기 있던 왈츠 곡들을 연주한다. (패멀라가 이따금씩 저 곡의 제목이 뭐더라? 하고 묻지만 내가 알기로 그녀는 그 곡들을 나만큼이나 확실하게 기억할 것이다.)

새벽 1시가 가까워오자 그때까지 응접실의 모든 사람들에게 점점 더 깊은 애정을 표하던 패멀라가 갑자기 사랑스런 아이들은 어디서 자느냐고, 잠깐 들여다보고 싶다고 한다. 만약 아이들이 집에 있었다면 패멀라와 친구들이 이렇게 떠들고 노래하는 가운데서 계속 잠을 잘 수 있었겠느냐고 따지고 싶지만 꾹 참고 그저 둘 다 학교에 있다고 대꾸한다. 그러자 패멀라가 소리친다. 뭐? 그 손톱만한 귀여운 비키를 학교에 보냈다고? 너 제정신이야? 나는 부질없는 언쟁을 한시라도 빨리 끝내기 위해 응, 하고 대꾸한다. 모두가 별다른 말 없이 내 대답을 받아들이고 그런 뒤 우리는 화제를 옮겨 오퇴유와 헬렌 드 리망 드 라 플루즈(이 여자에 대해선 더 얘기할 수 있지만 자제한다), 곧 워델과 세 아이가 기다리는 시골집으로 돌아가게 된 패멀라의 상황에 관해 얘기한다.

그녀는 이런 상황 때문에 우울해지는가 싶더니 내게 슬쩍 말하길, 워델은 지금 내가 어디 있는지 몰라. 아마 오늘밤 아일랜드에서 돌아오고 있을 거라고 생각할 테니까 혹시 나중에 그이를 만나게 되면 꼭 기억해 둬.

이 파티가 밤새 이어질 수도 있겠구나 생각하는 찰나, 알퐁스 도데가 불쑥 일어나더니 로버트에게 자기는 밤늦게까지 깨어 있기가 어렵다고 하며 밖으로 나간다. 우리는 모두 그를 따라 나가고 패멀라가 운전하겠다고 하자 모두가 동시에 안 돼요, 안 돼, 하고 소리친다. 로버트는 라디에이터에 누수가 있다며 욕실에서 물을 받아 온다.

(비교적 새것인 초록색 에나멜 물통을 가져왔으면 했는데 그는 터무니없이 낡고 해진 놋쇠 깡통을 가져온다.)

패멀라가 나를 와락 껴안더니 뭐라고 중얼거리지만 무슨 말인지 도무지 알아들을 수 없고 그저 (윌리엄 적슨 주교*처럼) 기억해! 하는 말만 들린다. 이윽고 그녀는 차에 올라타 플럼과 나이 많은

---

* 17세기의 켄터베리 대주교.

인도인 사이에 앉는다.

차가 막 출발하려는 순간 근처 덤불에서 헬렌 윌스가 뛰쳐나와 하마터면 차에 치일 뻔하지만 가까스로 비극을 피하고 차는 떠난다.

그 후 차가 시야에서 사라지고 약 20분 동안 떠들썩한 대화 소리와 노랫소리, 웃음소리가 메아리쳐 들려온다. 로버트는 그들이 길을 잘못 들었다고 하면서도 전혀 걱정하지 않는 눈치다. 그러곤 어차피 저들은 모두 결국 경찰서에 가게 될 거라고 차갑게 예측한다.

잠이 완전히 깬 채로 위층으로 올라가자 화장대 서랍들이 활짝 열려 있고 파우더가 마치 몽블랑산에 덮인 눈처럼 여기저기 흩뿌려져 있으며 베개에는 자그마한 볼연지가 찍혔고 수건에는 립스틱이 묻었다.

욕실도 엉망진창인데 얼마 후 로버트는 은색 손잡이가 달린 작은 빗을 들고 나타나더니 어째서인지 저쪽 다락 계단의 맨 아래 칸에서 발견했다고 한다. 내가 모두들 제집처럼 편히 즐긴 모양이라고 비꼬자 로버트는 코웃음을 친다. 우리의 대화는 그렇게 끝난다.

7월 13일

일상이 다시 시작되고 이제는 로빈과 비키가 학교에서 돌아오는 날을 손꼽아 기다릴 것 같다. 벌써 그날을 위해 열심히 준비하고 있는데 요리사가 일손이 더 필요하다고 한다. 내가 우리 모두 한 달쯤 바닷가로 떠날 것 같다고 하자(사실은 자금 사정 때문에 아직 확실하진 않지만) 요리사는 조용히 내 말을 듣더니 어쨌든 아이들이 오면 상황이 완전히 달라질 테니 일손이 더 필요하다고 되풀이한다. 늘 그렇듯 요리사는 물러설 기미를 보이지 않고 나는 일손을 찾는 익숙하고 힘든 여정을 시작하려는 각오를 다진다.

그러려면 셀 수 없이 많은 시간과 노력을 쏟아야 할 테니 지금은 문학 작품 쓰기를 아예 포기하고 집안일에만 몰두하는 게 현명할 것 같다. 이에 대해 흥미로운 심리적 반응이 일어나는데(언제나 지적인 로즈를 만나면 잊지 않고 논의해 봐야 할 듯) 바로 로버트에게 내년엔 미국에 가고 싶다고 말하는 것이다. 로버트는 별다른 말을 하지 않고 표정으로 감정을 드러내지만 어쨌든 나는 미국에 갈 생각이고 일기장도 가져갈 것이다.

끝.

반복과 변주의 멜로디

1931년 9월 영국은 금본위제를 포기했다. 이는 유럽을 비롯해 글로벌 경제에 큰 파장을 가져왔고, 19세기부터 최초의 기축통화 역할을 해온 파운드화는 서서히 달러화에 자리를 내준다.《어느 영국 여인의 일기 두 번째, 런던에 가다》는 같은 해인 1931년 6월 9일에 시작한다. 당시 영국의 경제 상황을 고려하면 아이러니하게도, 첫날의 일기에서 주인공은 자신이 쓴 문학 작품의 성공으로 "삶이 완전히 새로운 국면을 맞이했다"는 소식을 전한다. 그 후 사교 모임 등에서 여러 차례 파운드 얘기가 화제로 떠오르지만 주인공은 정확히 어떤 일이 벌어졌으며 어떻게 해서 그렇게 되었는지 좀처럼 이해하지 못한다.

돌아보면 이 사건 역시 영국이 패권을 잃게 되는 중요한 계기

였다. 그러나 격랑의 한가운데서 일상의 요구에 정신없이 치여 살던 지방 소도시의 여인에게 그것은 나비의 날갯짓이 일으키는 살랑거림에 불과했다. 그 작은 날갯짓이 훗날 엄청난 폭풍을 몰고 온다고 해도 이 여인에겐 당장 자신 앞에 놓인 작은 '찻잔 속의 폭풍'이 더 중요했을 터다.

앞서 말했듯 주인공은 자신의 삶에서도 큰 변화를 맞았다. 작가는 전작인 《어느 영국 여인의 일기, 1930》의 대중적 성공으로 '나름' 문학계의 인사가 된 상황을 주인공에게 투영한 듯 보인다. 실제로 E. M. 델라필드는 1917년에 첫 소설을 발표한 이후 많은 작품을 썼지만 1929년 주간 문예지 〈시간과 조수〉에 이 일기 형식의 자전적 소설을 연재하기 전까지는 빛을 보지 못했다.

이제 그녀는 매주 문예지 공모전에 지원할 필요도 없고 1등을 시샘할 필요도 없으며 채우지 못한 물욕 때문에 괴로워하지 않아도 된다. 주인공이 꿈을 이뤘으니 기뻐할 일이지만, 그럼 이제 더이상 그 솔직하고 매력 넘치는 주인공을 만날 수 없게 되는 걸까? 다행스럽게도 그녀에겐 여전히 집안의 문제가 끊이지 않고 가정에서의 역할도 변하지 않는다. 게다가 지방 소도시에서 나름대로 지역사회를 이끄는 듯 보였던 주인공은 더 넓고 역동적인 세계로 나아가 다양한 사람들을 만나면서 경험과 사유의 폭을 넓히는 동시에 한편으로는 끊임없이 초라해진다.

그 덕분에 오히려 유머는 한층 더 신랄해졌다. 그리고 주인공은 여전히 비판과 풍자의 대상에서 자신을 빼놓지 않는다. 무뚝뚝하고 거만하다고 자주 꼬집는 사람들은 그녀의 동포이고, 문학계 인사들의 속물적인 태도에 진저리치면서도 그들의 모임이 "문학의 발전을 위해 꼭 필요하며 유익한" 것이라는 허위에 착실히 동조한다. 문학계 행사에선 언제나 자신이 가장 촌스럽고 대개는 소외당한다는 것을 알면서도 그 사회에 속하기 위해 무리해서 런던에 셋집을 얻는다. "골 때리는" 팜므 파탈인 패멀라 프링글의 사생활에 경악하면서도 그것을 캐고 싶은 속물적 호기심을 숨기지 않으며, 자신 역시 뒤에서 수군거리는 패멀라의 친구들과 다르지 않음을 순순히 인정한다. 심지어 자신의 "모범적인" 결혼 생활을 한탄하며 잠시 패멀라를 부러워하기도 하고 가끔은 일탈을 꿈꾸기도 한다. 이로써 그녀는 달콤한 유혹이나 어리석은 망상에 쉽게 휘둘리는 것이 인간의 보편적인 결점임을 상기시킨다.

다만, 이렇듯 한결같은 이 여인의 태도에서도 한 가지 변화가 엿보인다. 런던이라는 더 큰 무대에서 자신이 보잘것없는 존재임을 끊임없이 자각하는 모습에서조차 어쩐지 여유가 느껴진다는 점이다. 특히 페미니즘과 관련해 이런 점이 두드러진다. 전작에서는 과격한 여성 운동가인 미스 팬커톤과 모드 블렌킨솝의 공격에 속수무책 당하거나 자유로운 싱글 여성들을 부러워하며 갈팡질팡하는 모습을 보였다면, 이번에는 마치 결혼 생활 자체가 여성해방의 적인 것처럼 그녀를 타박하는 런던의 문학계 친구들에게 호기롭게 맞선다. 한편으론 독립적인 생활을 모색하면서도 때가되면 아내이자 엄마의 삶으로 기쁘게 돌아간다. 자신이 어떤 근거로 여성 운동가일까 하는 의문을 품기도 하지만, 적어도 이젠 남편과 자식이 있으면 여성 운동가가 될 수 없다는 급진적 페미니즘이 옳지 않다는 확신을 얻은 듯 보인다. 이는 아마도 전작의 주요 소재였던 무해하고 소심한 이른바 "일상 페미니즘"이 수많은 독자에게 '통했기' 때문일 것이다.

두 번째 이야기를 번역하면서 주인공처럼 나 역시 확신을 얻었다. 이 여인은 설사 세계적인 작가가 되어 미국뿐 아니라 전 세계를 순회한다고 해도 여전히 부족한 인간으로서 겸허하게 자신과 타인을 관찰하고 풍자하는 정체성을 잃지 않을 거라는 확신 말이다. 부디 그녀의 미국행도 국내 독자들에게 소개할 기회가 오기를 바란다.

박아람

E. M. 델라필드 _{E. M. Delafield}

본명은 에드메 엘리자베스 모니카 대시우드. 결혼 전 성은 드 라 파스튀르로, 1890년 잉글랜드 남동부의 서식스주에서 태어났다. 아버지는 프랑스 혁명기에 잉글랜드로 이주한 백작 가문의 후손이며 어머니는 유명한 소설가였다. 1차 세계 대전 당시 데번주 엑서터의 간호 봉사대에서 간호사로 일하면서 1917년 첫 소설 《Zella Sees Herself》를 발표했다. 1919년 토목기사인 아서 폴 대시우드 대령과 결혼한 뒤 잉글랜드의 데번주 켄티스베어에 정착하여 지역 사회의 주요 인사로 활동했다. 진보적 정견과 페미니즘을 기치로 내세운 영국의 주간지 〈시간과 조수〉에 꾸준히 기고했고 1927년 이 주간지의 이사진에 합류했다. 1929년부터 〈시간과 조수〉에 연재된 자전적 소설 《어느 영국 여인의 일기, 1930》으로 큰 상업적 성공을 거뒀으며 이후 세 편의 속편을 더 발표했다. 1943년 50대의 비교적 젊은 나이로 생을 마감할 때까지 왕성한 작품 활동을 했다.

옮긴이 **박아람**

전문번역가. 영국 웨스트민스터 대학에서 문학 번역에 관한 논문으로 영어영문학 석사 학위를 받았다. 주로 문학을 번역하며 KBS 더빙 번역 작가로도 활동했다. 앤디 위어의 《마션》, 메리 셸리의 《프랑켄슈타인》(휴머니스트 세계문학), 라이오넬 슈라이버의 《빅 브러더》《내 아내에 대하여》《맨디블 가족》, J. K. 롤링의 《해리 포터와 저주 받은 아이》 《이카보그》, 조지 손더스의 《12월 10일》을 비롯해 60권이 넘는 영미 도서를 우리말로 옮겼다. 2018년 GKL 문학번역상 최우수상을 공동 수상했다.

04840

9 791197 916816

ISBN 979-11-979168-1-6 값 17200원
ISBN 979-11-979168-0-9(세트)